Es gibt keine Wahrheit. Ich glaube nicht, daß das Leben eines Menschen von seiner Philosophie bestimmt wird. Seine Philosophie ist vielmehr Ausdruck seiner Wünsche, Instinkte und Schwächen.

W. Somerset Maugham

Die Tochter des DJs

Die ersten zwei oder drei Minuten konnte ich im Halbdunkel nicht entscheiden, ob es ein Mann oder eine Frau war. Ich versuchte, Bartstoppeln zu erkennen, einen ausgeprägten Adamsapfel oder einen Busen unter der Strickjacke. Auch die Bewegungen halfen mir nicht weiter. Wir waren in einem Laden, in dem heute Dancehall Reggae aufgelegt wurde, es war vor Mitternacht und noch ziemlich leer. Ich stand mit dem Rücken an die Theke gelehnt da und sah mir die wenigen Leute an. Bald würden die kommen, die immer so spät ausgingen, die Tanzfläche würde sich füllen, ich würde tanzen, bis ich keine Lust mehr hätte, und dann fröhlich nach Hause fahren. Ich würde kurz auf die Uhr sehen, ob es eher zwei war oder vier, um nach einigen Stunden Schlaf direkt nach dem Aufstehen eine CD aufzulegen und noch ein bißchen nur für mich in meinem Zimmer zu tanzen. Heute abend war ich allein hierhergekommen, und ich genoß es, nur gucken, tanzen und schließlich gehen, ohne sich von jemandem verabschieden zu müssen oder länger zu bleiben, als man eigentlich wollte, oder eher weg zu sein.

Das Lächeln wirkte weiblich, doch erst, als sie die Jacke ausgezogen hatte, war ich mir sicher, daß das die schönste androgyne Frau war, die ich je gesehen hatte. Eine schlanke Person in Jeans ohne Hintertaschen und einem dunkelblauen T-Shirt mit weißen Bündchen. Ihr Gesicht war schmal mit ausgeprägten Wangenknochen und einem fast schon eckigen Kinn. Während sie sich eine Zigarette drehte, fragte ich mich, wie lange es dauern würde, bis sie merkte, daß ich sie anstarrte, wie lange würde es dauern, bis ich meine Blicke zügeln mußte.

Sie nahm sehr lange überhaupt keine Notiz von mir, ich konnte tanzen, sie ansehen, tanzen, sie wieder ansehen und manchmal auch beides gleichzeitig, doch dann mußte ich oft sehr bald die Augen schließen, um nicht vor Vergnügen zu platzen.

Das Soundsystem gab uns Baß, Baß, mehr Baß, feuerte ihn in unsere Knochen, ließ uns vibrieren, wärmte uns, schickte Funken in unsere Köpfe, explodierende Lichter in allen Farben des Tanzes, ich hörte Trillerpfeifen und Sizzlas Stimme, natürlich war die Musik das Heilmittel der armen Leute, aber auch das Heilmittel aller anderen, die Musik war unsere Fahrkarte in die purpurnen Freuden der Bewegung, sie war uns Stärkung und Hoffnung, sie war der Anker, sie war unser Mittelpunkt. Alles ist aus Klang entstanden.

Die Musik schien sie zu verwandeln, wenn sie tanzte, dann wurden ihre Bewegungen weicher, fließender, sie kippte den Oberkörper leicht nach vorne und ließ ihren Hintern kreisen, und der Schwung ihrer Hüften übertrug sich auf ihren ganzen Körper. Es war mittlerweile voller geworden, manchmal verlor ich sie aus den Augen, und wenn ich sie länger nicht sah, befürchtete ich, daß sie gegangen sein könnte. Sie schien viele Leute zu kennen, doch unterhielt sich mit jedem immer nur kurz.

Es mochte gegen zwei sein, als es mir drinnen zu voll wurde, ich kaufte mir das zweite Bier des Abends und ging raus, es war noch warm. Ich setzte mich auf das äußerste Ende des breiten Treppenaufgangs, trank und sah mir die Sterne an. Irgendwann fiel mir auf, daß ich wahrscheinlich schon seit Ewigkeiten grinste.

Auf einmal stand sie neben mir.
– Hast du mal eine Zigarette für mich?
– Leider. Ich kann dir einen Schluck Bier anbieten.
– Erst brauche ich eine Zigarette, ich komme wieder, sagte sie.

Etwas später setzte sie sich neben mich, und ich reichte ihr wortlos, aber lächelnd die Flasche, sie trank einen kleinen Schluck.
– Das ist ein guter Abend, sagte ich.
– Ja, sagte sie, ich liebe die Musik.
– Ja, und alle tanzen und freuen sich und sind gut drauf.

Wir drehten gleichzeitig die Köpfe und sahen uns in die Augen, sie lächelte, ich auch, dann gab sie mir die Flasche zurück.

– Kennst du das, sagte sie, wenn du nach so einer Nacht aufwachst, du riechst noch nach Abend, die Melodien sind noch in deinem Kopf, der Rhythmus noch in deinen Beinen und

– du legst als erstes eine CD ein und tanzt allein in deinem Zimmer.

– Genau, sagte sie, genau. Aber spätestens am Nachmittag fühlst du dich leer und erschöpft, die Freude verfliegt, weil du sie nicht teilen kannst.

– Ja, so geht es mir auch immer.

Ich nahm noch einen Schluck aus der Flasche, und sie flitschte die Zigarette weg, lehnte sich zurück, stützte sich auf die Ellenbogen, legte den Kopf in den Nacken und sah in den Himmel. Dann richtete sie sich wieder auf und sagte:

– Mein Vater ist DJ. Von ihm habe ich diese Liebe zur Musik.

– Wie alt ist denn dein Vater?

– 54.

– Ich stelle mir DJs immer jünger vor.

– Das ist keine Frage des Alters, sagte sie, er liebt diese Musik wie am ersten Tag.

– Wie heißt du eigentlich, Tochter des DJs?

– Dominique. Und du?

– Timo. Eigentlich Timur, aber es sagen alle Timo.

– Bist du allein hier?

– Ja, ich gehe gerne alleine tanzen. Kino und tanzen kann man gut alleine machen, ich muß das nicht gemeinsam haben.

– Aber es ist schöner.

– Ja, sagte ich und nahm noch einen Schluck, oft ist es schöner.

– Wohnst du allein? fragte sie.

– Ja.

– Ich auch.

War das ein Angebot? Wenn ja, war es mir viel zu schnell und viel zu direkt. Ich war verunsichert und wußte nicht, was ich sagen sollte. *Gehen wir doch später zu dir, ich finde dich wunderschön, und ich hasse es, morgens allein aufzuwachen.* Oder: *Tut mir leid, das macht mir Angst, ich kann nicht umgehen mit Frauen, die so direkt sind.*

Daß die Flasche mittlerweile leer war, merkte ich erst, als der Boden schon in den Himmel zeigte und immer noch kein Tropfen kam. Es war jetzt an mir, etwas zu sagen, doch ich war verlegen. Ist sie betrunken oder auf Pille, fragte ich mich, ich versuchte ihre Pupillen zu erkennen, die waren groß, ja, aber es war ja auch ziemlich dunkel draußen. Hatte ich sie vielleicht einfach nur falsch verstanden.

Das Schweigen legte sich jetzt wie gehärteter Sprühkleber auf uns, wir waren unfähig, uns zu bewegen, wir klebten fest an den Treppenstufen und ich zudem noch an der Flasche, wir beide aneinander, obwohl wir uns gar nicht berührten.

Schließlich schafften wir es, die Köpfe zu drehen und uns anzusehen.

– Laß uns reingehen, tanzen, sagte sie, es ist noch früh.
– Okay, sagte ich.
– Vielleicht bis später, Timur, sagte sie, stand auf und ging. Ich blieb noch ein wenig sitzen, bis ich den Sprühkleber nicht mehr fühlte und die Sterne wieder sehen konnte.

Drinnen ging ich direkt an die Theke, Schnaps, ich brauchte jetzt Schnaps, meine Güte, war ich schnell zu verunsichern, meine Güte, war ich langsam, Herrgott. Doppelte Wodka, drei Stück, dann auf die Tanzfläche, mich beruhigen, es dauerte, aber bald war ich wieder drin, in der Musik, raus, aus meinem Kopf.

Warum eigentlich nicht, was hatte ich schon zu verlieren, was konnte mir passieren? Schlimmstenfalls würde ich mich morgen früh ekeln, so einfach war das, als ich meinen vierten Doppelten kippte. Ich trank in letzter Zeit kaum noch, ich hatte nicht mehr so viele Hemmungen, die ich vergessen mußte, deshalb fiel es mir um so mehr auf, wenn ich trinken mußte, weil ich nicht anders konnte. Nüchtern zu schüchtern.

Dominique war noch da, tanzte, lächelte mich manchmal an, sah noch schöner aus als am Anfang. Vielleicht ist sie doch ein Mann, schoß es mir durch den Kopf, ein Schwuler, der es ausnutzt, daß Männer ihn manchmal für eine Frau halten, Dominik, na klar. Aber sie hatte doch nicht widersprochen, als ich sie Tochter des DJs genannt hatte. Ich sah mir Dominique noch mal an. Und wenn es ein Mann war, er sah gut aus, ein baumelnder Sack würde ihn auch nicht häßlicher machen. Außerdem liebten wir beide die Musik und wußten, wie es war, morgens als erstes eine CD aufzulegen.

Ich sah ihr noch ein wenig beim Tanzen zu, und als sie sich an den Rand stellte, um auszuruhen, ging ich zu ihr.

– Wollen wir gehen? fragte ich und fand mich plump und ungeschickt, aber noch mehr hatte ich nicht trinken wollen, dann mußte ich mich eben ein wenig schämen für diese Einfallslosigkeit.

– Gehen wir, sagte sie, ich habe noch ein paar schöne Stücke zu Hause, die wir gemeinsam hören können.

Draußen blieb Dominique kurz stehen und sagte:

– Timur, das ist ein türkischer Name, oder? Timur, es geht mir nicht um Sex, und wenn du jetzt mitkommst, dann tu mir bitte einen Gefallen, ja? Ich wache nicht gerne alleine auf, ich möchte, daß du morgen früh da bist, wenn ich die Augen aufmache.

– Na klar, sagte ich.

Vielleicht hätte ich doch mehr trinken sollen. Was für eine Frau.

Es war nicht weit bis zu ihrer Wohnung, ich kaufte mir noch ein Bier an der Tanke, und den Rest des Weges sangen wir. Zuerst hatte sie nur vor sich hingesummt, aber schnell erkannte ich die Melodie, und schon bald sangen wir zweistimmig. Das war lange her, daß ich nachts in den Straßen mit jemandem gesungen hatte, das war sehr lange her, doch es erfüllte mich nun mit Freude und nicht mit Wehmut. I don't believe in civilization, but yet I still drive a car, I don't believe in hard work, but still I have a farm, but look what it all comes down to, ain't gonna figure it yet, 'till you have one hand full of ashes, and the other hand is putting your soul to rest.

Die Tochter des DJs, wir kannten dieselben Lieder.

Sie hatte eine Altbauwohnung mit einer kleinen Küche und einem großen Zimmer mit hoher Decke, das hier und da in Rot gestrichen war, als hätte sie nur rumprobiert. Auf dem Boden lag ein

Futon, sie hatte eine große Holztruhe, riesige Boxen, zwei Technics Plattenspieler, 1210er nehm ich an, und eine beeindruckende Plattensammlung.

Dominique zog ihre Schuhe und Strümpfe aus, machte den Verstärker an, holte aus einer Kiste voller Singles eine Platte heraus und legte sie auf den Teller, auf den sie ihren linken Zeigefinger hielt, so daß er sich nicht drehen konnte. Ich durfte auf ihrem Bett sitzen und zusehen, wie Dominique die Nadel sanft auf das Vinyl setzte. Auch ich zog Schuhe und Strümpfe aus, wir lächelten uns an, draußen zwitscherten schon die Vögel.

– Gib uns Musik, sagte ich, und sie hob ihren Finger, und der Sound war mit einem Mal überall. Dominique kam hinter ihrem Plattenspieler hervor, und wir tanzten, wir rieben uns aneinander, warfen die Arme in die Luft, sprangen auf und ab, sie beugte wieder mit geradem Rücken ihren Oberkörper vor, streckte ihren flachen Hintern raus und ließ ihn kreisen.

Was für eine Frau, die sich im ersten Licht zu der Liebe ihres Vaters bewegte, eine Frau, die laufwärts immer Klang sein wird. Das perfekte Glücksversprechen, sie hatte den Baß in den Genen, falls wir uns doch liebten, würde ich durch sie auch die Musik streicheln, ich würde die Melodien küssen und von den tiefen Frequenzen umschlungen werden.

Dominique legte die nächste Single auf, und wieder die nächste, die neuesten Riddims, den heißesten Kram, noch eine, immer wieder drei Minuten, die alles bedeuten konnten. Schließlich sagte sie:
– Einen noch. Ska.
Ich staunte nicht schlecht, als ich Athena erkannte.
– Woher? fragte ich in die Stille hinein, nachdem wir noch ein letztes Mal durchs Zimmer getanzt waren.
– Ich bin die Tochter des DJs, sagte sie. Da kann ich doch auch türkischen Ska kennen.

Sie lächelte stolz, setzte sich auf die Matratze, drehte sich eine letzte Zigarette. Der Horizont suchte sich ein paar Orangetöne für einen schönen Morgen aus. Ich zog mein Hemd aus, knöpfte es auf, anstatt es wie sonst über den Kopf zu ziehen. Dann ging ich ins Bad, stellte mich ans Waschbecken und sah mir meine müden Augen an und mein Grinsen. Ich drehte den Wasserhahn auf, hielt meine Hände darunter, plätscherte ein wenig, drehte ihn wieder zu. Morgen früh würde Dominique uns als erstes eine Platte auflegen, vor dem Frühstück. Nachdem ich meine Hände abgetrocknet hatte, ging ich ins Zimmer zurück und setzte mich aufs Bett und knöpfte meine Hose auf. Dominique drückte ihre Zigarette aus und stand auf.

Als sie aus dem Bad kam, hatte sie ein T-Shirt an, das ihr bis knapp über die Knie reichte. Ich schlug die Decke zurück, sie legte sich mit dem Rücken zu mir hin und fragte: Löffelst du mich? Als ich an sie heranrückte, nahm sie meine Hand und legte sie sich auf den Bauch. Kurz hielt ich die Luft an, horchte auf den Rhythmus ihres Atems, dann stimmte ich ein. Schon bald zuckte ihr Bein, dann zuckte ihr Arm, ich fragte mich, ob auch ihre Finger zucken würden, und dann weiß ich nichts mehr.

Ihr Wecker zeigte halb eins, als ich die Augen aufmachte und mein erster Gedanke war: Sie ist kein Mann. Ich drehte mich auf den Rücken und lächelte dem Tag entgegen.

Als es schon kurz vor zwei war und Dominique immer noch nicht wach, stand ich leise auf und ging in die Küche, setzte Kaffee auf, versuchte dabei möglichst wenig Geräusche zu machen und hoffte doch, daß sie aufwachen würde. Was sie nicht tat. Ich blätterte in einer Musikzeitschrift, sah in den Kühlschrank, starrte aus dem Fenster, trank Kaffee, las die Rückseite der Cornflakespackung, langweilte mich.

Ihr Schlüssel lag auf dem Küchentisch, ich hatte Hunger, und so kam ich auf die Idee, daß ich ja Brötchen holen konnte, Dominique würde sich bestimmt freuen. Vorsichtig lugte ich ins Zimmer, sie schlief immer noch, ein Bein lag über der Decke, ihr T-Shirt war hochgerutscht. Ich sah mir diesen friedlichen Gesichtsausdruck an, ihre lange gerade Nase, die dichten Augenbrauen, das kräftige Kinn. Ich hatte das Gefühl, als könne ich mich verlieben. Ein Gefühl, das ich schon länger nicht mehr gehabt hatte.

Mit angehaltenem Atem wartete ich, ob ein Liderflackern mir

möglicherweise verraten würde, daß sie schon wach war, daß sie mich genauso beobachtete wie ich sie. Doch sie schien tief zu schlafen.

Leise ging ich durch den kurzen Flur, steckte von außen den Schlüssel ins Schloß, drehte vorsichtig die Zunge zurück und zog dann leise die Tür zu. Mein Blick fiel auf ihr Klingelschild, Bellal, ein seltsamer Name.

Es war ein freundlicher, heller Tag, vielleicht würde ich ja den Rest den Sommers mit Dominique verbringen. Den ersten Passanten, der mir entgegenkam, fragte ich nach einer Bäckerei, es gab eine ein paar Straßen weiter, ich konnte mich gar nicht entscheiden, ob ich grinsen oder ein Lied pfeifen sollte. Frühstücken mit Dominique, ein sonniger Samstag, Musik in meiner Seele, die Welt paßte in mein Herz.

Der Name der Bäckerei machte mich schon etwas stutzig. Als ich dann drinnen stand, war die Ähnlichkeit verblüffend, die gleiche Nase, ein ähnliches Kinn, die Augen, die Wangenknochen, nur die lockigen blonden Haare paßten nicht so recht ins Bild.

– Bitteschön, was kann ich für Sie tun? fragte der Mann.

– Äh, Schrippen, vier oder, nee, fünf und Croissants und Negerküsse, jeweils zwei und Kuchen, Kirschkuchen …

Ich sagte einfach irgend etwas, ich entschied mich wahllos, und während er die Sachen einpackte, fragte ich:

– Waren Sie früher DJ?

– DJ? fragte er. Wieso DJ, ich bin Konditor.

– Aber Sie haben früher Platten aufgelegt?

– Nein, nie. Wie kommen Sie denn darauf? fragte er sichtlich verwundert.

– Keine Ahnung, war nur so ne Idee. Aber Sie sind schon Herr Bellal, oder? Das ist Ihre Bäckerei.

– Ja, sagte er, die Bäckerei Bellal gehört mir.

– Sie haben nicht zufällig eine Tochter oder sonstwie Verwandte, die Dominique heißt, oder?

– Doch, sagte er, ich bin der Vater. Kennen Sie sich?

– Dominique Bellal.

– Meine Tochter.

Ich nickte.

Als ich die Tür aufschloß, stand sie in ihrem T-Shirt im Flur, sie schien auf mich gewartet zu haben. In ihrem Gesicht, in ihrer ganzen Haltung lag ein Vorwurf, eine Ablehnung, als würden sich meine Gefühle in ihrem Körper spiegeln.

– Du warst nicht da, sagte sie, du hattest es versprochen.

Ich legte die Tüte mit den Brötchen und den Schlüssel auf den Boden, sagte: Tut mir leid, und ging. Ich wäre gerne der Sohn eines Heiligen gewesen.

54/46

Ist es Materie? war meistens die erste Frage, nachdem wir das alte Wer-bin-ich-Spiel erweitert hatten. Personenraten war irgendwann zu vorhersehbar und langweilig geworden, also hatten wir uns entschieden, daß man sich alles mögliche ausdenken konnte, einen Gegenstand, ein Tier, einen Film, eine Geste, ein Geräusch, ein Gefühl, einen Song. Man mußte Fragen stellen, um das zu erratende Ding einzugrenzen, und durfte bei jeder positiven Antwort weiterfragen, bei einem Nein kam der andere dran.

Man konnte auf fast alles kommen, wenn man nur geschickt fragte. Die erste Gitarrensaite, die beim Iggy-Pop-Konzert gerissen war. Der Lichtschalter in dem Hotelzimmer gestern abend. Eine Tätowierung, die Globalisierung, ein Liebesbrief, Hunger, Hundefutter im Angebot, die Freude über eine bestandene Prüfung, Kommunismus, die letzte Fritte in der Tüte. Wir brauchten ein wenig Zeit, aber wir kamen drauf.

– Ist es Materie? fragte ich, und Tom sagte nein.

Ich mußte feststellen, daß es auch kein Gefühl, keine Idee, kein Zustand, keine Abstraktion war. Es hatte etwas mit Kommunikation zu tun, fand ich heraus, aber das half mir nicht weiter. Tom hatte längst rausbekommen, was ich mir ausgedacht hatte: Der silberne Glanz, der an den Fingern haftet, nachdem man an einem Becks-Etikett rumgepiddelt hat. Und ich biß mir seit einer halben Stunde die Zähne aus an dieser Sache, die keine Materie war, mit Kommunikation zu tun hatte, international bekannt war, die fast jeder hatte, geschlechtsunabhängig und in nahezu jedem Haushalt zu finden, zumindest die Gattung, zu der dieses eine bestimmte Nicht-Ding gehörte.

Das Buju-Banton-Tape lief, sonst wäre ich wahrscheinlich nie

drauf gekommen, *54/46 is my number*, dröhnte es aus den Boxen und ich sagte:
– Ist es eine Telefonnummer?
– Ja.
Von da aus war es nicht mehr weit, es dauerte keine zwei Minuten, und ich hatte raus, daß es die Nummer von Sylvie aus Hamburg war. Sylvie war eine kleine Frau Anfang Zwanzig, ein wenig schrill und laut, immer irgendwie auf der Suche nach dem richtigen Mann, voller überbordender Leidenschaft, eine Person, die immer ein wenig gehetzt wirkte, weil ihr die Tage zu kurz waren, um so viel Leben reinzupacken, wie sie wollte. Ich beschloß, sie heute noch anzurufen.

Manchmal wurde Telefonieren zu einer abendfüllenden Beschäftigung für mich, obwohl es mir unnatürlich vorkam, drei Stunden lang mit einem Plastikhörer in der Hand dazusitzen oder zu liegen und einen Haufen Geld dafür zu bezahlen. Kein persönlicher Kontakt, sondern nur ein Ersatz. Wenn ich ausgegangen wäre und etwas getrunken hätte, wäre es genauso teuer geworden, tröstete ich mich und betrank mich oft genug noch nebenbei.

Immer wieder dachte ich an diese Stelle in dem Band mit Bukowskis Briefen *Screams from the balcony,* wo er schreibt, daß betrunkene R-Gespräche quer durch die Staaten, an die er sich hinterher nicht mehr erinnern kann, zu seinen Spezialitäten gehören. Ich konnte das verstehen, irgendwann kommt der Zeitpunkt, wo vier Wände und achtzehn Drinks nicht mehr ausreichen, es kommt der Zeitpunkt, an dem man eine menschliche Stimme braucht und eine gewisse Entfernung, damit man die Illusion aufrechterhalten kann, daß der andere einen versteht.

Ich brauchte mich nicht zu beschweren, ich war in der glücklichen Lage, daß Leute aus den seltsamsten Gründen bei mir anriefen. Eine Buchhändlerin wollte mich wissen lassen, daß sie nicht kontaktscheu sei, weil ich so etwas mal in einer Geschichte geschrieben hatte und weil sie sich gleich persönlich angesprochen fühlte von dem Vorurteil, das mir anscheinend nicht geholfen hatte zu erklären, worauf ich eigentlich hinauswollte, aber immerhin hilfreich gewesen war, um einen Abend lang zu telefonieren.

Vielleicht sollte ich öfter ganze Berufsgruppen verunglimpfen. Friseurinnen sind schrecklich geschwätzig, Schauspielerinnen eingebildet, Erzieherinnen im normalen Leben nicht durchsetzungsfähig, Krankengymnastinnen stets geschmacklos gekleidet, Bibliothekarinnen werden im Schnitt mit 35 entjungfert, Fleischereifachverkäuferinnen haben dicke Hintern, ökologisch angehauchte Emanzen stehen auf Fesselspiele. Also, ruft mich an, wenn ihr da irgend etwas klarstellen wollt. Obwohl, wenn ich es mir recht überlege, lesen die alle keine Bücher, oder?

Nein, ich brauchte mich nicht zu beschweren, es gab Menschen, die gaben in ihrem Frust noch viel mehr Geld fürs Telefonieren aus und das ohne persönlichen Kontakt.

Als ich einundzwanzig war und unbedingt Schreiber werden wollte, aber keine genaue Vorstellung davon hatte, wie man das am besten anfängt, nahm ich so ungefähr jeden Deppenjob an, um meinen Lebensunterhalt zu verdienen. Meine Manuskripte wurden von den Verlagen mit Formbriefen zurückgeschickt, und ich brauchte Geld für Briefmarken, fürs Kopieren, für die Miete und für Tabak und Bier und Fast food. Ich wollte schreiben und dafür bezahlt werden, aber ich schuftete in Fabriken, stapelte Paletten, tütete Briefe ein, schleppte Säcke voller Sand für eine BMX-Veranstaltung in eine Halle und hinterher wieder raus, bewachte nachts Messestände und verteilte Prospekte. Ich war ständig auf der Suche nach einem besseren Job, irgendwo im Warmen, wo man nicht körperlich arbeiten mußte, also saß ich jedes Wochenende mit der Ausgabe der Lokalzeitung da und studierte die Rubrik Arbeitsangebote. *80 000,– DM pro Jahr ohne Vorkenntnisse*, das hörte sich gut an, aber ich sparte mir das Geld für ein Ortsgespräch, das konnte kaum seriös sein. Reinigungspersonal, Haushaltshilfe, Hundesitter, Kurierfahrer, Glasreiniger, Automatenfüller, Abonnentenwerber, Tankstellennachtkassierer, Inventurhelfer, Propagandist für Wurstdelikatessen, die Auswahl war riesig, aber da war nichts, das ich wirklich gerne getan hätte.

Eines Samstags stieß ich auf die Anzeige: *Kurzgeschichtenschrei-*

ber gesucht. Tel. 544654. Bingo, dachte ich, das ist es, ich hab es doch immer gesagt, es herrscht in diesem Land ein Mangel an guten Schreibern, die sind jetzt schon so weit, daß sie per Zeitungsannonce suchen müssen. Das ist mein Job. Zu Hause an der Schreibmaschine sitzen und Geld verdienen, zunächst nicht mit eigenen Sachen, sondern mit Auftragsarbeiten, aber was solls?

Sofort rief ich die Nummer an und hatte ein Band am anderen Ende der Leitung, das mir eine weitere Nummer nannte, die ich anrufen sollte, falls ich wirklich an diesem Job interessiert wäre. Ich notierte die Nummer, rief an und hatte wieder ein Band am anderen Ende, wo mir eine Männerstimme eine weitere Nummer nannte, die ich wählen sollte, wenn ich ein genuines Interesse an dieser Tätigkeit hätte. Fröhlich wählte ich auch diese Nummer, wenn mir etwas wichtig ist, kann man mich nicht so leicht abschrecken. Endlich hatte ich eine lebende Person dran, einen Mann, der mir erklärte:

– Sehen Sie, ich habe eine Telekommunikationsfirma, und wir bauen uns gerade ein zweites Standbein auf, für das wir noch engagierte Mitarbeiter suchen. Unsere Tätigkeit wird sich auf den Bereich der gebührenpflichtigen Nummern beschränken, wenn Sie verstehen, was ich meine …

– Nicht so ganz.

– Nun, Sie haben doch bestimmt schon mal von diesen gebührenpflichtigen Nummern gehört, bei denen man anrufen kann. Die werden hauptsächlich von Männern frequentiert.

– Telefonsex?

– Nennen Sie es, wie Sie wollen. Sie verstehen, wonach wir suchen?

– Nicht direkt.

– Also, das Prinzip ist einfach, jemand wählt die Nummer, und am anderen Ende geht ein Band an, ähnlich wie bei einem Anrufbeantworter, und auf diesem Band ist dann eine Frauenstimme zu hören.

Ja, aber was hatte ich damit zu tun?

– Sehen Sie, und die Damen, die die Texte auf Band sprechen, sind leider nicht besonders phantasiebegabt, deshalb brauchen wir jemanden, der diese, äh, Kurzgeschichte schreibt. Trauen Sie sich das zu?

– Ja, natürlich, das ist überhaupt kein Problem.

Ich wollte Schreiber werden, und dies schien mir ein Einstieg, wie fragwürdig auch immer. Es war doch ein Handwerk, und wenn man es beherrschen wollte, mußte man alles schon mal gemacht haben.

Der Mann erklärte mir, daß die Texte ungefähr vierhundert Worte lang sein mußten, man keine Ausdrücke verwenden durfte, sondern das Gebiet der Pornographie mit möglichst anschaulichen Metaphern umschiffen sollte. Innerhalb der ersten drei Sätze sollte der Hinweis auftauchen, daß der Anrufer bitte auflegen solle, wenn er noch nicht volljährig sei. Am Ende kam die Frau mit lautem Geschrei und Gestöhne, und als Schlußsatz sollte immer drunter stehen: Dieser Text ist weder jugendgefährdend noch in strafrechtlicher Hinsicht anfechtbar. Als würde allein die Behauptung reichen, aber er erzählte mir irgend etwas von Anwalt und Bestimmungen, und ich nickte einfach ab.

Wir vereinbarten, daß ich eine Arbeitsprobe erstellen sollte, wie er es nannte, zunächst unentgeltlich, als Bewerbung sozusagen, aber wenn ich genommen würde, würde diese Kurzgeschichte, wie alle weiteren auch, mit 17 DM pro Stück honoriert werden.

Ich erstellte eine Arbeitsprobe, sie wurde für gut befunden, ich war genommen, ich war Sexgeschichtenschreiber. Endlich wurde ich bezahlt für Worte, die ich auf Papier brachte, und die Bezahlung war eine Revolution für mich, 17 Schleifen pro Geschichte, nachdem ich den Bogen raushatte, brauchte ich kaum länger als eine Viertelstunde, um so eine Geschichte in die Maschine zu tippen. 17 Tacken in fünfzehn Minuten, das war ein Haufen Geld für jemanden, der bisher immer nur auf Stundenlohnbasis gearbeitet hatte, mal zwölf, mal fünfzehn, vielleicht sogar zwanzig Mark, wenn es hochkam, aber siebzehn mal vier, das waren 68 Mark, wen scherte es da, daß der Mann gerade mal zehn Geschichten in der Woche brauchte und ich immer noch nebenbei arbeiten mußte. Ich wurde fürs Schreiben bezahlt und das nicht mal schlecht, ich wähnte mich dem Glück sehr nah.

Zumindest einige Wochen lang, dann gingen mir langsam, aber sicher die Ideen aus, ich hatte alle Haarfarben, Brustgrößen, Schamhaarlängen und Orte durch, das Thema erwies sich als nicht sonderlich ergiebig. Ich hatte die vertracktesten Metaphern gefunden, was meinen Arbeitgeber begeisterte. Ich ließ sie Springerstiefel tragen, und so konnte ich Soldat statt Schwanz sagen, und der mußte natürlich in die Kaserne, ich ließ es auf einem Rockkonzert passieren, er hatte eine überlange Zugabe in der Hose, die den ganzen Saal beben ließ, im Wald steckte man einen Ast ins Unterholz, ein Wagenheber zum Aufbocken, diesen schlechten Vergleichen waren keine Grenzen gesetzt, aber meiner Phantasie schon. So fing ich nach einiger Zeit an, einfach die Namen und Haarfarben der Damen zu ändern und dem Mann alte Geschichten erneut anzudrehen. Was auch bestens funktionierte, keiner merkte etwas, es war eine hohle, stupide Art, Geld zu verdienen, aber ich hätte wohl noch sehr lange so weitergemacht, wenn ich nicht zufällig festgestellt hätte, daß in diesem Geschäft, wie wahrscheinlich überall in der Sexindustrie, sehr viel mehr Geld steckte, als ich geahnt hatte, daß mein Stück vom Kuchen einfach viel zu klein war. Die Frauen, die die Texte auf Band sprachen, bekamen 35 Mark die Stunde, und eine Stunde war schnell rum, wenn man bedachte, wie langsam sie sprachen und wie oft sie tief Luft holen mußten, um hinterher lange zu stöhnen. Doch das meiste Geld ging für die Werbung drauf, wie ich herausfand, und niemand würde so viel Werbung machen, wenn es sich nicht rentierte. Ich verlangte eine Lohnerhöhung, ich wollte 25 DM pro Text, mein Chef weigerte sich, und ich hörte auf, Sexgeschichten zu schreiben, und verschickte wieder Manuskripte an Verlage.

Ich habe es mir damals nicht nehmen lassen, auch mal diese Nummer anzurufen, vielleicht gewannen meine Geschichten ja durch den gelungenen Vortrag. Aber eher das Gegenteil war der Fall. Ich wollte es nicht glauben, daß es tatsächlich Männer gab, die regelmäßig dort anriefen und mehr befriedigten als nur ihre

Neugier. Wenn jeder nur einmal aus Jux anrief, dann wäre das Geschäft ja irgendwann mal erledigt gewesen wie Tamagotchis, aber nein, es mußte auch verzweifelte Typen geben, die mit offener Hose, den Hörer in der Hand, dasaßen und dieser Frau lauschten, die sich zwischen zwei Worten anhörte, als würde ein Blasebalg quietschen. Doch ich konnte sie nicht verachten, im Grunde wollten sie wahrscheinlich dasselbe wie ich: der Einsamkeit entkommen und mit einer Frau telefonieren. Was konnte ich dafür, daß ich schon immer das Glück hatte, Frauen zu kennen, mit denen ich Telefonbekanntschaften pflegte? Was konnte ich dafür, daß dieser Job der erste Schritt gewesen war, um öfter angerufen zu werden? Diese Männer trösteten sich wahrscheinlich ähnlich wie ich. Eine Nutte wäre teurer gekommen, oder der Aufriß mit den vielen Getränken oder eine ständige Beziehung mit den kleinen Aufmerksamkeiten und Geschenken. Ihren Wunsch, einer Stimme zuzuhören, konnte ich verstehen. Mir war nicht richtig begreiflich, wie man diese Geschichten erregend finden konnte. Ich zweifelte manchmal daran, ob das überhaupt der Fall war, aber als Witz waren diese Nummern dann doch zu teuer. Und wenn diese Männer sich wirklich mit dem Hörer in der Hand befriedigten, dann, ging mir auf, dann war ich einer der wenigen heterosexuellen Männer, die in ihrem Leben mehr Männern als Frauen zum Orgasmus verholfen hatten. Eine fragwürdige Ehre, und die paarmal, die ich mit Sylvie Telefonsex hatte, reißen es nun echt nicht raus.

Wechselgeld

> sei ein blatt
> an einem baum
> und laß den wind
> an dich ran
>
> *altes keuschheitsgebet*
> *der tibetaner*

Das klingt jetzt vielleicht ein bißchen seltsam, aber ich kann vorhersagen, wann es regnen wird. Wirklich. Ich fühl mich sehr sonderbar in letzter Zeit. Ich verhalte mich auch sehr sonderbar, ich rede mit mir selbst und grinse und lache ohne jeden Grund. Irgend etwas geht da vor, mein Leben scheint sich zusammenzufügen, eine Richtung zu nehmen.

Heute morgen habe ich meinen CD-Spieler auf Shuffle gestellt und mir Track 12 gewünscht. Er kam, Track 12, und ich habe aufgedreht und getanzt in meinem Zimmer.

Beim Yoga sind mir, während ich auf dem Kopf stand, Bilder ins Hirn gepurzelt, aus einem Leben, das mir noch geschenkt werden würde. Ich habe den Mann angerufen, der die beiden Bücher geschrieben hat, die beiden, die mich in dem letzten halben Jahr begeistert haben. Er ist vier Jahre älter als ich und hat noch vierzehn weitere Romanmanuskripte in der Schublade. Zehn Jahre hat er zu Hause gesessen und geschrieben. Jetzt kann er aus dem vollen schöpfen und alle paar Monate ein Buch veröffentlichen und vielleicht noch öfter lachen als ich.

Es wundert mich, wie oft ich lache. Manchmal sitze ich auf der Toilette und versuche mir alles gleichzeitig anzuschauen, um den Plan zu verstehen, und dann muß ich lachen.

Vierzehn Manuskripte, wenn die so gut sind, wie die beiden Bücher, dann habe ich erst mal ausgesorgt. Dann muß ich nicht mehr verzweifelt suchen, dann habe ich wieder etwas, bei dem ich auf jeder zweiten Seite staune. Da geht einiges, bei diesem Mann, der für uns zehn Jahre zu Hause gesessen hat und die Tasten auf seinem Rechner neu belegt, damit das Schreiben schneller geht.

Ich kann vorhersagen, wann die Sonne scheinen wird, das ist nicht leicht im Mai in Deutschland. Ich fühle mich sehr seltsam, in meinem Kopf geht es drunter und drüber, mal wird es bunter, dann wieder trüber. Doch meistens ist es sehr farbig, und die Bilder ändern sich so schnell, daß ich sie nicht festhalten kann. Ich kann vorhersagen, wann ich grinsen werde, aber ich wußte nicht, daß ich heute meine erste Freundin auf der Straße treffen würde. Wir hatten uns zehn Jahre lang nicht gesehen, obwohl wir in derselben Stadt wohnen, aber ich hatte in letzter Zeit oft an sie gedacht und sogar ihre Nummer aus dem Buch gesucht.

Dann haben wir uns getroffen, bei Sonnenschein, den ich vorhergesagt hatte. In ihren blauen Augen waren kleine rote Punkte, als wäre sie ein Kaninchen oder unecht wie ein Foto. Ich habe diese kleinen roten Punkte neben ihren Pupillen nicht verstanden. Lichtreflexe von ihren aufgehellten Haaren oder von meinem roten T-Shirt oder von den Erdbeeren, die sie gekauft hatte.

Wir haben lange geredet, über die anderen in den alten Zeiten und ein bißchen darüber, was wir jetzt so treiben und daß wir keine Kinder haben. Wir haben lange geredet, sie wohnt seit einem halben Jahr schräg gegenüber, doch wir sind uns erst heute begegnet. Denn ich fühle mich erst in letzter Zeit so sonderbar. Wir haben uns unterhalten, und später habe ich gemerkt, daß ich angegeben habe. Und zuviel erzählt. Aber dann habe ich wieder gegrinst. Es ist rund, zehn Jahre später ist es rund, unsere Wege haben sich bei Sonnenschein gekreuzt, sie hatte diese roten Punkte in den Augen, ich Schweißflecken unter den Armen, es ist jetzt abgeschlossen, die letzten zehn Jahre sind rund, wie ein aufblasbarer Plastikball, mit dem man am Strand spielt.

Ich kann auch den Wind vorhersagen, und der treibt den Ball aufs Meer. Mein Leben nimmt eine Richtung, ich kann es fühlen, die Zeiten ändern sich, ich kann es fühlen, und es ist nicht wie früher auf Trip, als dieses Gefühl verschwand, sobald ich nüchtern wurde. Die Zeiten ändern sich gerade, ich kann es in meinen Knochen fühlen, ich werde eine Frau treffen, leben, lieben und arbeiten, ich werde eine Frau finden, alles fügt sich zusammen. Ich werde lachen, fett grinsen und wiehern, ich werde voll werden und überlaufen und ihre Fingerspitzen küssen. Alles fügt sich zusammen, morgen wird die Sonne scheinen, ich fühle mich sehr sonderbar in letzter Zeit, ich werde eine Frau treffen, leben, lieben und arbeiten.

Die Musik hören

Am ersten Tag, als sie uns die Uniformen gegeben hatten und wir in den ungewohnten, schlecht sitzenden, tarnfarbenen Hosen und Jacken auf die Beendigung der Formalitäten warteten, sah man den meisten von uns an, daß sie sich unwohl fühlten, verängstigt, eingeschüchtert. Der erste Tag in der Kaserne, fast zwei Monate würden wir hierbleiben, für den Rest der regulären achtzehn Monate Wehrdienst hatten wir uns freikaufen können, aufgrund einer Regelung, die Devisen ins Land bringen sollte.

Einer saß auf der vorderen Kante eines Stuhls, vorgebeugt, die Ellenbogen auf die Knie gestützt, die Hände verschränkt. Er wirkte wie ein ausgebildeter Einzelkämpfer, der gelassen auf seinen Einsatzbefehl in der Gefahrenzone wartet. Er hieß Sinan, doch später nannten ihn alle nur Rambo, ein 1,90 großer Kerl mit gewaltigen Schultern, bestimmt hundert Kilo schwer, mit Trapezmuskeln dick wie Schiffstaue und erstaunlich zartgliedrigen Händen. Es hätten die Hände eines Pianisten sein können oder eines Uhrmachers. Die Adern auf seinen Handrücken sahen aus wie blaues Nähgarn.

Rambo hatte in Deutschland zweieinhalb Jahre im Knast gesessen, wegen Erpressung, wie er sagte.

– Ich mein, die haben gesagt, es sei Erpressung, aber die Kohle gehörte uns, verstehste? fügte er hinzu, und ich fragte nicht nach den Einzelheiten.

– Zweieinhalb Jahre, Alter, weißt du, was das für ein Gefühl war, nach zweieinhalb Jahren zum ersten Mal wieder zu ficken? Ich dachte, ich sei Jungfrau. Das kannst du dir gar nicht vorstellen.

Konnte ich tatsächlich nicht.

Wir waren zu 27 Mann in einem Schlafsaal untergebracht, und Sex wurde schnell zum Dauerthema zwischen uns. Eine Menge junger Männer auf einem Haufen, keine Frau weit und breit, worüber hätten wir reden können. Es fing mit Witzen an. Mit schlechten Witzen, über die wahrscheinlich niemand lachen kann, außer ein paar sexuell frustrierte Männer in einer Kaserne. Wie der von der Nonne, die beichtet, daß sie dem Gärtner einen runtergeholt hat. Sie wird zu einer bestimmten Quelle geschickt, um ihre Hand mit dem heiligen Wasser reinzuwaschen. Dort sieht sie zahlreiche andere Nonnen, die mit dem Quellwasser gurgeln. Nein, wie lustig.

Einige prahlten mit den Künsten ihrer Frauen und Freundinnen, einige mit ihren Erlebnissen mit Huren, und einer erzählte von dem Ehemann, der sich aus finanzieller Not als Zuhälter seiner Frau betätigte und jeden, der insgesamt nicht länger als eine halbe Stunde brauchte, eine zweite Nummer gratis schieben ließ. Die meisten taten so, als würden sie sich rechtschaffen über den gefühllosen Mann aufregen, aber das stimmte nicht. Es regte sie an und nicht auf.

Nach einigen Tagen kursierten Gerüchte über Hängepulver im Essen, das impotent machen sollte und beigemischt wurde, damit wir uns nicht vor lauter Geilheit gegenseitig vergewaltigten. Ich glaubte das nicht. Wir kriegten keine Erektionen, weil uns jegliche Privatsphäre fehlte. Man konnte sich noch nicht mal in Ruhe einen runterholen. Wo denn auch? Es gab fünf Toiletten für 220 Rekruten, mindestens zwei davon waren ständig verstopft, und es stank, daß nicht mal Rocco Siffredi einen hochgekriegt hätte. Die Duschen, die Duschen waren Gemeinschaftsduschen. Bei den meisten blieb sogar die Morgenlatte aus, wie man sich bereitwillig gegenseitig zu berichten wußte.

Wir wurden langsam bekloppt, jedes dritte Wort war Ständer, jedes fünfte Ficken und jedes zehnte Spritzen. Einige fingen an, laut und detailliert zu phantasieren, was sie mit ihren Frauen tun würden, wenn sie wieder zu Hause wären. Andere besorgten sich Telefonnummern von Nutten draußen in der Stadt, früher oder später würden wir ja Ausgang kriegen.

Nach acht Tagen, die wir in der Kaserne eingeschlossen waren, erzählte man uns von diesem Konzert, dessen Höhepunkt der Auftritt einer rumänischen Tänzerin war, die sich am Ende auszog.

– Ganz nackt? fragte Rambo unseren Oberst, und der nickte lässig grinsend.

Ich glaube auch das nicht. In einem Land wie der Türkei, in dem es keinen einzigen FKK-Strand gibt und etliche Frauen verschleiert rumlaufen, da würde es doch nicht in der großen Halle der Kaserne eine Striptease-Show geben, bei der eine Frau sich vor unzähligen Soldaten entblößte. Sie hätte um ihr Leben fürchten müssen.

Ich glaubte es bis zuletzt nicht. Aber ich ging natürlich hin. Und die Rumänin zog tatsächlich auch den Tanga aus, eine Frau splitternackt, alleine auf einer riesigen Bühne, vor ihr fast achthundert grölende Soldaten, die seit acht Tagen keine einzige Frau gesehen hatten, bekleidet oder unbekleidet.

Sie ging in die Hocke und gab die Knie auseinander, wir starrten hin. Den Rest des Tages redeten wir zur Abwechslung mal über Frauen und Sex. Die Hängepulvertheorie wurde wieder diskutiert, keiner hatte eine Erektion bekommen, oder zumindest keine dauerhafte oder nur eine halbe. Ich war immer noch der Überzeugung, daß das eher mit der Atmosphäre zu tun hatte. So viele Männer in einem Saal, soviel Lärm und Geschrei. Wir waren keine sechzehn mehr, man bekam doch keinen Ständer, sobald man vorne auf der Bühne eine Frau sah, in einer Entfernung, daß sie kaum größer wirkte als eine Barbiepuppe.

Es lag etwas Wunderbares in der Vorstellung, daß wir alle die Beherrschung verloren, die Hosen aufknöpften, unsere Schwänze rausholten und alles vollspritzten, ja. Wahnsinnige Mengen an Sperma, wir hatten ja gespart, wer hatte denn schon mal acht Tage ohne wichsen verbracht? Es war nur eine Vorstellung, und wir waren tatsächlich aus dem Alter raus, wo man es doch hinterher mit zugehaltener Nase auf der Toilette machte.

Früher hatte ich mich oft auf Toiletten befriedigt oder an Orten, wo die Gefahr bestand, erwischt zu werden. Mit achtzehn noch hatte ich in der Mittagspause auf dem Klo gewichst, weil es die einzige Abwechslung war bei diesem Job, wo ich acht Stunden am Tag Briefe eintütete. Ich war so leise gewesen, wie man es nicht für möglich halten sollte, keine Respirationsgeräusche, nicht mal das leiseste Aufstöhnen am Ende.

Ich hatte zweimal nach erfolglosen nächtlichen Versuchen, zumindest einen One-night-Stand zu ergattern, fast alleine angetrunken in der letzten Bahn gesessen und mit einer wütenden Erleichterung auf die Sitze gespritzt.

Noch früher hatte ich mit dem Otto-Katalog in meinem Zimmer gesessen, mir die Wäscheseiten und Ehehygieneartikel angeschaut und mich nur durch Drücken und durch die Hose Drüberreiben zum Höhepunkt gebracht, weil meine Mutter jeden Augenblick reinkommen konnte.

Ich war von meiner Freundin beim Masturbieren am Waschbecken überrascht worden, und als ich meinen Schwanz möglichst schnell wieder in der Hose verstauen wollte, war es mir vor Verwirrung, Scham und Hast gekommen. Sie war in Tränen ausgebrochen. Ich hatte sie betrogen. Mit mir selbst. Sie reichte mir nicht mehr, war mir nicht gut genug, ich fand ja sogar meine eigene Hand erregender als sie. Ich brauchte sie nicht.

Wahrscheinlich lag es an unserem Alter, aber ich konnte ihr nicht begreiflich machen, daß das nichts mit ihr zu tun hatte, und fand mich von da an öfter am Waschbecken wieder. Ohne Freundin, die überraschend reinkommen konnte. Ich hatte mir noch oft diese demütigende Szene ins Gedächtnis gerufen, bevor ich schließlich den Hahn aufdrehte, Kaltwasser, damit es nicht klumpte.

Aber die Zeiten waren vorbei, und die einzige Möglichkeit zu wichsen war, nachts aufzustehen, an den Wachen vorbei aufs Klo zu gehen und dort viel zu lange zu bleiben. Wer geht schon mitten in der Nacht kacken?

Oder mitten in der Nacht darauf zu hoffen, daß die anderen alle tief und fest schliefen. Das hatte ich schon früher in der Jugendherberge nicht gekonnt. Es war mir unmöglich, in einem Etagenbett zu onanieren.

So vergingen zwölf Tage ohne Keulen. Für mich und vermutlich auch für die anderen. Zwölf Tage, wann hatte man das schon mal gehört, gesehen, gelesen oder erlebt, daß ein Mann mit zwei gesunden Händen zwölf Tage nicht wichste? Sechs, vielleicht sieben, höchstens acht, meinetwegen auch neun, aber doch niemals zwölf. Ich konnte mir nicht mal einen Theologiestudenten vorstellen, der es so lange aushielt.

Nach zwölf Tagen hatten wir zum ersten Mal Ausgang, und eine Menge Jungs, auch Rambo, gingen bumsen. Für einen Hunderter, ein bezahlbarer Preis, aber ich hatte es noch nie mit einer Prostituierten gemacht und hatte es auch nicht vor. Was hätte ich also tun sollen? Die Toilette des überfüllten Restaurants? Für eine halbe Stunde ein ganzes Hotelzimmer mieten, nur um ein wenig Ruhe und Abgeschiedenheit zu haben? Im Kino, während Mel Gibson wie wild rumballerte? Ein Auto mieten und einen Feldweg suchen?

Als wir abends in die Kaserne zurückmußten, prahlten viele mit ihren Erlebnissen, und ich war immer noch unbefriedigt.

Irgendwer hatte ein paar Hardcoremagazine aufgetan und in die Kaserne geschmuggelt, langweilige, plastikfarbene Vorlagen von schlechter Druckqualität, doch wir versammelten uns darum, sechs, acht junge Männer, die Köpfe vorgereckt wie Schildkröten. *Wie sie den reinnimmt in ihr enges Loch. Schau mal, was Gott dem für einen Schwanz geschenkt hat, der kann sich aber bedanken. Die kleine Schlampe, sieh sie dir an, wie sie schluckt.* Fachmännische Kommentare.

Man hätte sich jetzt unmöglich davonstehlen können, auf Toilette oder sonstwohin. Sie hätten einen gefunden und gejohlt, es wäre ein Zeichen von Schwäche gewesen. Man sparte sich auf, für den nächsten Ausgang, die nächste richtige Frau, für die man zahlen mußte, als wäre sie ein Parkscheinautomat.

Wir saßen oben auf einem Etagenbett, Rambo stand davor und überragte uns fast noch. Nach drei Minuten sagte er:
– Ich schau da besser nicht zu lange hin, und wandte sich ab.

Ich sah noch, wie er mit diesen fast fraulichen Händen vorne an seiner Jogginghose rumzuppelte, um seine Erektion zu verbergen.

Er hatte heute mittag anscheinend nicht genug gekriegt oder war wieder auf den Geschmack gekommen.

Acht Tage später hatten wir wieder Ausgang, ich schlenderte mit Rambo die Straße runter Richtung Stadt, es war Frühling, die Sonne wärmte uns, die Vögel sangen ihre Lieder, und wir wußten, daß sie nur sangen, weil sie bumsen wollten.

– Komm, sagte Rambo in einer unerwarteten Frühlingsspendierlaune, ich geb dir ne Nummer aus.

– Nö, danke. Ich geh nicht zu Nutten.

Er sah mich an, als hätte ich ihm eröffnet, daß Elvis noch lebte, wieder schlank war und eine Erdnußbutterallergie hatte, die er mit einer Eigenurintrinkkur behandelte. Dann hob er die Schultern, drehte die Handflächen nach oben und sagte:

– Mußt du wissen. Ich geh jetzt erst mal ...

Er benutzte keins der Wörter, und fortan machte er sich einen Spaß daraus, mir jedesmal, wenn wir Ausgang hatten, eine Nummer auf seine Kosten anzubieten. Nach sechs Wochen hätte ich fast ja gesagt, wenn ich nur das Gefühl gehabt hätte, daß er es auch ernst meinte und sich nicht nur über mich lustig machte.

Sechs Wochen, sechs Wochen ohne Selbstbefriedigung, das war eine Revolution, das hatte es, seit ich zwölf war, noch nie gegeben in meinem Leben, sechs Wochen ohne Höhepunkt, sechs Wochen Samenstau.

Konnte es sein, daß es mir doch mal nachts in die Hose kam. Mittlerweile wachte ich jeden Morgen mit einen Ständer auf. Soviel zur Hängepulvertheorie.

Ich fragte mich, ob es ein ganz neues Gefühl sein würde, eine völlig überwältigende Erfahrung, wie ich sie noch nie gemacht hatte. Mein ganzes Rückgrat würde anfangen zu glühen, ich würde vor Wonne vergehen, in Bewußtlosigkeit versinken, es würde noch besser sein, als ich es mir in meinen kühnsten Träumen ausmalen konnte.

Zwei weitere Wochen später wurden wir endlich entlassen, entkamen den militärischen Zwängen. Die letzten Tage hatte ich der Versuchung widerstanden, es doch auf der Toilette zu machen oder nachts im Bett. Nein, jetzt wollte ich wirklich den vollen Genuß, in aller Ruhe, rücklings auf einem Bett, allein in einem abgeschlossenen Raum. Ich würde es richtig zelebrieren, nur keine Hast, keine Eile, ich würde mich voll auf mich konzentrieren, ich würde mir verdammt gut tun.

Mein Cousin Oktay holte mich mit dem Auto ab. Er hatte die gesamten achtzehn Monate geleistet, doch das war schon eine Weile her.

– Es war sturzlangweilig, nicht wahr? sagte er, nachdem wir uns geküßt hatten.

– Ja, sagte ich, schmiß die Tasche auf den Rücksitz seines alten Ford Granada.

– Guck mal ins Handschuhfach, sagte er, als wir auf die Landstraße abbogen.

Ich lachte vor Freude, endlich draußen und dann das. Ich nahm die Rizla, die Tips, das Gras, Oktay gab mir eine Zigarette, ich drehte, und dann rauchten wir. Meine erste Tüte seit zwei Monaten. Es knallte wunderbar, es war ein fast fremdes Gefühl, als wäre ich noch nie in meinem Leben *derart* breit gewesen. Wenn mein erster Orgasmus mich auch so wegbeamte ...

– Sind die gut, sagte ich und hielt eine Pille hoch, auf der einen Seite war Jim Morrison eingeprägt und auf der anderen ein Raumschiff.

– Die sind der Hammer, sagte Oktay, sei vorsichtig mit denen, die haben einen LSD-Kern.

– Wo hast du die her?

– Ich hab sie in Marmaris einem Engländer abgekauft, der zurückflog und noch ein paar übrig hatte, die er unbedingt loswerden wollte.

Wir schluckten jeder eine Pille und fuhren beschwingt durch den angenehmen Frühlingsvormittag, das Fenster war runtergekurbelt, und wir hörten die Brooklyn Funk Essentials.

Ich war raus, endlich raus, endlich frei, endlich breit, endlich entkommen, aber immer noch geil wie ein Matrose auf Landgang, und das Gras verstärkte meine Gier nur noch.

Fast eine Stunde später spürte ich noch nichts von den Pillen.

– Von wegen der Hammer, du hast dich über den Tisch ziehen lassen, sagte ich.
– Ne, sagte er, ich hab doch eine zusammen mit ihm genommen, die sind wirklich heftig.
– Ich merk nichts.
– Hmm, ich auch noch nicht.

Er zuckte mit den Schultern, setzte den Blinker und hielt kurz darauf an einer Tankstelle. Oktay mußte pinkeln, und ich ging in den Laden, nahm mir eine von diesen billigen Sonnenbrillen vom Ständer, ging zur Kühltruhe und holte zwei Magnum Kirsch raus. Noch nie hatte mir jemand erklären können, warum es diese Sorte in Deutschland nicht gibt.

Ich hatte einen trockenen Mund vom Kiffen, ich nahm mir noch zwei Flaschen Bier und eine Packung Kaugummis, ich legte alles auf die Theke, die junge Frau tippte Zahlen in die Kasse, und als sie den Preis sagte, machte es plötzlich Klick in meinem Schädel, ich war für ein, zwei, drei Sekunden völlig überwältigt und desorientiert. Die Konturen veränderten sich, mein Puls ging viel zu schnell, meine Atmung setzte aus, mein Herz öffnete sich, ich hob ab. Etwas fahrig holte ich einen Haufen zerknitterter Scheine aus meiner Hosentasche und fragte: Wieviel?

Sie wiederholte den Betrag. Ich liebte sie, ich sah ihr in die Augen, sie tat mir ein wenig leid, jeden Tag gingen hier Leute ein und aus und sahen in ihr nur jemand, der kassierte, sie lächelten sie oft nicht mal an. Niemand sah in ihr, was sie auch war, eine verdammt schöne, liebenswerte Frau, ein Mensch mit tiefen Gefühlen, ein Geschöpf, das man am besten mit unendlicher Zuneigung überschüttete. Ich strahlte sie an, ich wollte sie an meiner Freude teilhaben lassen.

Sie sah ein wenig irritiert aus. Ich stand immer noch mit den Scheinen in meiner Hand da, meine Pupillen groß wie Markstücke. Ich versuchte, mich an den Betrag zu erinnern, doch irgendwie war das nicht wichtig. Ich drückte ihr einen großen Schein in die Hand und sagte: Stimmt so, raffte meinen Kram zusammen und ging beschwingt raus.

Oktay saß auf der Motorhaube, und als er mich sah, grinste er breit.
– Alter, was hast du denn für Augen? Hab ich dir zuviel versprochen?
– Ich spür noch nichts von dem LSD-Kern, sagte ich wahrheitsgemäß, und wir prusteten los. Wie gehts dir?
– Voll drauf.
Er setzte sich ans Steuer, wir aßen Eis, hörten die warmen, dreidimensionalen Baßläufe, die sich anfühlten, als würden sie irgendwo in uns drin gespielt. Wir schmatzten, tranken Wasser, sagten: Boah, kraß. Ich packte die Kaugummis aus, weil wir anfingen, die Zähne aufeinanderzubeißen, und allein auf diesen Mentholdingern rumkauen zu können versetzte mich in Verzückung. Es war grandios, wir liebten die Welt, die dreckige Windschutzscheibe, die Sitze, in denen schon so viele Menschen versunken waren, die Pedale und das Armaturenbrett, die holprige Straße, die Ziegen am Wegrand, die weißen Schilder mit der schwarzen Schrift, die den Weg zu den Dörfern wiesen. Es war fast schon zuviel, ich machte mein Bier auf, um die Wirkung ein wenig abzudämpfen, doch ich hätte eine Flasche Rum trinken können, ohne was zu merken.
Nach einiger Zeit fing der Asphalt vor uns an, silbrig zu glänzen und an den Seiten auszufransen, die Leitlinien ragten eine Handbreit hoch in den Himmel, und dann warf die Straße Wellen, meterhoch, die Motorhaube schien aus Wackelpudding zu sein, und als ich Oktay ansah, veränderte sich sein Gesicht rasend schnell, er wurde älter und jünger, innerhalb von Sekunden durchlief er alle Stadien zwischen zwölf und fünfundachtzig, ich sah ihn als Jüngling und als graubärtigen Greis. Die Musik wurde lauter und leiser, ohne daß jemand am Knopf drehte.
– Klappt es noch mit dem Fahren? fragte ich.
Oktay drehte kurz seinen Kopf zu mir.
– Ich seh zwar kaum noch was, aber fahren geht, sagte er und lachte.
Ich vertraute ihm, ich machte die Augen zu und fand mich in

einem Meer von nackten Frauen wieder. Ich blieb dort und bekam einen Ständer.

– Schämst du dich nicht, so einem Ungeheuer in deiner Hose Unterschlupf zu gewähren? fragte Oktay, und ich kehrte zurück aus dem Land der freizügigen Genüsse.

Ich machte den Mund auf, doch was rauskam, waren keine verständlichen Worte mehr. Aber es war sowieso alles klar, was sollte ich da noch erklären.

Ein seltsames Summen störte die Musik, ich sah mich verwirrt um und entdeckte eine Biene. Oktay drückte das Tape raus, drehte das Fenster hoch und hielt am Wegrand.

– Hör mal, sagte er, hör mal, hast du so etwas Schönes schon mal gehört?

Ich schüttelte den Kopf.

– Das ist besser als die schönste Musik, die du kaufen kannst.

Er hatte recht. Das Summen der Biene.

– Wie sagen die Christen, sagte Oktay, am Anfang war das Wort, das Wort war bei Gott, und Gott war das Wort. Das Wort, das Wort war damals nicht das geschriebene Wort, das Wort war Klang. Das soll heißen, daß die Welt aus Klang entstanden ist, deshalb singen die Yogis ja auch Om, deshalb heißt es Urknall, die Welt ist aus Schwingungen entstanden, aus Musik, Musik wie das Summen dieser Biene.

Wir saßen da und hörten die Musik des Universums. Ich fühlte mich erleuchtet. Als Oktays Taschentelefon klingelte, fuhr ich zusammen. Er ging ran. Ich konnte das kaum verstehen, ich wäre nicht in der Lage gewesen zu telefonieren, beim besten Willen nicht, ich hätte gestammelt und gelacht und den Faden verloren, aber ich war froh, daß jemand etwas gegen dieses gräßliche Klingeln unternahm.

– Hallo? ... Ja, ich hab ihn abgeholt ... Gut, ja ... Hör mal ...

Er hielt das Gerät in Richtung der Biene, bestimmt zehn Sekunden lang, dann sagte er laut, das Telefon immer noch ausgestreckt haltend:

– Hast du so etwas Schönes schon mal gehört? Es ist göttlich, du mußt nur genau hinhören, du mußt dich auf die Schwingungen konzentrieren, ein wunderbarer oranger Klang.

Er verstummte wieder. Bestimmt zwei Minuten saßen wir so da, lauschten versunken, dann hielt Oktay das Gerät wieder ans Ohr.

– Ist das nicht unglaublich? Hallo? ... Halloooo? ... Aufgelegt.
– Wer war das denn?
– Meine Mutter.

Anruf

> Sometimes I wish there was someone I could write a letter to
> I look at the piles of mail on the floor
> They have someone to write to
> I bet it's not a bad feeling
> To be able to reach out
> And believe in your heart that someone will be there
> I wish I could believe that too
> *Henry Rollins*

Das Telefon klingelt. Ich gehe dran. Hallo? Es meldet sich niemand, doch ich höre ein sachtes Atmen. Hallo, hallo, ja, ich bin dran. Immer noch nichts. Ich warte, ob der andere auflegt. Oder die andere. Die Atemgeräusche klingen nach einer Frau, keine Ahnung, warum ich das so empfinde. Atmen Frauen anders?

Da ist eine Spannung, als wollte sie etwas sagen, aber würde sich nicht trauen. Hallo? Sollen wir reden? Mir wird heiß. Ist es jemand, den ich kenne? Ich habe ein schlechtes Gewissen. In letzter Zeit habe ich einige Sachen getan, die weder gut noch richtig waren. Ich konnte nicht ohne Vergnügen sein. Auf einmal habe ich ein schlechtes Gewissen. Ich wollte doch niemand weh tun. Aber ich habe es in Kauf genommen. Mein Gesicht glüht. Hallo, kennen wir uns? Immer noch keine Antwort. Aber ich ahne, daß sie nicht auflegen wird, sie hat angerufen, um etwas zu erfahren. Ich halte die Luft an. Nein, nein, ich kenne sie nicht, ich kenne keine Frau, die so atmet. Sie legt immer noch nicht auf.

Du hast ganz schön zugenommen in letzter Zeit, oder? versuche ich, sie zu provozieren. Ich höre ein unterdrücktes Kichern. Ein Anfang. Sollen wir reden? frage ich erneut. Kennen wir uns irgendwoher? Nein, flüstert sie. Ihr erstes Wort. Es ist tatsächlich eine Frau. Kenne ich die Stimme? Wird gleich eine Lawine von Vorwürfen über mich hereinbrechen? So geht das aber nicht. Ich bin unglücklich. Ich komme damit nicht klar. Du hättest nie anfangen dürfen.

Wir kennen uns nicht, flüstert sie. Wenn es so ist, dann laß uns reden, erzähl mir aus deinem Leben, sage ich.

Es klingt, als würde sie ansetzen, etwas zu sagen. Ich warte. Nichts passiert.

Schau mal, das macht mich nervös, versuche ich es, du weißt, wo du angerufen hast, aber ich habe nicht die geringste Ahnung, wer du sein könntest. Vielleicht willst du mich nur verarschen. Nein, flüstert sie wieder, nein, das will ich bestimmt nicht. Die Stimme kommt mir nicht bekannt vor. Das schlechte Gewissen bleibt, aber mir ist nicht mehr heiß. Sie will reden, sie will irgend etwas. Ich habe Angst, daß mir die Stimme wegbleibt, sagt sie. Es geht doch, sage ich, entspann dich.

Ich schätze sie auf Mitte Zwanzig, doch sie will mir nichts verraten, ihren Namen nicht, ihr Alter nicht, nicht, wo sie herkommt, nicht, was sie arbeitet. Einfach gar nichts. Alles, was ich erfahre, ist, daß sie eins meiner Bücher gelesen hat und danach die Auskunft angerufen.

Sie weiß sehr viel mehr von mir als ich von ihr. Ich versuche, sie lockerzuplaudern, ich frage nicht, was sie will oder wovor sie Angst hat, wir trudeln in seichten Gewässern, ich mache ihr Komplimente über ihre Stimme und ihr Lachen. Es ist nur ein Trick, wir sind alle eitel, und ich bin auf der Suche nach den richtigen Knöpfen, die man bei ihr drücken muß. Es interessiert mich, was einen dazu bringen kann, bei fremden Menschen anzurufen und die ersten zwei Minuten kein Wort zu sagen. Verzweiflung? Angst? Hoffnung? Glaubt sie, ich wüßte etwas? Das ist nicht der Fall. Will sie Trost, einen Weg aus der Einsamkeit? Es gibt Tage, an denen ich auch genau das will, aber ich weiß nicht, wo man so etwas findet. An solchen Tagen klingelt manchmal das Telefon und lenkt mich ab.

Man könnte sie abtun. Man könnte einfach sagen, sie ist gestört, psychotisch, geisteskrank. Aber ich sitze oft über Monate hinweg Tag für Tag allein zu Hause und schreibe Seite um Seite, um irgendwann einen Roman fertig zu haben, von dem ich hoffe, daß er auch noch andere Menschen interessiert. Das ist mein Leben, und es erscheint mir oft genug normal.

Und ich erinnere mich an eine Zeit, da saß ich zu Hause und war völlig verzweifelt. Ich fühlte mich einsam. Die wenigen Menschen, mit denen ich regelmäßig Kontakt hatte, konnten mich nicht verstehen, sie wußten einfach nicht, wie es war, nicht zur Welt dazuzugehören. Sie wußten nicht, wie es war, mit den meisten überhaupt nicht sprechen zu können. Worte funktionierten nicht, sie logen, sobald sie aus meinem Mund kamen.

Ich nährte einen Haß, den niemand verstehen konnte. Ich entwickelte eine Sehnsucht nach einer Person, die mir helfen würde, mich nicht so seltsam zu fühlen. Jemand, den ich berühren konnte, jemand, den ich umarmen konnte, jemand, der mich verstehen würde, jemand, mit dem ich wirklich reden konnte. Und ich fand heraus, daß diese Person nicht existiert. Ich fühlte mich den Leuten auf Kinoleinwänden näher. Ich war einfach kein Teil des Lebens da draußen.

Die einzige Person, bei der ich meine Fragen und Gefühle wiederfand, war Henry Rollins. Er schien Bescheid zu wissen. Er sang, schrie und schrieb darüber. Er hatte keine Angst, sich verletzlich zu machen, er hatte keine Angst, ausgelacht zu werden, er hatte keine Angst, als Schwächling zu gelten. So wenig er auch Antworten auf die Fragen wußte, er schien mir doch etwas vorauszuhaben.

Also fing ich an, ihm zu schreiben. Er war keiner dieser Megastars, die jeden Tag säckeweise Post bekamen, er war ein Mann, der vielleicht zwei, drei Briefe täglich erhielt und sich verpflichtet fühlte zu antworten, wenn er sah, wie das Blut aus den Umschlägen tropfte. So stellte ich es mir vor.

Ich saß allein in meinem Zimmer und schrieb, schrieb seitenlange Briefe an Henry Rollins, und ich fühlte mich fast schon gut dabei, ich hatte die perfekte Illusion, daß da jemand war, der mich verstehen konnte. Ich schrieb meine Sorgen, Ängste und Nöte auf, ohne Hemmungen, ohne Koketterie, ohne zu lügen, ohne hinzuzufügen, ohne falsche Gründe vorzuschieben. Es war eine Art Gebet. Wenn man den Allmächtigen anruft, dann kann man auch nicht unehrlich sein. Wen will man denn damit schon hinters Licht führen? Wenn man so weit ist zu beten, ist man auch so weit, die Wahrheit zu sagen. Henry Rollins war mein Gott. Es spielte keine Rolle, daß er nicht antwortete, er las die Briefe und verstand sie.

Es dauert über eine Stunde, bis sie mir erzählt, daß sie Katharina heißt, 29 Jahre alt ist, in München wohnt und sich mit irgendwelchen Jobs durchs Leben schlägt. Und Veganerin ist. Du weißt, was das ist, oder? Ja, nicht nur kein Fleisch, sondern auch kein Käse, keine Milch, kein Quark, kein Joghurt, nicht mal Bienenhonig. Wie groß bist du eigentlich. 1,62. Und was wiegst du? 54.

Das geht, denke ich, aber was nimmt man zu sich, um soviel zu wiegen, wenn man fast nichts ißt? Man könnte sie für gestört halten. Wenigstens trinkt sie Weißwein. Ich habe vor einiger Zeit aufgehört zu trinken. Nun, wer ist der Bekloppptere von uns beiden?

Sie erzählt mir von ihrer gescheiterten Ehe, der Abtreibung, ihren fünf Geschwistern, ihren Liebschaften, bei denen sie – aus göttlicher Fügung, wie sie vermutet – immer das findet, was sie gerade braucht.

Ich erzähle nicht sonderlich viel, aber ähnlich persönliche Dinge. Warum auch nicht? Was soll schon passieren, was gibts zu verlieren, es ist Montag nachmittag, und wir haben beide nichts zu tun.

Wie heißen die Fehler, die man zwanzig Jahre lang macht

Eine Zeitlang, als ich etwa sechzehn war, waren in meiner Klasse Steckbriefalben modern. Eine womöglich etwas reifere Form des Poesiealbums, in das man Größe, Augenfarbe, Sternzeichen, Hobbys, Lieblingsspeisen, -bücher und -filme in dafür vorgesehene Zeilen eintragen konnte. Es gab auch die Rubrik: Ich sammle: ...

Ich las immer gerne, was die anderen geschrieben hatten, manche versuchten witzig zu sein und schrieben bei Sammelgegenständen, Geld, Gold oder Schätze hin. Andere hielten sich an die Wahrheit, die Bierdeckel, Briefmarken, Servietten, Coladosen aus aller Herren Länder oder so ähnlich lautete. Ein Mädchen aber hatte in dieser Sparte *Erfahrungen* angegeben. Als ich das las, kam ich mir augenblicklich klein und dumm vor, weil ich immer noch prahlte mit den Kronkorken der Bierflaschen, die ich im letzten halben Jahr getrunken hatte. Neben diesem Mädchen war ich nur ein Faxenkönig.

Ich wünschte mir, wir würden uns kennenlernen und ineinander verlieben, so sehr beeindruckte mich das. Wir waren nicht auf derselben Schule, und ich habe sie nie kennengelernt, ein Jungfrau-Mädchen, das gerne Pasta aß, grüne Augen hatte, einsneunundfünfzig groß war und Krabat schon achtmal gelesen hatte.

Die Jahre vergingen, ich sammelte Erfahrungen, die konnte ich gut gebrauchen, schließlich wollte ich mal Bücher schreiben, und Erfahrungen waren sogar in den Redaktionen gefragt, bei denen ich mich vorstellte. Haben Sie schon mal etwas in einer Zeitung veröffentlicht? Nein? Tut uns leid, wir brauchen Leute mit ein wenig Erfahrung.

Ich konnte noch nicht mal einen Job als Bürohilfe ergattern, zehn Finger blind und Fremdsprachenkenntnisse reichten nicht, man mußte – wer hätte es gedacht? – Erfahrung haben. Die Frage tauchte auch bei anderen Vorstellungsgesprächen immer wieder auf, nur meine Erfahrungen mit Geldnot interessierten natürlich niemanden.

Also versuchte ich, tüchtig zu sammeln und zu erleiden. Meine Ahnen hatten ein Sprichwort: Dieser Bart ist nicht vom Mehl in der Mühle weiß geworden. Nein, man hatte etwas durchgemacht, bis man graue Haare bekam. Ich ergriff jede Gelegenheit und jedes Risiko, stürzte mich in Abenteuer, Experimente und ausgesprochene Dummheiten. Alles Erfahrungen, ich machte auch welche in der Liebe, im Ausland, in der Familie, noch mehr mit Geldnot, viele mit der Einsamkeit. Dieses Mädchen hatte recht gehabt, davon konnte man nicht genug sammeln.

Doch irgendwann dämmerte es mir, daß die meisten Menschen tatsächlich nur sammelten und daß diese Erfahrungen völlig wertlos waren. Sie sammelten Erfahrungen wie andere Leute Teetassen, lagerten sie in abgelegenen, wohlgehüteten Ecken und lernten nichts draus. Zwanzig Jahre lang machten sie immer wieder dieselben Fehler und nannten sie der Einfachheit halber und weil es sich besser anhörte einfach Erfahrungen. Wenn ihnen etwas passierte, aus dem sie keinen Nutzen oder Gewinn ziehen konnten, weder vorher, noch währenddessen, noch nachher, sagten sie: Das Kapitel müssen wir leider unter Erfahrung abhaken.

Heute sammle ich nicht mehr, zumindest keine Erfahrungen, ich versuche, etwas zu lernen. Jedesmal, wenn mir etwas nicht gefällt, und oft genug, wenn ich etwas schön finde.

Erfahrung und Alter zählen nicht immer, und beides ist nicht umsonst zu haben. Doch es kostet nicht viel, bei allem, was man tut, zu versuchen, es richtig zu machen, auf sein Gewissen zu hören, seine Gefühle, seine innere Stimme, sein Herz, wie auch immer man es nennen will. Ich vermute, da ist etwas, das stets da ist und sich nicht nach den Erfahrungen richtet, die man gemacht hat.

Ein Mann namens Borell

Mein Onkel lebte mit seiner Frau und seinen beiden Kindern in Istanbul in einem Stadtteil namens Tophane. Solange ich mich zurückerinnern kann, konnte ich es kaum erwarten, in den Ferien dorthin zu fahren. Zum einen verstand ich mich sehr gut mit meinem Cousin Oktay, der anderthalb Jahre jünger ist als ich, zum anderen gab es in diesem Viertel ein geheimnisvolles Haus und einen Mann, der regelmäßig dort ein und aus ging und der mich über die Maßen faszinierte.

Ich muß sechs oder sieben Jahre alt gewesen sein, als Oktay und ich dieses Haus entdeckten. Wir werden wohl auf der Straße gespielt haben und uns dabei weiter von zu Hause entfernt, als wir eigentlich durften. So fanden wir dieses Gebäude, das am Ende einer abschüssigen Straße lag, ein schiefes, altes Holzhaus, das größer war als alle anderen Häuser in der Straße und das eine riesige himmelblaue Tür hatte.

Ich weiß nicht mehr, warum es uns auffiel und unsere Neugier weckte, doch als wir es eine Weile, auf einem großen Stein oben an der Straße sitzend, beobachtet hatten, begriffen wir, daß es sich nicht um ein normales Haus handelte. Männer kamen und gingen, manchmal drangen Fetzen von Gelächter oder Frauenstimmen bis zu uns, und als uns ein graubärtiger Mann, der auf einen Stock gestützt die Straße hochgehumpelt war, fluchend von diesem sündigen Ort davonjagte, wußten wir, daß hier ein Geheimnis verborgen war.

Wir erzählten unseren Eltern nichts davon, weil wir ahnten, daß sie uns verbieten würden, noch mal dorthin zu gehen, wir weihten weder Oktays ältere Schwester ein noch die anderen Jungs, mit denen wir spielten.

Den nächsten Tag verbrachten wir wieder oben an der Straße,

beobachteten das Haus aus einem sicheren Abstand und rätselten, was wohl darin vorging. Als wir den alten Mann mit dem Stock sahen, versteckten wir uns schnell.

An diesem Tag habe ich Borell zum ersten Mal gesehen. Er ging an uns vorbei, die staubige Straße hinab, trotz der Hitze mit einem dreiteiligen schwarzen Anzug bekleidet, einem blütenweißen Hemd, die Schuhe glänzten, nur seine kurzen schwarzen Haare standen wirr vom Kopf ab. Er ging äußerst aufrecht, elegant, anmutig und locker zugleich. Noch viele Jahre später versuchte ich, seinen Gang zu imitieren, aber es gelang mir leider nie. Als meine Stimme anfing zu brechen und ich schon ahnte, daß ich nie diesen Gang beherrschen würde, entschloß ich mich fast, zum Ballettunterricht zu gehen. Nur bei Tänzern hatte ich diese geschmeidigen Bewegungen wiederentdeckt, aber kein Tänzer strahlte diese warme Würde aus und diesen Machismo.

Borell war jung, breitschultrig und schlank, hatte dunkle, etwas traurige Augen, manchmal pfiff er ein Lied oder lächelte vor sich hin, manchmal veränderte sich sein Gang ein paar Schritte lang, und er schien zu einer Melodie zu tanzen, die nur er kannte.

Oktay langweilte sich sehr bald, als das Haus sein Geheimnis nicht sofort ausspucken wollte, und auch ich hätte mich gelangweilt oder hätte zumindest nicht so viele Stunden in der prallen Sonne auf diesem Stein sitzend verbracht, wenn nicht dieser Borell gewesen wäre. Ich wollte ihn sehen, wieder und wieder. Ich wollte genauso wie dieser Mann werden, wenn ich groß war. Borell kam fast jeden Tag, manchmal blieb er eine Stunde, manchmal länger. Er war auf eine gelassene Art heiter, wenn er die Straße runterging, er war heiter, wenn er sie wieder hochstieg. An besonders heißen Tagen zog er seine Jacke aus und hängte sie sich über die Schulter, manchmal trug er einen dunkelgrünen Anzug statt des schwarzen. Er war mein Held, er war der Mann. Er schien einem der Abenteuerfilme entsprungen, die ich damals so gerne mochte, ein mutiger Einzelgänger, der alle Gefahren des Lebens meistern konnte, ohne auch nur eine Sekunde verbissen zu wirken.

Nachdem ich vielleicht eine Woche halbe Tage damit verbracht hatte, auf diesen Mann zu warten, der zu unterschiedlichen Zeiten das Haus besuchte, und wieder mal auf diesem Stein saß, kam Oktay angelaufen und sagte:

– Er ist Franzose und heißt Borell. Sie sagen, er sei Schriftsteller. Kommst du jetzt mit Fußball spielen?

– Er war heute noch nicht da.

Ich fragte nicht, wie er das in Erfahrung gebracht hatte, ich glaubte es ihm einfach, vielleicht weil ich Gefallen daran fand, etwas mehr über diesen Mann zu wissen, etwas, das mir noch mehr Anlaß gab, auf diesem Stein zu sitzen und zu träumen, zu träumen, eines Tages genauso zu sein wie Borell.

– Laß uns Fußball spielen, und heute abend gehen wir in das Haus.

Ich stand auf. Oktay würde sich das trauen, und ich wäre gerade mal mutig genug, um mitzugehen. Oktay war unerschrocken, nichts erschien ihm schwer, und er ist bis heute der einzige Mensch, von dem ich behaupten würde, daß er das Leben nicht ernst nimmt und sich nie grämt oder barmt.

Er grinste, wenn sein Vater ihn anbrüllte, weil er mal wieder etwas Verbotenes getan hatte. Auch Ohrfeigen machten ihm nicht viel aus, er wirkte immer so, als wisse er genau, daß man ihm am Ende doch verzeihen würde und ihn lieben mußte, egal, was passierte. Ich habe Oktay nur ein einziges Mal weinen sehen, doch das war Jahre später, bei der Hochzeit seiner Schwester.

An jenem Abend kamen wir nicht in das Haus. Wir versteckten uns und wollten hineinhuschen, sobald diese große blaue Tür aufging, irgend etwas würden wir auf diese Art schon rausbekommen, meinte Oktay. Ich hatte allein schon vor dem Donnerwetter Angst, das uns erwartete, wenn wir so spät nach Hause kamen.

Wir hatten nicht damit gerechnet, daß direkt hinter der Tür ein Berg von einem Mann stehen würde, die Hände über dem Bauch aufeinandergelegt, ein Kerl mit Glatze und einem buschigen Schnäuzer, der nach Anis roch und uns mit einer Menge Verwünschungen, Flüchen und Fußtritten davonjagte und uns mit Prügel drohte, falls er uns noch mal hier sah.

In den nächsten Tagen verbrachte ich wieder einige Zeit oben an der Straße, noch nicht mal Oktay traute sich runter, aber er war jetzt fest entschlossen, das Geheimnis des Hauses zu ergründen. Das gelang uns in jenem Sommer natürlich nicht mehr. Das einzige, was noch passierte, war, daß Oktay eines Tages dem Mann hinterherrief:
– Mesjöh Borell.
Der Mann blieb stehen und sah uns freundlich an.
– Mesjöh Borell, Sie sehen aus wie ein Schauspieler, sagte Oktay.
Borell lächelte, zwinkerte uns zu, drehte sich um und ging runter zu dem Haus.
Borell, er heißt wirklich Borell, dachte ich noch.

Im nächsten Sommer fragte ich Oktay gleich nach Monsieur Borell und dem Haus. Oktay wußte jetzt, daß Borell nicht verheiratet war und wo er wohnte. So lungerten wir, ich wieder öfter als er, vor dem großen Holzhaus und vor dem schäbigen Hotel rum, in dem Borell ein Zimmer im ersten Stock hatte.
Ich stellte mir vor, meine Eltern würden bei einem Unfall ums Leben kommen, und aufgrund einiger unglaublicher schicksalhafter Zufälle würde Monsieur Borell mich adoptieren. Er wäre mir ein Vater und Freund zugleich, da bestand für mich kein Zweifel, ich würde ein viel schöneres Leben haben als jetzt, Borell würde mich auf Reisen mitnehmen, mir Autofahren beibringen und mir einen eigenen Zimmerschlüssel besorgen.
Noch ein, zwei, vielleicht sogar drei Sommer vergingen so ähnlich, wir bekamen nicht viel mehr über dieses Haus oder über Borell heraus, doch ich war jedesmal begierig, beides so schnell wie möglich zu sehen, wenn wir in Istanbul waren. Dann kam der Winter, in dem ich lernte, was einige Worte, deren Sinn mir bisher fremd geblieben war, bedeuteten, und ich konnte mir ungefähr zusammenreimen, was in diesem Haus geschah und was diese Frauen dort machten, die manchmal aus dem Fenster lehnten und rauchten und für die wir uns bisher kaum interessiert hatten.
Im folgenden Sommer hörten wir, wie die älteren Jungs erzähl-

ten, wen sie kannten, der schon mal dort gewesen war. Der rothaarige Faruk hatte einmal genug Geld gehabt, er schwärmte Monate später noch davon, und die anderen rechneten hin und her, wie lange sie sparen müßten, und abends gingen sie doch ins Kino, in einen Film, in dem man angeblich nackte Frauen sehen konnte.

Auch ich überlegte nun, was ich tun konnte, um nächstes Jahr genug Geld zu haben, um mit Oktay diesem Haus mit der himmelblauen Tür einen Besuch abzustatten. Wie konnte ich genug sparen und wie das Geld später wechseln, ohne daß meine Eltern das mitbekamen?

Das Haus interessierte mich jetzt nicht mehr so sehr wie Borell. Niemand wußte etwas Genaueres über diesen Mann, er war Franzose, wohnte in diesem Hotel, manchmal konnte man seine Schreibmaschine hören, wenn man sich unter sein Fenster stellte, manchmal verschwand er einige Tage und kam dann in einem nagelneuen Anzug zurück. Er saß auch in den Cafés, trank Tee, spielte Backgammon, rauchte schon mal Wasserpfeife. Die Männer, denen er gerne etwas ausgab, behandelten ihn höflich und respektvoll, aber immer mit einer gewissen Distanz. Er war beliebt, hatte aber offenbar keine Freunde.

Nie habe ich Borell ordentlich frisiert gesehen, vielleicht schnitt er sich die Haare selber, obwohl das kaum wahrscheinlich ist, er ließ sich täglich beim Friseur rasieren. Niemand konnte mir sagen, seit wann Borell in dieser Gegend war, seit wann er in diesem Hotel wohnte, woher er kam, was ihn hierhin verschlagen hatte, warum er kaum einen Akzent hatte. Es kursierten nur eine Menge Geschichten, die sich widersprachen. Es wurde gemunkelt, er habe Kredit bei den Frauen im Holzhaus. Ich wollte werden wie Borell.

Kurz nach diesem Sommer eröffnete Oktay seinen Eltern, er werde dieses Jahr sitzenbleiben. Absichtlich. Sein bester Freund war schon sitzengeblieben, und Oktay war es einfach zu langweilig ohne ihn, also würde er nicht lernen, um wieder mit Serdar in einer Klasse zu sein. Seine Eltern versuchten alles, um ihn davon abzuhalten, es gab die schlimmsten Strafen, doch es lag nicht in ihrer Macht, Oktay wurde nicht versetzt.

Ich hatte es geschafft, genug Geld zu sparen, als wir im nächsten Sommer wieder nach Istanbul fuhren, aber das Holzhaus existierte nicht mehr, es war abgebrannt. Borell war bald darauf verschwunden, natürlich wußte keiner, wohin.

Ich kann mich nicht mehr genau erinnern, was wir machten, wie wir uns die Zeit vertrieben, wahrscheinlich spielten wir Basketball, gingen mit meinem Geld, das Oktay irgendwie schwarz wechselte, ins Kino, in Filme, auf deren Plakaten Frauen mit nackten Busen zu sehen waren und in denen man gerade mal sehen konnte, wie sich jemand den Gürtel aufmachte. Oktay sprach manchmal Mädchen auf der Straße an, und nie machte es ihm etwas aus, abgewiesen zu werden.

Oft saß ich allein auf dem Stein und dachte an Borell. Ich hätte weinen können bei dem Gedanken, daß ich ihn nie wieder sehen würde.

Ein oder zwei Jahre später bauten wir den Unfall. Ich hatte den ganzen Winter über versucht, das Herz eines Mädchens mit Poesie zu erobern. Ich mußte ständig an sie denken und schrieb jeden Tag Gedichte. Irgendwann überwand ich mich und gab ihr einen Packen fein säuberlich getippter Seiten. Am nächsten Tag ignorierte sie mich in der Schule. Ich konnte mich nicht beherrschen und fragte sie nach der letzten Stunde, wie ihr die Gedichte gefallen hatten.

– Oh, ganz nett, sagte sie, und ich versuchte in die nächsten mehr Feuer, Verzweiflung, Liebe und Sehnsucht zu packen, doch ich konnte sie nicht beeindrucken. Nie würde ich ein Mann wie Borell werden. Und auch keiner wie Oktay, der den Winter über seinem Vater hin und wieder die Autoschlüssel entwendet und sich selbst das Autofahren beigebracht hatte.

So nahm er die Schlüssel, als unsere Eltern nicht da waren, und meinte, wir könnten eine Runde drehen. Ich hatte Angst, aber er beruhigte mich, niemand würde etwas merken, er würde den Wagen genauso parken, wie er gerade dastand, das wäre ein Kinderspiel. Als wir an der ersten Kreuzung einem Laster ausweichen mußten, der über Rot gefahren war, knallte Oktay frontal gegen einen Betonmast. Wir hatten Glück, doch der Schaden am Auto war nicht zu übersehen. Oktay wollte zurückfahren, den Wagen parken und so tun, als wisse er von nichts. Natürlich klappte das nicht, er mußte gestehen. Später hielt er sich Eis an die geplatzte Lippe, aber er schien kein schlechtes Gewissen zu haben oder geknickt zu sein.

Zwei Tage danach beschloß mein Onkel, den Wagen nicht reparieren zu lassen, sondern zu verkaufen, damit sie endlich genug Geld hätten, um sich eine Wohnung in einem besseren Viertel zu leisten.

Im Jahr darauf wohnten sie in Bakırköy, und Oktay sagte immer wieder:

– War doch gut, daß ich den Unfall gebaut habe, ihr solltet mir dankbar sein.

Seine Eltern machten sich mittlerweile große Sorgen.

– Wann wird der Junge endlich mal begreifen, daß das Leben kein Zuckerschlecken ist, fragte mein Onkel, wird dieser Kerl denn nie erwachsen werden, werden seine Füße nie den Boden berühren? Warten wir mal ab, bis er aus der Schule raus ist und Geld verdienen muß, tröstete er sich, dann wird er schon lernen, wieviel Ecken die Welt hat.

Oktay lernte es nicht, er versagte bei den Aufnahmeprüfungen zur Universität. Während ich weiter Gedichte schrieb, aber nicht mehr versuchte, Herzen damit zu erobern, nahm er einen Job als Kellner an, arbeitete vierzehn Stunden am Tag, ihm blieb gar keine Zeit für Mädchen. Seine Eltern hofften, er würde jetzt den Ernst des Lebens sehen, doch Oktay sagte nur, daß das ein guter Job sei, oder konnten sie etwa von sich behaupten, jeden Tag in einem Restaurant zu essen?

Ich durchstöberte die Bibliotheken und Literaturarchive nach einem Schreiber namens Borell, aber es schien niemand zu geben, der so hieß. Ich hatte seine Schreibmaschine gehört, es hatten doch alle gesagt, er sei Schriftsteller, hatte er etwa nichts veröffentlicht?

Ich fing an, Literatur zu studieren, und hatte eine lustvolle Zeit mit dem ersten Mädchen, das sich in mich verliebte. Mit dem Gedichteschreiben hörte ich auf, ich kaufte mir einen schwarzen Anzug, fand aber kaum Gelegenheiten oder Vorwände, ihn anzuziehen.

Oktay schaffte die Prüfungen beim zweiten Versuch, aber mit so wenigen Punkten, daß er gerade mal für ein Studium der Ernährungswissenschaften zugelassen wurde. Trifft sich doch gut, sagte er, nachdem ich jetzt ein Jahr in einem Restaurant gearbeitet habe. Sein Vater hatte immer noch Hoffnung, wenn er erst mal das Studium beendet hätte, würde er schon sehen, wie das Berufsleben mit so einer armseligen Ausbildung war.

Oktay hat sich nicht geändert, ich weiß nicht mehr, wie oft er schon gekündigt wurde wegen übertriebener Gehaltsforderungen und zu wie vielen Bewerbungsgesprächen er gar nicht erst erschienen ist, weil er gerade Besseres zu tun hatte. Irgendwann hat er einen Job in Saudi-Arabien angenommen und ist verschollen, ich hoffe, er lebt noch, ich vermisse ihn. Ich habe mein Studium abgebrochen und angefangen, Geschichten zu schreiben.

Alles bestens

Auf dem Display meines Anrufbeantworters kann man das Datum und die Uhrzeit sehen, zu der die Nachricht hinterlassen wurde. Ich kann nach drei Tagen unterwegs sein nach Hause kommen und sehen, wer am Dienstag angerufen hat, wer Mittwochnacht und wer Donnerstagmorgen. Wenn jemand Dienstag um sofortigen Rückruf gebeten hat, weiß ich, daß ich mir Zeit lassen kann, weil es wahrscheinlich schon zu spät ist.

Ich wohne allein, und möglicherweise ist das einer der Gründe dafür, daß ich meinen Anrufbeantworter mag. Er steht so, daß ich ihn direkt sehen kann, wenn ich die Tür aufschließe. Es gibt nur zwei Sachen, die sich während meiner Abwesenheit ändern. Die eine ist, daß sich der Briefkasten füllt. Ein Vergnügen, das mir höchstens einmal am Tag widerfährt. Die andere ist das grüne Lämpchen an meinem Anrufbeantworter. Manchmal blinkt es, und dann steht auf dem Display die Anzahl der eingegangenen Nachrichten. Wenn dort eine 5 zu sehen ist, kann man sich freuen. Doch manchmal sind es nur fünf Anrufer, die sofort wieder aufgelegt haben. Oder es ist einer, der immer wieder angerufen hat.

Manchmal ist es aber auch Michel, oder es ist Daniela. Die beiden können ganz schön lange auf den Anrufbeantworter sprechen. Michel improvisiert oft sehr lustige Sachen, über die ich lachen muß, und Daniela erzählt mir von ihrem Tag oder von letzter Nacht, je nach Uhrzeit. Oft höre ich die Nachrichten wieder und wieder, gewöhne mich an den Tonfall, die Satzmelodie. Ich höre mir diese Nachrichten an, wie ich mir früher Märchenplatten angehört habe. *Siebenschön ward ich genannt, Unglück ward mir nun bekannt. Bist du verrückt geworden, Robin? Nein, im Gegenteil. Man schrieb das Jahr 1848 ...*

Worte, die sich genau so eingeprägt haben und die ich gar nicht mehr anders hören kann. Etwas, das leider auch bei Werbung funktioniert: Black & Decker, Black & Decker, Black & Decker, immer wieder, ohne daß ich eine Ahnung hatte, was das überhaupt heißen sollte. Später hatte ich eine Kassette, auf der Dylan Thomas sagte: This is it, this is, why the poem moves me so. It is because of the craftsmanship. Oder ich höre Michel sagen: Jetzt reichts mir aber, hier ist dein Lieblingsdäne, und du bist schon wieder nicht zu Hause. Was soll ich sagen? Frauenpower. Oder Daniela: Ich liege noch im Bett und wollte ein Aufwachgespräch mit dir führen und dir erzählen, was ich geträumt habe, ich war nämlich in Indien ...

Ich höre mir die Nachrichten an wie Musik. Michel ist ein Punkrocker, der dir Adrenalin in die Adern jagt und gute Laune macht. Michel ist Joey Ramone auf meinem Anrufbeantworter. Daniela ist eine Sängerin von traurigen Songs, die sich auf der Bühne nicht wohl fühlt, weil sie unsicher wird, wenn so viele Menschen ihr beim Singen zusehen wollen. Daniela ist wie die Musik, die man an einem Sonntag morgen auflegt, wenn man noch ein wenig liegenbleiben will, bettwarm und zart.

Mein Anrufbeantworter hat eine Funktion, mit der man einzelne Nachrichten löschen kann. So lasse ich manche Stücke einfach einige Tage lang drauf, manchmal auch eine Woche oder zwei, damit ich sie wieder und wieder hören kann.

Es ist jetzt Ende Januar, jeden Tag der gleiche Regen, das gleiche dunkle, schwere Wetter, als wolle das Wasser nie ein Ende nehmen. Da sind vier Nachrichten auf meinem Anrufbeantworter, die ich nicht lösche. Die erste ist von einer Frau, die sehr schöne Fältchen auf der Nase bekommt, wenn sie lacht. Und sie lacht sehr oft.

Hallo, aufwachen, es ist schon neun Uhr. Naja, einen Versuch war es wert. Du hast deinen Spruch geändert, hört sich ... auch nicht viel besser an als der erste. Ich dachte, vielleicht gehst du dran. Schlaf schön.

Draufgesprochen am 7. Dezember letzten Jahres, um 2:47 in der Nacht. Ich war zu Hause und hatte geschlafen. Das Klingeln hatte mich geweckt, aber ich hatte es nicht geschafft, aufzustehen. Sie wußte, daß ich meistens um neun aufstand.

Die anderen drei Nachrichten, die anderen drei Nachrichten sind auch von ihr. Es ist fast Februar, und ich will diese Nachrichten nicht löschen. Sie sind wie kleine Lieder, die mir etwas versprechen. Es ist fast Februar, und ich glaube, ich bin verliebt.

Andere Zeiten

Damals dauerte der Wehrdienst noch 24 Monate. Vedat hatte die Grundschule abgeschlossen, wie es Pflicht war, und arbeitete seitdem bei seinem Vater in der Schmiede. Die Arbeit machte ihm Spaß, und die Verantwortung trug dazu bei, daß er sich schon sehr früh erwachsen fühlte. Die körperliche Anstrengung befriedigte ihn, und sehr lange Zeit machte es ihm nichts aus, daß sie arm waren, er war glücklich mit seinem Los. Immerhin hatte er eine Arbeit, bei der er im Winter nicht frieren mußte. Wer hatte die schon, sein bester Freund Nail, der bei seinem Vater im Friseurladen arbeitete, hatte im Winter oft blaugefrorene Lippen, weil sie sich nicht genug Holz leisten konnten.

Vedat war ein fröhlicher junger Mann, bis zu dem Tag, an dem er sie zum ersten Mal sah. Ihre Blicke begegneten sich vor dem einzigen Kino der Stadt. Er verstand nicht so recht, was da geschah, aber als er am nächsten Morgen erwachte, wußte er, was er wollte. Er zog diskret Erkundigungen ein, sie hieß Eda, und ihr Vater war ein bekannter Kaufmann.

Vedat war mittlerweile achtzehn und würde in zwei Monaten seinen Wehrdienst in einem anderen Teil des Landes antreten, fast zwei Tagesreisen von zu Hause entfernt. Edas Vater war reich, und er würde seine Tochter ungern einem armen Mann geben, schon gar nicht einem, der seinen Wehrdienst noch nicht geleistet hatte, Vedat beschloß, sie zu vergessen. Er glaubte, die Entfernung werde ihm dabei helfen.

Vedat erzählte weder seinem Vater noch seiner Mutter von dieser jungen Frau, die ihm nicht aus dem Kopf ging. Aber er verbrachte fast seine gesamte freie Zeit in dem Viertel, in dem sie wohnte, oder in der Nähe des Kinos, in das sie öfter mit ihren

Freundinnen ging. Zweimal, zweimal noch sah er sie, doch sie schaute schnell weg, als ihre Blicke sich begegneten. Hinterher glaubte er eine leichte Röte in ihrem Gesicht gesehen zu haben. Er konnte sie nicht ansprechen, das schickte sich einfach nicht. Anständige Mädchen sprach man nicht auf der Straße an, und daß sie anständig war, davon ging er aus.

Als Vedat zwei Monate später im Bus saß und nach drei Stunden in einer Gegend war, in der er noch nie zuvor gewesen war, ward ihm ganz schwer ums Herz. Er glaubte, das wäre bereits Heimweh. Er glaubte auch, er würde sie vergessen, und tatsächlich dachte er ziemlich selten an sie. Doch er sparte seinen spärlichen Sold, er trank nicht, spielte nicht, ging nicht zu den Huren und schlug sich nicht den Bauch voll, wenn sie Ausgang hatten. Er besaß nur zwei Paar Socken und drei Unterhosen, aber er war nicht unglücklich, er war ein junger, muskulöser, gutaussehender Schmied, der mit anderen jungen Männern scherzte und etwas über sein Land lernte, über die Gegenden, aus denen seine Kameraden kamen. Kameradschaft, auch darüber lernte er etwas.

Ein halbes Jahr war vergangen, als er das erste Mal nach Hause fuhr, er hatte zwei Wochen Urlaub. Er hatte sich keine Gedanken darüber gemacht, er hatte keine Pläne geschmiedet, aber schon am ersten Abend erzählte er seinem Vater, daß es da dieses Mädchen gab, die Tochter des Kaufmanns, und er bat seine Eltern, zu ihren Eltern zu gehen und um Edas Hand anzuhalten, wie es damals Brauch war.

– Sie werden sie uns nicht geben, sagte der Vater, wir sind zu arm.

– Ich habe meinen Sold gespart, Vater, bitte, sagte Vedat.

Seine Mutter verstand, wie wichtig es ihm war, sie hörte die Dringlichkeit seiner Worte, sein Verlangen und seine Sehnsucht, und sie sagte: Wir werden ein Treffen vereinbaren.

Zwei Tage später saßen sie zu dritt bei Edas Eltern, und nachdem man Freundlichkeiten ausgetauscht hatte, entstand eine Stille, und der Schmied räusperte sich. Räusperte sich noch mal. Es kam ihm sehr verwegen vor, was er hier tat, und dann sprudelten auch schon die Worte heraus.

– Auf Geheiß des Allmächtigen und mit dem Segen des Propheten sind wir hierhergekommen, für unseren Sohn um die Hand Ihrer Tochter anzuhalten.

– Da müssen wir sie erst fragen, sagte der Kaufmann, wir müssen unsere Tochter fragen, ob sie Ihrem Sohn zugeneigt ist.

Vedats Herz schlug schneller, wenn es nur daran lag, konnte es möglicherweise klappen.

– Als Brautgeschenk erbitten wir für unsere Tochter eine Fünfpfundgoldkette, fügte der Kaufmann noch hinzu, und Vedat vergaß zu atmen. Mit dem Geld, das er gespart hatte, konnte er gerade mal ein Glied dieser Kette bezahlen.

Sein Vater zog sich aus der Affäre, indem er sagte:

– Sie können Ihre Tochter fragen, ob ihr Herz geneigt ist, und wir können zu Hause noch mal überdenken, ob das Geschenk, das Sie sich für die Braut wünschen, nicht unsere Möglichkeiten übersteigt.

Vedat dachte: Ich werde sie entführen, ich werde mit ihr durchbrennen. Das tröstete ihn. Doch er wurde schon auf dem Heimweg ganz verzagt, er wußte ja nicht mal, ob sie das auch gewollt hätte. Er wollte sie nur, wenn sie ihn auch wollte.

Zwei Tage kam er nicht aus seinem Bett, nicht mal, um seinem Vater bei der Arbeit zu helfen. Am dritten Tag beschloß er, sie sich aus dem Kopf zu schlagen, er nahm ein kräftiges Frühstück zu sich und arbeitete in der Schmiede für zwei. Sehr schnell merkte er, wie sehr er diese Arbeit vermißt hatte. Sie lenkte ihn ab, und als schließlich sein Urlaub vorbei war, war er fast schon guter Dinge. Er hatte sich eingeredet, Eda würde ihn nicht beeindrucken. Die Art, wie sie den Blick niedergeschlagen hatte, und diese leichte Röte auf ihren Wangen, das hatte er sich wahrscheinlich nur eingebildet. Immerhin hatte sie sich kein einziges Mal nach ihm umgedreht.

Das nächste Jahr über hatte er das Gefühl, nicht sehr oft an sie zu denken. Er würde sie schon vergessen und eine andere finden. Immer noch sparte er seinen Sold, obwohl er wußte, daß es aussichtslos war, er würde sich diese Kette nie leisten können. Zudem war Eda jetzt auch schon fast neunzehn, wenn er nächstes Mal Urlaub bekam und nach Hause fuhr, würde sie bestimmt verheiratet sein oder einem anderen versprochen.

Vedat fing an zu trinken, nicht regelmäßig, doch er genoß es sehr. Was soll schon sein, über uns die Sterne, in uns der Wein, der Behagen bereitet. Wen interessiert das Morgen, die Ewigkeit, die Sorgen, solange wir hier beisammensitzen können und der Rausch uns wärmt. Wenn sie das Rad des Schicksals nicht für mich dreht, was soll ich schon mit dem siebten oder dem achten Himmel, frag nicht nach Erlösung, solange es Wein gibt, frag nicht nach einem Ende der Plagen, schließlich ist es uns ohnehin beschieden, ein Ende. Also trink und tu so, als würde es dich jetzt schon nicht geben. Was mühst du dich bei der Handvoll Atemzüge, die du hienieden hast, trink und sei fröhlich, und singe mit deinen Kameraden die alten Lieder.

Doch er ging immer noch nicht in die Hurenhäuser, er spielte nicht, er rauchte und trank nur ab und zu und sparte seinen Sold, weil er die Werkstatt seines Vaters renovieren wollte, ja, nur deswegen sparte er.

Es dauerte ein ganzes Jahr, bevor er wieder nach Hause fuhr. Die ersten zwei Tage fragte er nicht nach ihr, er freute sich, seine Eltern und seine Geschwister wiederzusehen, er half seinem Vater und ließ sich nicht anmerken, woran er die ganze Zeit dachte. Erst am dritten Tag, als er mit seiner Mutter allein war, wollte er von ihr wissen, wer sie bekommen habe.

– Niemand, sagte seine Mutter, es haben viele den Winter über um ihre Hand angehalten, aber sie hat alle abgelehnt.

– Mutter, könnten wir ...

Seine Mutter sah in ernst an.

– Vielleicht kann man über das Brautgeschenk verhandeln. Ich habe ein wenig gespart und ...

– Ich werde deinen Vater fragen, sagte sie.

Er küßte aus lauter Dankbarkeit ihre Hand und führte sie an seine Stirn. Es gab Hoffnung, sie war noch nicht verheiratet, und es blieb ihr nicht mehr viel Zeit. Die Leute würden anfangen, darüber zu tratschen, daß der schönen Kaufmannstochter kein Mann gut genug war. Sie würde bei ihren Eltern bleiben, bald schon würde sie außer einem alten Witwer niemand mehr wollen.

Wieder wurde ein Treffen vereinbart, und er saß mit seinen Eltern bei ihren Eltern, wieder sagte sein Vater, nachdem er sich zweimal geräuspert hatte:

– Auf Geheiß des Allmächtigen und mit dem Segen des Propheten sind wir hierhergekommen, um für unseren Sohn um die Hand Ihrer Tochter anzuhalten.

– Wir müssen unsere Tochter fragen, sagte der Kaufmann, und als Brautgeschenk wollen wir eine Fünfpfundgoldkette.

– Sehen Sie, sagte der Schmied, diese Kette übersteigt ein wenig unsere Möglichkeiten.

Vedat sah, wie sein Vater schwitzte.

– Wenn wir uns möglicherweise ein wenig näher

– Nein, unterbrach ihn der Kaufmann barsch, nein, ich werde meine Tochter nicht verheiraten, wenn sie bei der Hochzeit nicht eine Fünfpfundgoldkette bekommt. Ausgeschlossen.

Der Schmied nickte betreten und warf seinem Sohn einen kurzen Blick zu. Vedat saß zusammengesunken da und wußte nicht, warum er sich und seinen Vater wiederum in diese Situation gebracht hatte. Er schämte sich.

– Wir werden sehen, was wir tun können, sagte der Schmied, um sein Gesicht nicht zu verlieren.

Den ganzen Heimweg über sprachen sie kein Wort. Vedat wartete darauf, daß sein Vater ihm eine Predigt halten würde, doch als sie schließlich zu Hause waren, sagte der Schmied:

– Ich hätte es auch versucht.

Wieder blieb Vedat zwei Tage im Bett liegen, er lehnte sogar seine heißgeliebte Linsensuppe ab, die seine Mutter ihm gekocht hatte. Am dritten Tag stand er in der Schmiede und hämmerte wütend auf das Eisen ein, als ein junger Mann reinkam, freundlich grüßte und Vedat um ein kurzes Gespräch bat. Vedat legte sein Werkzeug beiseite und fragte den jungen Mann unwirsch, worum es ging.

– Können wir uns unter vier Augen unterhalten?

Widerwillig sagte Vedat ja, wusch sich die Hände und ging mit dem Mann hinaus, hinter die Werkstatt, wo sie niemand hören konnte.

– Was gibts? fragte er.

– Eda hat mich geschickt, sagte der andere, ich soll dir etwas ausrichten. Du sollst dir Geld leihen oder sonst irgend etwas tun, aber auf jeden Fall diese Fünfpfundgoldkette besorgen. Verschulde dich, finde einen Bürgen, egal wie, aber mach es unauffällig. Besorg diese Kette, und leg sie ihr auf der Hochzeit um. Sobald ihr verheiratet seid, kannst du die Kette zurückgeben, sie will sie gar nicht, das ist nur der Wunsch ihres Vaters. Sie will dich, sie hat auf dich gewartet. Kauf diese Kette, egal wie.

Und genau das tat er.

Eine Bar in Tabasco

An einem flirrend heißen Sommernachmittag saß Borell in einer Bar in Tabasco und aß Chicken Jambalaya, das einzige Gericht, das sie hatten. Bar – es war eine kleine Hütte mit festgestampftem Lehmboden und einem Holztresen, der aus einer dicken Spanplatte bestand, vor der ein paar Hocker standen, die einzigen Sitzmöglichkeiten.

Der Blonde hinter dem Tresen mochte Anfang Zwanzig sein, er sah aus wie ein Schauspieler, der sich für seine Rolle als Boxer Muskeln antrainiert hat. Er trug ein fleckiges T-Shirt und hatte einen Dreitagebart. Borell fand, daß er verdammt gut aussah, wie er auf seiner Seite des Tresens auf einem Hocker saß und eine Zigarette rauchte, während er selber noch aß. Außer den beiden war niemand in der Bar.

Die Schweißperlen standen Borell auf der Stirn, doch das hatte kaum etwas mit der Hitze zu tun, zumal er direkt neben dem Tischventilator saß. Nein, Borell spürte den Schweiß an seinen Haarwurzeln, das Chicken Jambalaya war sehr scharf. Er bestellte noch ein Bier, der Junge reichte es ihm aus dem Kühlschrank, ohne aufzustehen.

– It's hot, sagte Borell, er hatte das Essen gemeint, aber er war sich nicht sicher, ob der Junge das verstanden hatte. Es hatte ihn fast ein Jahr gekostet, diese Sprache zu lernen, die er nicht besonders mochte.

– Ich meine das Essen, sagte er wieder auf englisch, es ist seltsam, im Französischen gibt es dafür zwei Wörter, weißt du, *épicé* für das Essen und *chaud* für das Wetter. Bei euch heißt beides einfach *hot*.

Der Junge nickte und nahm sich auch ein Bier.

– Im Türkischen hat das Wort für scharf noch eine andere Bedeutung, fuhr Borell fort, es heißt nicht nur scharf, sondern auch Schmerz.

Die Ereignislosigkeit des Tages und diese lähmende Hitze waren zuviel für Borell gewesen, und jetzt nach dem dritten Bier verfiel er in einen Monolog wie jemand, der glaubt, die wichtigen Dinge des Lebens in Kneipen gelernt zu haben, und nun jeden mit seinen Weisheiten langweilt.

– *Acı yemek* heißt: etwas Scharfes essen. *Acı çekmek* heißt: Kummer erfahren, an einem Schmerz leiden. Schmerz und scharf sind dasselbe, verstehst du, du kannst scharfes Essen genießen, das heißt, du kannst auch den Schmerz genießen. Er belebt dich, er bringt dein Blut in Wallung, es ist ein süßer Schmerz, er hält dich warm. Das ist mir nicht scharf genug, gib mir etwas mehr Cayenne, gib mir etwas mehr Schmerz. *Acı acıyı bastırır* sagen sie, ein Schmerz läßt dich den anderen vergessen, das geht. Du mußt nur aufpassen, daß sich der Schmerz nicht in dein Herz einfrißt, eine Schärfe hinterläßt, die du nur noch stillen kannst, wenn du jemanden findest, der dein Herz mit kühlen, lindernden Wassern besprengt. Und wie oft findet man so jemanden. Capsaïzin, man kann nicht ohne leben. Zucker ist völlig überflüssig, er macht träge, dick und müde, Zucker ist einfach zuviel Vergnügen. Aber was wäre das Leben ohne Pfeffer, ohne Chili, ohne Sambal, ohne Salsa, was wäre das Leben ohne diese Würze. Wir wollen Schmerz, wir wollen in der Abendbrise, dem ersten Lüftchen des Tages, in einer dunklen Kaschemme sitzen und Lieder von herzzerreißender Trauer hören, von Leid und von Untergang. Wir wollen dasitzen und uns in diese Trauer hüllen wie in einen wärmenden Mantel.

Er hielt kurz seine leere Flasche hoch, so kleine Bierflaschen hatte er noch nie gesehen, und der Blonde angelte eine weitere aus dem Kühlschrank. Sie schwiegen, und Borell überlegte wieder, ob der Junge ihn verstand, hier in dieser Bar in Tabasco. Tabasco, es gab Namen, die klangen in seinen Ohren, zogen ihn zu den Orten, Ko Samui, Varanasi, Alma Ata, Roanoke, Kamaloka, Taschkent, Tupelo, Savanna-la-Mar, Maracaibo, Caguas, Bagdad. Tabasco, es war wie überall, ein Haufen Staub und Unglück, gleißendes Licht und ein Ventilator mit Flecken von Fliegenschiß. Ein brütend heißer Nachmittag, selbst die Sehnsucht hatte sich abgenutzt.

Eine blonde Frau kam rein, sie mochte Ende Dreißig sein. Sie hatte lange wirre Haare und ein Gesicht, dem man ansah, daß sie viel nachts unterwegs gewesen war, ohne oft genug die schönen Momente und die Entspannung zu erfahren. Sie bestellte Chicken Jambalaya und ein Bier und schnorrte den Barkeeper um eine Zigarette an.

– Ich habe eigentlich aufgehört zu rauchen, sagte sie, aber heute muß ich eine Ausnahme machen.

Borell fand, daß ihre Augen sehr lebendig wirkten, und lächelte ihr zu.

– Ich kann nicht aufhören, sagte sie, ich bin Asthmatikerin, es tut mir nicht gut, und jetzt habe ich mir Nikotinpflaster gekauft. Die jucken vielleicht bei dieser Hitze. Aber ich mag sie. Unter Nebenwirkungen stand: abnorme Träume, schon diese Formulierung: abnorme Träume. Es ist klasse, jede Nacht ganz großes Kino, lebendig, bunt, Dolby-Surround, tolle Lichteffekte, schöne Bilder, und wenn ich dann aufwache und pinkeln gehe und mich noch mal hinlege, träume ich gleich das sequel. Ganz großes Kino. Ich glaube mit diesen Pflastern habe ich mir ein neues Laster zugelegt.

Sie lachte und strich sich die Haare aus dem Gesicht. Eine Bar in Tabasco, einer ist mit seiner Theorie über scharfes Essen und Schmerz beschäftigt, eine mit ihren Technicolorträumen, die Zeit steht still, die Flaschen beschlagen, sobald sie aus dem Kühlschrank kommen, und die Etiketten lösen sich fast von selbst ab. Eine Bar in Tabasco, und der Schauspieler hat die Nase voll davon, sich auf seine Rolle als Barkeeper in einem Kaff vorzubereiten. Er würde am liebsten mit seiner Freundin im Bett liegen, Bloody Marys trinken und rumspinnen.

Soll ich es Ihnen einpacken?

Bernd, mein Koch, war ein hervorragender Mann, allein, was er auf der Standardkarte hatte, ließ einem das Wasser im Munde zusammenlaufen, doch die Tageskarte war immer ein Gedicht. Kreolisches Gambachili, gegrillte Auberginen mit Paprikapaste, Linsenspinateintopf, der galt als Geheimtip, Zucchini in Zitronenschafskäsesoße, frittierte Haloumi mit einer Honigsenfmarinade, Minztabulé oder ein süßscharfes Mangocurry mit Basmati. Ohne Bernd hätte ich mich nicht getraut, ein Restaurant zu eröffnen, ich hätte gefürchtet, zwischen der Konkurrenz unterzugehen.

Wir hatten einen kleinen Laden in einem Viertel eröffnet, in dem viele junge Leute und viele Ausländer wohnten, vor allem Türken, Serben und Pakistanis. Es gab gerade mal sieben Tische, und unsere Preise waren sehr verlockend. Darauf und auf Bernd hatte ich gesetzt. Man konnte mit Getränken und Vorspeisen und allem Drum und Dran mit einem Zehner pro Person aus dem Laden kommen, und im Winter machten die Gäste reichlich Gebrauch davon, daß der Tee nichts kostete.

Es sprach sich schnell rum, und nach einer Anlaufzeit von zwei Monaten brauchten wir uns um Kundschaft nicht mehr zu sorgen. Wir machten um zwölf auf und gegen elf Uhr wieder zu, bestimmt ein Drittel der Zeit waren alle Tische besetzt, wir stellten einen zweiten Koch ein, der Bernd zur Hand ging, und meine Schwester und ich wechselten uns beim Kellnern ab. Bald schon begrüßte ich die Stammgäste per Handschlag.

Abends saß ich manchmal noch mit Freunden da, wir schlossen die Tür ab und ließen einen Tag ausklingen, an dem wir wieder über hundert Essen rausgegeben hatten, wir tranken einen Grappa oder Ouzo, und ich war angenehmer Stimmung. Das war nicht wirklich eine Art zu arbeiten, es war eine Art zu leben, ich verbrachte viel Zeit in dem Lokal, doch ich vermißte nichts.

Der Inder uns gegenüber hatte ein ähnliches Konzept. Es gab zwei Tische mehr und die Preise waren geringfügig unter unseren, doch wir existierten friedlich nebeneinander, ließen uns schon mal von dort Essen bringen, zur Abwechslung. Bernd wäre der letzte gewesen, den so etwas beleidigt hätte.

Die Leute gingen zum Inder, sie kamen zu uns, die Geschäfte liefen, wir stellten einen weiteren Kellner ein, damit meine Schwester und ich mehr Zeit hatten, wir fanden eine gute Küchenhilfe. Nachdem das erste Jahr überstanden war, atmeten wir durch, lehnten uns etwas zurück und entspannten. Einfach laufen lassen, der Schwung war da. Wir verdienten nicht sonderlich gut, aber es war unser Laden, unser Baby, Bernd und ich, wir hatten wirklich Spaß daran.

Die Qualität und die Preise änderten sich nicht, als es lief, und jeder bekam ein Lächeln und ein paar nette Worte. Es gefiel mir, daß man als Kellner so ohne jeden Vorwand einfach freundlich sein konnte zu den Leuten, ohne daß es sie wunderte.

Im unseren zweiten Frühling, meine Augen juckten schon, es waren die ersten Pollen unterwegs, in unserem zweiten Frühling sagte ich eines Abends, nachdem ich die Abrechnung gemacht hatte, zu Bernd:

– Das sind keine 300, das geht jetzt schon seit über vierzehn Tagen so, kannst du dir das erklären?

– Nein, sagte er, ich merke, daß ich weniger zu tun habe, aber ich weiß nicht, woran das liegt.

Es vergingen zehn weitere Tage mit geringen Einnahmen, bis wir den Grund herausfanden.

– Hast du die neue Kellnerin drüben gesehen? fragte Zoran, der meistens montags kam und immer die Nummer sieben nahm.

– Nein, wieso?

– Ist das eine Perle, ich weiß ja nicht, warum die kellnert. An ihrer Stelle würde ich es als Model versuchen. Was für eine Schönheit. Manchmal gehe ich nur etwas essen, damit ich diese Frau sehen kann.

Das sah Zoran ähnlich. Doch sehr viele andere schienen es genauso zu halten.

– Mach dir keine Sorgen, sagte Bernd, zwei, drei Wochen, dann werden sie sich satt gesehen haben, und dann läuft das Geschäft wieder. Die Leute wollen essen, nicht glotzen.

Ich glaubte ihm. Trotzdem schlossen wir den Laden zwei Tage und renovierten, kauften neue Bilder, neue Kerzenhalter und neues Besteck. Wir taten, was wir konnten, damit man sich bei uns noch wohler fühlte.

Doch, wie gesagt, es war Frühling, mittlerweile juckten nicht nur meine Augen, sondern ich wurde nachts wach, weil ich so schlecht Luft bekam, der Frühling war noch nie eine gute Jahreszeit für mich gewesen.

Für die anderen wahrscheinlich schon, ihre Hormone spielten verrückt, die Kellnerin von gegenüber trug nur knappe Minis und immer engere Blusen, und die Leute wurden es nicht leid, von ihr bedient zu werden. Doch wenn ich mich in ihre Lage versetzte, wen hätte ich denn lieber gehabt? Eine attraktive Frau Mitte Zwanzig oder mich, mit verquollenen Augen und allergisch bedingten Atembeschwerden?

Ich hatte Angst, den Anschluß zu verpassen, in den letzten sechs Wochen hatten wir nicht mal halb so viel Umsatz gehabt wie sonst, und in diesen schnellebigen Zeiten mußte man sofort reagieren.

Bernd nahm es zu leicht.

– Ich koche gut, sagte er, Qualität setzt sich am Ende immer durch, du machst dir zu viele Sorgen. Es gibt immer mal Zeiten, in denen es schlechter läuft, das ist normal.

– Das hast du vor Wochen schon gesagt, brummte ich, aber er zuckte nur die Schultern.

– Fördernd ist Beharrlichkeit.

Er glaubte an die Sprüche aus seinen Esoterikbüchern, ich war da nervöser und pragmatischer veranlagt. Ich mußte etwas tun, ich konnte nicht warten, bis der Knoten sich von selber löste.

Wir setzten eine Anzeige in die Zeitung: Kellnerin gesucht.

Meine Schwester sah einfach nicht gut genug aus, und es war nicht besonders leicht, ihr das beizubringen.

Unsere offizielle Erklärung war, daß die neue Kellnerin nur eine Übergangslösung bis zum Sommer sein sollte, bis mein Heuschnupfen verschwand und ich wieder voll einsatzfähig war.

So saßen wir dann da, und die Frauen, die sich bewarben, taten mir fast schon leid. Konnte sein, daß sie jahrelange Erfahrung hatten und im größten Streß die Ruhe bewahrten. Konnte sein, daß sie freundlich und belastbar waren, aber ein dicker Hintern war ein Ausschlußkriterium. Die Frau mußte gut aussehen. Sonst hätte ich ja weitermachen können. Die wenigen Männer, die angerufen hatten, hatte ich bereits am Telefon abgewimmelt.

Ana sah noch besser aus als die Kellnerin beim Inder. Die ersten Tage war sie ein wenig ungeschickt, doch es funktionierte. Nachdem sie zehn Tage bei uns gearbeitet hatte, sagte ich zu Bernd:

– Siehst du, wir haben nicht nur den alten Umsatz wieder, wir haben seit zwei Tagen Rekordeinnahmen. Fördernd ist nicht nur Beharrlichkeit. Fördernd ist es, besser zu sein als die Konkurrenz. Und zwar in allen Bereichen.

Bernd war völlig erledigt von der Arbeit und nickte müde.

– Wenn Ana nicht so lahm wäre, dann hätten wir wahrscheinlich noch mehr, murmelte er.

Ich glaubte einen bitteren Unterton herauszuhören und fragte nach, als er sich gerade eine Zigarette ansteckte:

– Kränkt dich das etwa? Glaubst du wirklich, die Leute kommen nur wegen Ana und nicht wegen deines Essens? Alter, wenn du nicht so gut kochen könntest, könnten wir hier nicht mal mit nackten Frauen was reißen. Aber gutes Essen allein reicht heute nicht mehr, die Menschen wollen auch etwas für die Augen, sie wollen die richtige Präsentation. Du kannst der beste Koch der Welt sein, wenn du in der Ecke sitzt und den Mund nicht aufmachst, wird das niemand merken. Ana ist unsere Werbung, verstehst du, sie ist nicht das Produkt.

Wieder nickte Bernd, doch er schien nicht überzeugt zu sein.

In der dritten Woche, in der Ana bei uns arbeitete, gingen die

Umsätze rapide runter. Dieses Mal brauchten wir nicht so lange, den Grund herauszufinden. Der Inder hatte eine neue Kellnerin eingestellt, eine mit üppigen Brüsten, die keinen BH trug, aber dafür V-Ausschnitte, eine Kellnerin, die sich beim Aufnehmen der Bestellungen immer weit vorbeugte.

– Ana, sagte ich eines Abends, als die letzten Gäste gegangen waren, Ana, du arbeitest gut, du könntest eine Lohnerhöhung bekommen, aber siehst du ... Wäre es dir möglich ... Könntest du dich etwas aufreizender anziehen?

– Bitte, was?

– Mir ist das völlig egal, wirklich, aber weißt du, wir haben ein Problem mit den Umsätzen, seit die da drüben ...

Sie zog ihre Schürze aus, feuerte sie auf den Boden, fluchte in einer Sprache, die ich nicht verstand, und wir sahen uns nie wieder. Ich überwies ihren Lohn, ich hatte noch etwas draufgelegt, als eine Art Entschuldigung sozusagen, aber bei diesen schwankenden Umsätzen war es ein eher symbolischer Betrag.

Mein Asthma wurde schlimmer, ich lag die halbe Nacht wach. Mein ganzes Geld steckte in diesem Laden, und ich konnte kaum an etwas anderes denken.

Josefine machte schon beim Vorstellungsgespräch auf sexy, war mit ihrem viel zu kurzen Rock beschäftigt und damit, daß ihre Brüste nicht aus dem Top rutschten. Dieses Mal ging es fast drei Wochen gut. Josefine lernte in dieser Zeit sogar zu kellnern. Unsere Umsätze stiegen wieder. Dann machte das Gerücht die Runde, die Kellnerin des Inders würde keine Slips tragen. Obwohl es mittlerweile Hochsommer war, hatte sich mein Heuschnupfen nicht wie gewohnt verabschiedet.

Es bedurfte nur ein paar Euros und keiner großen Überredungskünste, und Josfine paßte ihre Garderobe der der Konkurrenz an.

Vor einigen Jahren hatte ich im Fernsehen mal einen Bericht gesehen über Stadtrundfahrten in Berlin mit barbusigen Begleiterinnen. Wenn das so weiterging, würden wir in drei bis vier Jahren auch so weit sein. Bis dahin begnügte sich die Kellnerin des Inders mit nahezu durchsichtigen Blusen. Josefine zog gegen ein Entgelt mit. Doch was wir auch machten, der Inder war uns immer einen Schritt voraus, die Einnahmen gingen dauerhaft in den Keller, Bernds Laune wurde immer schlechter, die Arbeit machte keinen Spaß mehr, es half nicht, daß Josefine mit den Gästen flirtete. Unsere finanzielle Lage war gegen Ende des Sommer bedrohlich, wir waren mit der Miete im Rückstand.

In den ersten Herbstwochen fiel Josefine aus, weil sie sich eine schwere Erkältung zugezogen hatte, wahrscheinlich weil sie immer diese dünnen Sachen trug. Mein Heuschnupfen war endlich verschwunden, als die Blätter von dem Bäumen segelten, doch nachts lag ich wach und hatte immer noch das Gefühl, keine Luft zu bekommen.

Eines Nachts, als ich vor lauter Grübelei und Erschöpfung dennoch kurz einnickte, erschien mir ein Engel des Herrn im Traum.

– Was machst du da, Timo? wollte er von mir wissen. Was machst du da?

Als ich erwachte, wußte ich, daß er recht hatte, dies zu fragen. Ich beschäftigte mich mit gottloser Werbung, ich hatte mich davontragen lassen von diesem Konkurrenzkampf, ich war nicht mehr ich selbst gewesen. Und ich hatte mich nicht nur von mir, sondern auch vom Herrn entfernt. Vielleicht war es das gewesen, was Bernd am meisten gestört hatte.

– Ab heute wird alles anders, sagte ich zu ihm, als wir den Laden aufmachten.

Ich setzte eine Anzeige in die Zeitung, ich gestaltete eine neue Karte mit anderen Motiven, die neue Kellnerin trug ein Kopftuch, ich hing ein Schild über die Tür, auf dem stand: Im Namen Allahs, des Gnädigen, des Barmherzigen.

Im Laufe von zwei Wochen hatten wir eine komplett andere Kundschaft, und der Laden lief endlich wieder.

Lange her

Kim weiß nicht, was sie hat. Es passieren viele Dinge in seinem Unterricht, die ihm seltsam vorkommen, das ist nicht neu, doch hierfür hat er überhaupt keine Erklärung. Er sitzt aufrecht da und beobachtet eine weitere Träne, die sich an ihrem rechten Augenwinkel bildet, langsam die Schläfe hinunterläuft und schließlich in ihren braunen Haaren verschwindet.

Einmal hat jemand gefragt, ob man hier drinnen rauchen darf. Kim hatte es für einen Scherz gehalten, doch dem Mann war es ernst gewesen. Es kommen merkwürdige Menschen hierher, Frauen, die stark geschminkt sind, sich aber die Beine nicht rasieren, Männer, die einen masochistischen Eifer an den Tag legen, als würden sie für eine Titelverteidigung im Schwergewicht trainieren. Manche suchen etwas, manche glauben, etwas gefunden zu haben, und halten es nun fest. Die Leute kommen zum Yoga, weil sie Entspannung suchen, weil sie nach Erleuchtung streben, weil richtiger Sport ihnen zu anstrengend ist und sie trotzdem das Gefühl brauchen, etwas für sich zu tun, das über einen Saunagang hinausgeht. Sie kommen, weil sie glauben, ein östlich-sprituelles System würde ihnen helfen, ihre Probleme zu lösen. Es kommen merkwürdige Menschen, und es passieren merkwürdige Dinge. Frauen fragen nach Abhilfe bei Menstruationsbeschwerden. Es gibt Übungen, die er empfehlen kann, aber woher soll er denn wissen, ob sie helfen. Ein Perser hat einmal einen fünfminütigen Vortrag über die Bedeutung und Verbreitung des kreuzbeinigen Sitzes in seiner Heimat gehalten, mitten im Unterricht. Eine Frau hat ihm als Bezahlung Sex angeboten.

Wenn sie zur Endentspannung alle auf dem Rücken liegen, die Füße etwas mehr als hüftbreit auseinander, die Zehen fallen locker nach außen, die Arme etwas vom Körper weggestreckt, die Handflächen nach oben, wenn sie so unter der Decke liegen, kann es passieren, daß jemand einschläft und anfängt zu schnarchen, es können laute, gluckernde Geräusche aus seinem Magen und Darm kommen. Es gibt Schüler, die nicht entspannen können und ihre Finger bewegen oder ihre Augenbrauen zusammenziehen, die husten, niesen, seufzen, stöhnen, Kim ist so einiges gewöhnt, aber noch nie hat jemand geweint, und nun weiß er nicht, was er tun soll.

Er weiß, daß die meisten Respekt vor ihm haben, weil er in ihren Augen Ruhe ausstrahlt, weil sie glauben, er hätte im Yoga das gefunden, was sie suchen. Er weiß, daß sie fast alle glauben, er könne mit der Situation umgehen.

Während des Unterrichts war sie nicht auffällig, und als sich schließlich alle auf den Rücken gelegt hatten, hatte er bemerkt, daß nicht nur ihre Füße und Waden unter der Decke hervorlugten, sondern auch ihr Oberkörper nicht ganz bedeckt war. Sie hatte versehentlich die Decke quer genommen, und sie machte keine Anstalten, ihren Fehler zu korrigieren, wahrscheinlich um die anderen nicht zu stören. Kim riet ihnen immer, die Decke zunächst unter sich zu legen und sich dann darin einzuschlagen, weil die Matten die Kälte des Hallenbodens nicht genug dämmten. So konnte sie jetzt nicht einfach die Decke zurechtzupfen. Kim war aufgestanden und hatte sie vorsichtig mit einer zweiten Decke zugedeckt. Und jetzt sitzt er aufrecht da und sieht bewegungslos ihren Tränen zu.

Rahel geht gerne zum Yoga, auch wenn sie ein wenig Probleme mit dem neuen Lehrer hat. Kim strahlt Ruhe aus und hat eine angenehme Stimme, aber sie wird das Gefühl nicht los, daß er sie nicht besonders mag. Wenn er sie in einer Stellung korrigiert, sind seine Hände immer so vorsichtig und weit weg, als wolle er sie nicht berühren. Das ist ihr zwar lieber als jemand, der jede Gelegenheit nutzt, um sie anzufassen, aber sie glaubt, bei Kim hat es etwas mit Antipathie zu tun.

Heute hat sie versehentlich die Decke quer genommen, in die sie sich einschlagen wollte, und als sie es bemerkt hat, lagen alle anderen schon still da. Dann hat sie Schritte gehört, das konnte nur Kim sein, niemand anders würde aufstehen. Die Geräusche danach hat sie nicht richtig deuten können, und schließlich wurde ihr ganz sanft noch eine Decke aufgelegt.

Im ersten Moment weiß sie nicht, was sie davon halten soll. Dann fragt sie sich, wann sie zum letzten Mal zugedeckt worden ist. Wahrscheinlich als sie noch bei ihrer Mutter gewohnt hat und auf dem Sofa eingeschlafen war. Damals hatte sie sich keine Gedanken darüber gemacht. Jemand, der nur für sie aufsteht und sie zudeckt, damit ihr nicht kalt wird, damit sie entspannen kann, damit es ihr gutgeht. Wie viele Jahre hatte sie jetzt niemand mehr gehabt, der sie zugedeckt hatte, wenn sie auf dem Sofa einschlief, nicht mal jemanden, der ihr eine Decke gebracht hatte. Rahel hatte fast vergessen, wie es war, sich umsorgt zu fühlen.

Sie kann den Schmerz nicht vergessen

Sie kann den Schmerz nicht vergessen.

Sie ist viereinhalb oder fünf Jahre alt und kommt zu ihrer Stiefmutter gelaufen, die auf dem Boden sitzt und mit diesem langen zweifingerdicken Holzstab Teig für Yufka ausrollt. Sie steht seitlich hinter ihrer Mutter, und ehe sie eine Chance hat zu reagieren, knallt ihr der Holzstab mit voller Wucht gegen beide Beine, knapp unterhalb der Kniescheiben, eine schnelle Bewegung mit viel Schwung. Die Luft bleibt ihr weg, Tränen schießen in die Augen, der Schmerz ist so groß, daß sie glaubt, ihre Beine würden nachgeben und sie würde der Länge nach hinfallen. Er fängt unterhalb ihrer Knie an und breitet sich im ganzen Körper aus.

– Wo ist der Joghurt? fragt ihre Mutter.

Sie kann nicht antworten, der Schmerz hat sie gelähmt, er ist in ihre Knochen gefahren wie ein Eiswind, und wenn sie sich jetzt bewegt, wenn sie nur den Mund aufmacht, wird sie zerbrechen.

– Ich habe dir doch verboten, vom Joghurt zu essen. Der war für den Besuch heute abend. Geh sofort neuen holen.

Sie hat den Joghurt nicht gegessen, sie hat nicht mal genascht. Ihre Mutter dreht sich nicht nach ihr um, während sie spricht.

Es ist ungerecht, denkt sie und würde am liebsten loslaufen, Joghurt kaufen, damit diese Sache aus der Welt ist, damit das Leben weitergehen kann. Doch sie kann sich nicht bewegen, jetzt ist da nicht nur dieses Gefühl in ihren Knien, das sich im ganzen Körper ausgebreitet hat, jetzt ist da auch noch der Schmerz, für etwas bestraft worden zu sein, daß sie nicht getan hat. Und der ist noch viel größer als der andere.

Viel später, am Abend, nachdem ihre beiden kleineren Schwestern eingeschlafen sind, weint sie lange und leise in ihr Kopfkissen. Sie muß den Schmerz allein tragen, sie kann niemandem davon erzählen. Ihre Schwestern will sie beschützen und ihren Vater schonen.

Wenn sie im Fernsehen jemanden sieht, der zu Unrecht geschlagen wird, spürt sie es erst in den Knien und dann im ganzen Körper. Als sei es gerade eben passiert. Ihr. In der Realität. Und nicht jemandem auf dem Bildschirm. Sie wird ganz blaß und kann nicht aufstehen. Sie hat Angst, ihre Beine würden sie nicht tragen. Meine Tante ist jetzt fast sechzig, und sie sagt, sie kann diesen Schmerz nicht vergessen.

Schneewittchen

– Ich fange nur was mit Männern an, die mir nicht gefährlich werden können, sagte sie. Sobald ich auch nur ahne, daß ich mich in ihn verlieben könnte, lasse ich die Finger davon.

Es klang nicht wie eine Beschwerde, es klang nicht mal, als hätte sie Angst. Es war eine Feststellung. Sie nahm ihr Glas in die Hand, und ich betrachtete ihre langen dünnen Finger, die Nägel weinrot lackiert. Wenn sie sich gegen die Theke lehnte, rutschte ihr Pulli hoch, und ich hatte schon zweimal ihren Slip und noch viel öfter etwas nackten Rücken gesehen.

Ich fand sie attraktiv, diese große, dünne Frau fast ohne Busen, mit einer langen vorstehenden Nase, dunklen tiefliegenden Augen und einem Akzent, den ich nicht einordnen konnte. Sie war Kroatin und hieß Snježana, was übersetzt Schneewittchen bedeutet, wie sie mir erklärte. Ich könnte eine Frau nie Schneewittchen nennen, ich war froh, daß sie Kroatin war.

So wenig glückversprechend mir ihre Einstellung auch erschien, sie eröffnete Möglichkeiten. Ich konnte es bei ihr versuchen. Wenn es nicht klappte, dann konnte ich mir einreden, daß ich zu den gefährlichen Männern gehörte. Und wenn es klappte, würden wir vielleicht eine von diesen Nächten erleben. Aber ich wollte es nicht versuchen, nicht bei einer Frau, die ein Problem zu haben schien. Doch ich mochte sie, und ich mochte, was sie mit den Augen und manchmal auch mit den Händen machte, während wir uns unterhielten. Es war ein Spiel, und wahrscheinlich war ich weit davon entfernt, zu den gefährlichen Männern zu gehören. So berührten wir uns mit Blicken, faßten uns an, Hände, Schultern, Knie, und verschwanden dann jeder alleine in der Nacht.

Das ist jetzt Jahre her, und ich treffe sie selten, wenn ich um den Block gehe. Ein gemeinsamer Freund erwähnte sie vor kurzem:

– Snježana hat es ja auch sehr lange nicht auf die Reihe gekriegt, immer von einem Typen zum nächsten, aber jetzt scheint es zu klappen, sie ist mit ihrem Freund zusammengezogen.

Das gab mir zu denken. In letzter Zeit hatte ich mich öfter an Snježana und diesen Abend erinnert. Ich verstand sie jetzt besser, viel besser.

Wie hätte ich damals ahnen sollen, daß eine Zeit kommen würde, in der mich etwas in das Leben anderer Menschen zog. Ich wachte auf in fremden Betten, machte die Augen auf und atmete durch die Nase ein. Ein ungewohnter Geruch, die Bettwäsche fühlte sich eigenartig an auf der Haut, es gab nichts Vertrautes, aber es ging mir gut. Ich war in ein anderes Leben geschlüpft, eine neue Welt.

Ich wachte auf in aufgeräumten, sauberen Wohnungen, ich kam zu mir in einer chaotischen WG mit Dusche in der Küche und Stapeln verkrusteter Teller auf der Spüle, ich schlug die Augen auf und sah mit Leuchtfarbe an die Wand gemalte Sterne, ich machte mir Kaffee in einer Maschine, die aussah, als hätte sie mehr gekostet, als ich in einer Nacht ausgeben würde. Ich roch das Kokosöl, mit dem sich die eine einrieb, oder die Socken neben dem Bett nach einer durchtanzten Nacht.

Ich mochte es, in Badezimmern zu stehen, Flecken von Zahnpasta auf dem Spiegel, dunkle Ringe unter dem Duschgel, angetrocknete Haare in der Klinge des Rasierers. Oder in tipptopp aufgeräumten, klinisch reinen, daß ich mich kaum mehr traute, im Stehen zu pinkeln, weil ich glaubte, man würde die Spritzer auf fünf Meter erkennen können.

Besonders in den Badezimmern fühlte ich mich wohl. Dort konnte ich allein sein, dort konnte ich mir einbilden, ganz bei mir zu sein, zu wissen, wer ich bin und was ich will. Dort konnte ich die Musik dieses Lebens ganz leise drehen, bis ich – so glaubte ich – meine eigene Stimme hörte, meine Melodie.

Doch man konnte die Musik nicht leise drehen, ich war selbst in dem Stück, ich war in einem fremden Leben, das ich mit Interesse betrachtete, vielleicht sogar liebevoll. Ich war eine Woche bei Leuten, die alle diesen einen Film unzählige Male gesehen hatten und nun oft in Zitaten redeten, der Film war ihnen eine Welt, in der sie leben konnten, und genauso waren sie mir eine Welt, in der ich leben konnte.

Ich erinnere mich gerne an die Angewohnheit der einen Frau, zuerst den linken und dann den rechten Schuh von der Küche aus in den Flur zu schleudern, an die winzigen Schweißflecken unter den Armen einer anderen Frau, jedesmal, wenn sie das rote Kleid trug, als wäre das Kleid schuld.

Etwas zog mich hinein in diese Leben, und ich ahnte, daß es nicht richtig war. Aber ich fühlte mich nicht schlecht.

Ich lasse mich nur noch ein mit Frauen, die mir nicht gefährlich werden können, das geht schon seit einem halben Jahr so. Ich kann sehr gut verstehen, was Snježana damals gemeint hat. Es ist die Sehnsucht, die Sehnsucht ist so groß, daß sie einen Dinge tun läßt, von denen man weiß, daß sie falsch sind. Es ist die Sehnsucht, die so groß und gefräßig ist, daß man Angst hat, sie würde einen verschlucken, wenn man ihr nicht hin und wieder einen Brocken gibt. Als Ersatz für richtige Nahrung. Einen Brocken, der ihr vielleicht im Magen liegt und sie eine Weile beschäftigt. Oder einen Brocken, der ihr einfach in der Kehle steckenbleibt und sie verstummen läßt. Die Sehnsucht verstummen läßt, bis man glaubt, sie wäre tot. Wie der vergiftete Apfel bei Schneewittchen. Und eines Tages kommt jemand und befreit die Sehnsucht von diesem Brocken, und dann zieht Schneewittchen mit ihrem Prinzen zusammen.

Gestern habe ich Snježana getroffen, sie sah gut aus. Fast habe ich es bereut, es damals nicht versucht zu haben. Wir haben viel Bier getrunken, und ich habe ihr erzählt, daß ich oft an sie denke und warum, ich habe ihr all das hier erzählt, und sie hat gelacht und gesagt: Es gibt keine Stiefmutter.

Joshua

Egal, ob du jemand ein Leid zufügst oder sein Herz erfreust, für dich selber sind das immer Erfahrungen, die du auf Kosten anderer machst, versuchte er sich jetzt zu trösten. Wenn er Eileen etwas schenkte, wenn er sie massierte, wenn er sang, nur für sie, wann immer er ein Lächeln auf ihr Gesicht zauberte, freute auch er sich. Ergötzte sich an ihrer Reaktion und nannte es Liebe. Doch es war vielleicht nur eine Erfahrung, die er auch mit jemand anderem hätte machen können, eine Freude, die sich nur spiegelte. Er brauchte eine Frau, um diese Freude empfinden zu können.

Eileen oder vielleicht jemand anders, vielleicht benutzte er diese Menschen, um sich gut zu fühlen. Eine Zeitlang war er mit einer Frau zusammen gewesen, die er oft zum Lachen gebracht hatte. Du lachst so schön, hatte er gesagt. Sie hatte geantwortet: Du machst dir nur selbst Komplimente, du freust dich, daß du so lustig bist und Einfluß auf mich hast.

Und wenn Freude schenken und Leid zufügen tatsächlich nur eigene Erfahrungen waren, auf Kosten anderer Menschen, dann war eins nicht schlimmer als das andere, oder?

Er hatte Eileen weh getan, den ganzen Abend lang, und nun fühlte er sich schlecht, versuchte es sich schön zu reden, suchte nach Gründen, versuchte es zu verstehen. Sie war eigentlich nicht eifersüchtig, zumindest hatte er es bisher nie bemerkt. Fünf Jahre hatten sie nun gemeinsam verbracht, das letzte davon auf Reisen durch die ganze Welt. Sie hatten sich von den westeuropäischen Moralvorstellungen weitgehend verabschiedet, sie hatten sich ein Stück weit von kulturellen Bindungen befreit, sie waren gemeinsam den Pfad des friedvollen Kriegers gegangen, sie hatten alles ausprobiert, die verschiedensten Erfahrungen gemacht, sie hatten versucht, nicht aneinanderzuhaften. Er hatte manchmal mit anderen Frauen geschlafen, sie mit anderen Männern, sie hatten Gruppensex gemacht, sie hatten unseriöse Tantraworkshops besucht. Ohne die geringste Eifersucht hatten sie dieses Geschenk der Götter genossen, hatten es genutzt als Möglichkeit, Schuldgefühle und Hemmungen abzubauen. Ihm war nie in den Sinn gekommen, daß Eileen eifersüchtig werden könnte.

Gestern abend hatten sie Rahel kennengelernt, eine Deutsche, die gerade mal für vier Wochen nach Indien gekommen war, weil sie seit einiger Zeit Yoga machte und deswegen angefangen hatte, sich für dieses Land zu interessieren. Rahel war eine sehr unbefangene Frau, vielleicht mangelte es ihr auch an Aufmerksamkeit. Gestern abend hatten Rahel, Eileen und er auf der Veranda des Hostels zusammengesessen, direkt neben den beiden taubstummen Australiern, die sich in Gebärdensprache unterhielten. Rahel hatte irgendwann einen der beiden nach einer Zigarette angeschnorrt.

– Excuse me, do you have a cigarette for me, please?

Sie hatte nicht bemerkt, daß die beiden taub waren, aber als es ihr dann endlich klar wurde, war es ihr kein bißchen peinlich, sie lachte einfach darüber. Unbefangen. Sie lachte viel, vielleicht hatte sie ein heiteres Gemüt, vielleicht kiffte sie normalerweise nicht. Joshua gefiel ihr Humor, er konnte sie zum Lachen bringen, aber was noch wichtiger war, sie konnte ihn auch zum Lachen bringen.

Er warf den Kopf zurück, hielt sich den Bauch, und Rahels Gelächter steckte ihn an, er brauchte sie nur zu hören, dann fühlte er schon, wie sich in seinem Bauch eine große Kugel aus Hahas und Hihis und Hohos bildete, eine große Kugel, bereit, an der Oberfläche zu zerplatzen.

Joshua sah, daß es Eileen weh tat, er sah zum ersten Mal in fünf Jahren, wie sie eifersüchtig wurde, eifersüchtig auf diese Frau, die ihn zum Lachen bringen konnte und der er ebenfalls nicht zu stoppende Anfälle bescherte. Es beruhte auf Gegenseitigkeit, nehmen und nehmen lassen. Er machte sich dieses Mal nicht selber Komplimente, das Gelächter gehörte ihnen gemeinsam.

Joshua kicherte, wischte sich eine Träne aus dem Augenwinkel und merkte, wie Eileen sauer auf ihn wurde. Er tat doch nichts Böses, er lachte nur, doch das schmerzte sie. Natürlich hätte er später erklären können: Siehst du, du bist deine Bindungen noch nicht losgeworden, du klebst an den Dingen, mit deinem Wohlwollen ist es nicht soweit her und mit deinem Herzen, das du immer für so groß hälst. Siehst du, wir sind jetzt fünf Jahre zusammen, in den letzten dreihundert Tage waren wir keine zwanzig Stunden getrennt, und dies ist eine Lektion, die du wohl zu lernen hast: Die Eifersucht ist immer noch da. Wir müssen uns von diesen Bindungen befreien, wenn wir erleuchtet werden wollen.

Doch er hätte es falsch gefunden, feige. Richtig hätte er es gefunden, sich das Lachen mit Rahel zu versagen, ins Bett zu gehen oder noch einen Spaziergang zu machen oder mit Eileen zu schlafen. Richtig hätte er es gefunden, Verzicht zu üben. Doch er konnte es nicht. Was sollte schon falsch daran sein, ab und an zu lachen, daß einem der Bauch weh tut? War es wirklich sein Problem, daß sie darunter litt? Wäre es besser gewesen, wenn er es zu seinem gemacht hätte? Durfte er gar nicht über die Witze fremder Frauen lachen?

Diese Fragen waren nur Ablenkungen für seinen Geist, er hatte Eileen weh getan, es tat ihm leid, und nun versuchte er im nachhinein, sich Gründe für sein Verhalten auszudenken, er suchte Trost im Verstand.

Eileen schien noch zu schlafen, ohne ein Wort hatten sie sich gestern ins Bett gelegt. Joshua erinnerte sich daran, wie er eifersüchtig gewesen war, als sie Timo kennengelernt hatten, damals in Jamaika. Er glaubte nicht, daß Eileen mit ihm geschlafen hatte, aber selbst wenn sie es getan hatte, würde es nichts ändern. Timo hatte versucht, ihm Eileen auszuspannen, zumindest war es Joshua so vorgekommen. Doch das wichtigste war, daß er gemerkte hatte, wie Eileen in Versuchung geriet, wie sie die Möglichkeit erwog, ein anderes Leben mit diesem Timo zu führen. Die beiden mailten sich immer noch regelmäßig, und Joshua hätte jederzeit beschwören können, daß ihn das nicht störte.

Hatte sie damals verzichtet? Hätte er gewollt, daß sie verzichtet? War Liebe ein Tauschgeschäft?

Joshua wußte schon beim Aufwachen, daß er sich heute abend betrinken würde. Eine Sache, die er nie ganz in den Griff gekriegt hatte. Nun, es gab auch Zenmeister, die tranken. Er konnte nicht ahnen, daß er noch sehr viel trinken würde in den nächsten Monaten, er konnte nicht ahnen, daß er bald allein und ohne Geld in Benares sitzen würde, er konnte nicht ahnen, daß er noch viel öfter an Rahel denken würde, als ihm lieb war. Doch er wußte, daß es ein weiter Weg war, egal wohin.

Die Mütze meines Opas

Es liegt ein Trost in der hinduistischen Vorstellung, daß die Dinge der äußeren Welt nur eine Illusion sind. Denn wer lebt, verliert. Meistens eher beiläufig, Feuerzeuge, Kugelschreiber, Socken, Münzen, manchmal gähnt man vor Langeweile, wenn schon wieder eine Büroklammer spurlos verschwunden ist. Doch ab und an kommen einem Dinge abhanden, deren Verlust schmerzt. Je mehr du besitzt, desto mehr besitzt dich und kettet dich an diese Welt, je mehr dein Herz an Andenken, Erbstücken, Kuscheltieren und Glücksbringern hängt, desto schwerer wird es.

Ich weiß nicht, was mit der Mütze meines Opas nach seinem Tod passiert ist. Damals bin ich noch nicht mal auf die Idee gekommen, danach zu fragen, und selbst wenn es mir eingefallen wäre, hätte ich wahrscheinlich nicht darum gebeten, sie als Erinnerung haben zu dürfen. Ich versuche zu vermeiden, Dinge anzuhäufen, die verlorengehen können. Oder einen nach Jahren nur noch vor Langeweile gähnen lassen.

Es war eine dunkelgraue Stoffmütze mit Schirm, wie sie die Männer aus ländlichen Gegenden in der Türkei öfter tragen. Ich kann mich nur an seltene Gelegenheiten erinnern, bei denen mein Opa sie nicht trug, wenn er draußen war. Doch im Haus ließ er sie gerne auf dem Diwan liegen, auf dem Kühlschrank, dem Radio, später dem Fernseher, irgendwo, wo er sie schnell finden konnte.

Ich muß vier oder fünf Jahre alt gewesen sein, als ich sie zum ersten Mal unbeobachtet in die Hand nahm. Ich hatte nicht das Gefühl, etwas Verbotenes zu tun, aber ich wollte auch nicht entdeckt werden. Was ich tat, erschien mir sehr intim, und ich hatte eine Ahnung von der Scham, die mich überkommen würde, sollte mich jemand so sehen. Diese Mütze trug er den ganzen Tag auf dem Kopf, sie war ein Teil von ihm. Ich nahm sie in die Hand, untersuchte die speckigen Ränder, wunderte mich über die gefalteten Zeitungsstreifen, die mein Opa unter den Saum geschoben hatte. Dann führte ich die Mütze vorsichtig an meine Nase. Seitdem habe ich diesen Geruch nie wieder vergessen. Es roch nach Leder, Schweiß, Talg, Papier, Druckerschwärze, Holz. Ein brauner, erdiger Geruch, ein wenig stumpf, ein wenig säuerlich, aber kein bißchen muffig, wie alte Männer schon mal riechen. Nicht nur die Mütze, auch der strenge Körpergeruch meines Opas ist mir nie muffig vorgekommen. Ich habe das später darauf zurückgeführt, daß er immer viel an der frischen Luft gearbeitet hat, bis kurz vor seinem Tod hat er sich noch um den Garten gekümmert und ist Moped gefahren. Es kam kaum vor, daß er drinnen saß und vor Langeweile gähnte.

Möglicherweise hat er sich im Laufe der Jahre eine neue Mütze gekauft, doch dann war es genau die gleiche, und er hatte den Winter und den Frühling über Zeit, sie zu tragen, so daß ich sie in den Sommerferien, wenn wir ihn besuchten, nicht von der anderen unterscheiden konnte. In meiner Vorstellung ist es über zwanzig Jahre lang dieselbe Mütze gewesen, was nicht sein kann, aber es war zwanzig Jahre lang immer derselbe Geruch, den ich so nie mehr gefunden habe und an dem so viele Erinnerungen für mich hängen.

Eines Tages traute ich mich, meine Großmutter zu fragen, was es mit der Zeitung unter dem Saum auf sich hatte. Und sie erzählte mir, die Zeitung würde verhindern, daß die Mütze stank. Dann gähnte sie. Wahrscheinlich aus Langeweile.

Die Mütze symbolisierte für mich alles, was ich an meinem Opa liebte und schätzte, und der Geruch war die Seele der Mütze. Manchmal sehe ich ähnliche Mützen, aber sie bedeuten mir nichts, setzen noch nicht mal Bilder in meinem Kopf frei. Doch es passiert, daß ich etwas rieche, das mich an diesen Duft erinnert, brüchiges Leder, an dem Lehm klebt, der Schweiß eines alten Mannes, der mich umarmt, das Baumhaus meines Neffen nach dem

Regen, der Mundgeruch eines Boulespielers, der vor Langeweile gähnt. Dann kann ich meinem Opa nah sein, ich kann ihn fühlen, ich werde warm und weich. Es liegt ein Trost darin, daß das ohne die Mütze funktioniert, es liegt etwas Erhabenes in der Vorstellung, daß der Geruch in einer anderen Welt immer noch existiert, immer existiert hat und immer existieren wird.

Zuerst den Linken

Es war ein gewohntes Geräusch, aber es ging mir auf die Nerven, vor allem nachts. Es hatte lange gedauert, bis ich herausgefunden habe, was die Ursache der Geräusche war, immer zwei, kurz nacheinander, manchmal dumpf, manchmal polternd, aber immer zwei und immer kurz nachdem sie nach Hause gekommen war, egal um welche Zeit.

Sie wohnte über mir, ich hatte einige Male versucht, zwei Meter fünfzig unter ihr den gleichen Weg durch meine Wohnung zu machen, um dahinterzukommen, was sie dort oben veranstaltete. Zuerst hörte man, wie sie die Tür aufschloß, dann das Klackern ihrer Absätze im Flur, das schnurstracks in die Küche führte, dort ein leises Knarren wie von einem alten Holzstuhl und schließlich die zwei polternden Geräusche wieder im Flur.

Sie schmiß ihre Schuhe von der Küche aus in den Flur. Tagsüber fiel es mir nicht immer auf, aber am späten Abend oder nachts rissen die Geräusche mich aus dem Schlaf. Wenn ich abends einschlief und sie war noch nicht zu Hause, wußte ich schon, daß sie mich wecken würde. Es nervte. Also sprach ich sie im Treppenhaus darauf an.

– Entschuldige, kann es sein, daß du deine Schuhe immer von der Küche aus in den Flur wirfst?

– Ja. Wie …?

– Nun, man hört das unten, und nachts wache ich auf davon. Ich weiß, das mag jetzt kleinlich wirken, aber ich wache halt immer auf, wenn du vielleicht …

Es schien ihr unangenehm zu sein.

– Natürlich, kein Problem. Wenn ich das gewußt hätte … Und die Musik?

– Musik stört mich nicht.

Sie schien mich nicht spießig oder kleinkariert zu finden, sie hatte mich nicht angesehen, als hätte ich ihr eröffnet, in Wirklichkeit wäre ich die Prinzessin auf der Erbse, ich glaubte, sie hätte mich verstanden.

Noch in derselben Nacht wurde ich geweckt. Ich war entspannt eingeschlafen in dem Bewußtsein, daß ich durchschlafen würde, obwohl sie noch nicht zu Hause war. Ich wurde wach von dem Geräusch ihres Schuhs. Eines Schuhs. Ich wartete. Nichts geschah. Hatte ich den ersten etwa verschlafen? Das war noch nie passiert. Ich wartete, daß sie den zweiten Stiefel – das Geräusch war so laut gewesen, es mußten Stiefel sein –, ich wartete, daß sie den zweiten Stiefel auch in den Flur schleuderte. Was sie nicht tat. Vielleicht war sie völlig erledigt, kaum fähig, sich zu bewegen. Aber was ging mich das an. Ich hatte sie gebeten, nicht mehr diesen Lärm zu veranstalten, doch sie konnte wohl nicht anders. Ich wartete auf das zweite Poltern, damit ich weiterschlafen konnte. Zwei, drei, vier Minuten der Stille. Jetzt schmeiß schon, dachte ich, jetzt mach, damit ich schlafen kann, dumme Kuh, erst sagen, kein Problem, und sich dann einen Dreck scheren um das eigene Geschwätz von heute mittag, schmeiß.

Es blieb still. Es blieb still, und ich blieb wach. Ich blieb noch eine Viertelstunde wach, in der ich auf das zweite Poltern wartete, eine Viertelstunde, in der ich mich so über diese Frau aufregte, daß ich weitere zwei Stunden brauchte, um mich zu beruhigen und einzuschlafen. Hätte sie doch gleich sagen sollen, daß ich mich anstellte, anstatt so zu tun, als würde sie meiner Bitte nachgeben.

– Bist du gestern nacht aufgewacht? fragte sie mich am nächsten Tag im Treppenhaus. Ich hatte leider den linken Schuh so aus Gewohnheit schon in den Flur geschleudert, und erst dann fiel mir wieder ein, daß dich das stört, und so habe ich den rechten dann ganz leise daneben gelegt.

Karmahotel

Der Hausverwalter war einer dieser sonnenbankgebräunten Bodybuilder, etwa Mitte Vierzig, in den letzten zwanzig Jahren hatte der in keine normalen Klamotten mehr reingepaßt. Er trug weite Sachen von Uncle Sam, die aussahen wie alte Handtücher, die man gefärbt und zusammengenäht hat. Im Sommer bastelte er oft mit nacktem Oberkörper an seinem Volvo rum oder polierte das schwarze Auto, das in seiner schlichten Eleganz nicht ganz zu ihm paßte. Man hätte ihn für einen BMW-Fahrer gehalten, Benz oder Chrysler.

Ich weiß nicht, ob ihm das Hotel gehörte, ich glaube schon. Es war ein Hotel, aber der Verwalter nannte es immer Studentenwohnheim. Das klang seriöser. Nur war es den meisten Studenten zu weit weg, kaum einer wollte jeden Tag von Neckargemünd nach Heidelberg und zurück fahren. Es wohnte kein einziger Student in dem Hotel.

Ich war gerade aus Indien zurück, schlief mal hier und mal da und jobbte, als ich Pia kennenlernte. Sie wohnte drei Häuser von dem Hotel entfernt, und so kam ich auf die Idee, den Verwalter zu fragen, ob denn was frei sei, obwohl ich kaum Gutes über das Hotel gehört hatte. Ich nahm das Zimmer, das er mir zeigte, Bett und Schrank und ein winziges Bad auf 14 Quadratmetern für 260 DM im Monat. Besser konnte ich es kaum treffen. Eine Viertelstunde später bin ich eingezogen, ich hatte ja nicht viel, gerade mal den Rucksack, mit dem ich in Indien gewesen war.

Die erste Zeit in Indien bin ich jeden Morgen zum Yoga gegangen, ich habe versucht, von den Indern zu lernen. Maya, alles ist Illusion, Lila, alles ein Scherz, und dankbar sein, den ganzen Tag schon dafür dankbar sein, daß man Hände hat, mit denen man das

Essen selbst zum Mund führen kann, sich alleine den Arsch abwischen und sich selber befriedigen. Dankbar sein für die Füße, die einen tragen, dankbar im Fluß des Lebens sein zu dürfen, Lektionen in Demut und Genügsamkeit.

Lege deinen verborgenen Schatz nicht auf die Waage und sage nie: Ich habe die Wahrheit gefunden. Der Schmerz ist das Aufbrechen der Muschel, die Erkenntnis birgt. Viel Schmerz hast du selbst gewählt. Er ist die bittere Medizin, die heilt.

Ich wollte, daß ihre Weisheit auf mich abfärbt. Aber verdammt, dort hat man keine ruhige Minute, es gibt keine Oasen der Stille, die Städte ersticken in Chaos und Lärm und Dreck, und ein paar Männer sitzen da und strahlen Seelenfrieden aus, aber das war nichts für mich. Ich bin Mitteleuropäer, Indien funktioniert bei mir nicht. Du kommst dort einfach zu spät hin, du mußt die Menschen verstehen lernen, die Mentalität, die Kultur und das alles auf der Suche nach ein bißchen Frieden, peace of mind. Du mußt dir draufpacken, was diese Leute von Kindesbeinen an kennen. Das geht nicht, du mußt bei deinesgleichen bleiben, um den Weg nicht noch steiniger zu machen. Was die Inder zwischen Lärm, Dreck und Chaos finden, mußt du zwischen Konsum und Kälte suchen. Indien hat mich angekotzt am Ende und am meisten diese dogmatischen Deutschen, die glauben den Lebensstil adaptiert zu haben, weil sie stur und blind und sklavisch ein paar Regeln befolgen und sich dabei flexibel und offen vorkommen. Indien, ein hohles Versprechen.

Das Hotel hatte 25 Zimmer, und ich kannte hier niemanden, aber Pia wohnte ja nur drei Häuser weiter. Als ich meine Sachen ausgepackt hatte, ein paar Bilder aus Zeitschriften an die Wand gehängt und Mottenkugeln in den Schrank gelegt, gerade als ich Pia abholen wollte, um das erste Mal Sex mit ihr in meiner neuen Behausung zu haben, sah ich ihn auf dem Flur vor meinem Zimmer. Er hatte alte, ausgebeulte, weite Jeans an, ein buntes Hemd mit kurzen Ärmeln und Skaterschuhe, er schien mir sehr dünn, einer dieser schlaksigen Männer, bei denen die Haut auf den Muskeln und Sehnen zu kleben scheint. Ich glaube, er erkannte mich schneller als ich ihn. Es war über zwölf Jahre her, daß wir uns zuletzt gesehen hatten.

– Tarek, sagte er, Tarek, alter Freund, und er kam auf mich zugeschlurft und gab mir die Hand. Seine Unterarme waren tätowiert, es sah aus, als sei da jemand am Werk gewesen, der wirklich etwas davon verstand, die Konturen waren scharf, die Farben leuchteten.

– Markus, sagte ich, Markus, wie geht es, wohnst du auch hier? Das ist ja unglaublich.

Markus und ich, wir sind früher, als wir so dreizehn, vierzehn, fünfzehn waren, zusammen BMX gefahren. Irgendwann zog er um, und wir haben uns aus den Augen verloren, und nun stand er vor mir. Wahrscheinlich gibt es auch in Mitteleuropa ein Schicksal, und wahrscheinlich ist es auch hier gütig.

Er wohnte tatsächlich im Hotel, und ich freute mich so, daß ich ihn in den Arm nahm und drückte. Er war ungewöhnlich schmal, er verschwand fast in meiner Umarmung, als wäre er noch derselbe Junge wie vor zwölf Jahren. Wir standen auf dem Gang und stellten die Fragen, die man immer stellt, weil man keine besseren weiß nach so langer Zeit.

– Was machst du denn so?

– BMX fahren, Videos drehen und abgehn, war seine Antwort.

Ich half drei Tage die Woche in der Schreinerei eines Freundes aus, was gut war, ich arbeitete gerne mit meinen Händen, und ich war froh, diese Ausbildung abgeschlossen zu haben. Ich kam mir neben Markus nicht wie ein Verlierer vor, nicht wie jemand, der seinen Glauben und seine Ideale verloren hat, aber daß er nach so langer Zeit immer noch BMX fuhr, beeindruckte mich. Es beeindruckte mich jedesmal, wenn ich das Gefühl hatte, jemand konnte sagen: Das ist mein Leben. BMX fahren. Mit einer Frau zusammen sein. Nachts um die Häuser ziehen. Musik machen. Malen. Sich um die Kinder kümmern. Um den Garten. Geschichten erzählen. Geschichten hören. Filme gucken. Oder aus dem Fenster. Nichts davon war zu wenig, jedes einzelne war sehr viel. Es war größer als man selbst. *Das ist mein Leben.* Das hieß für mich gleichzeitig, daß man dieses Leben etwas geweiht hatte, das größer war, als ein einzelner Mensch sein konnte.

Markus hatte auch eine Ausbildung abgeschlossen, aber ich konnte mir diesen tätowierten, dürren Mann nur sehr schwer als Kindergärtner vorstellen. Ich konnte es mir nur schwer vorstellen, obwohl in seinen grünbraunen Augen etwas Helles, Freundliches, fast schon Niedliches war. Er arbeitete nicht in dem Beruf, hatte es keinen einzigen Tag lang getan, hatte die Lehre abgeschlossen und seitdem keinen festen Job mehr gehabt, obwohl es ihm Spaß gemacht hatte mit den Kindern. Aber er wollte mehr Zeit fürs BMX-Fahren.

– Und Geld, wie verdienst du Geld?
– Geld war mir noch nie so wichtig.

Das war der Moment, in dem ich mir wie ein Verlierer vorkam, weil ich die falsche Frage gestellt hatte. Was machst du denn so, war auch eine falsche Frage, aber sie verriet noch nichts über einen selber.

Nicht, daß mir Geld wichtig war, aber das legte die Frage auch nicht unbedingt nahe. Es wurde nur offensichtlich, daß ich nicht wußte, wie man es anstellte, wie man gut lebte, wenn man Geld keine große Bedeutung beimaß.

Ein wenig unbeholfen stand ich da. Was jetzt, wie verabschiedet man sich, wenn man sich zwölf Jahre nicht gesehen hat und nun im selben Hotel wohnt?

– 15, sagte Markus, und ich antwortete, 23, dann drückten wir uns noch mal, und ich ging Pia abholen.

Es war ein wenig wie die ersten drei Monate in Indien, es hatte etwas von Urlaub, in diesem Hotel zu wohnen. Und etwas von Famile, alle kannten sich, und wenn ich Lust auf Menschen hatte, klopfte ich an eine Tür, oft an die 15, aber auch an andere. Oder ich war auf dem Weg zu Sandy mit den Dreadlocks und hörte Stimmen und Gelächter aus Olivers Zimmer und schneite dann einfach da rein. Wenn ich allein sein wollte, ging ich auf mein Zimmer, hängte das Nicht-Stören-Schild, das Pia mir gemalt hatte, an die Tür.

Fast niemand hatte Geld, aber das fiel selten auf, es war immer alles da, Nudeln, Reis, Rotwein, Bier, Zigaretten, Gras, kein Telefon, aber Leute zum Reden. Einige hatten Fernseher und Videorecorder, es wurde nie langweilig. Du konntest nachts um drei nach Hause kommen, aufgepeitscht von irgendwelchen Erlebnissen, und du hast immer jemanden gefunden. Und wenn es Jamal war, der auf den Treppenstufen schlief, weil er es mal wieder nicht hochgeschafft hatte. Jamal kriegte es nicht richtig hin, er hatte ständig Probleme, war in einer Tour zugedröhnt, und alles, was er anfaßte, ging kaputt, Ghettoblaster, mein Fahrrad, Vasen, Zigarettenautomaten, Wasserpfeifen, Klobrillen. Manchmal schlief Jamal mitten im Satz ein, und manchmal konnte man einen ganzen Tag mit ihm verbringen und lachen und Spaß haben, und am nächsten Morgen erinnerte er sich an nichts mehr. Er bekam nicht viel mit und gerade mal so die Miete zusammen, auch wenn ich nicht genau wissen wollte, wie er das machte. Doch er gehörte dazu, wir hätten ihn wohl vermißt, wenn er eines Tages nicht mehr dagewesen wäre, ihn und seinen säuerlichen Geruch.

Als der Frühling kam, sah ich Markus oft beim Üben auf dem Hof zu. Er fuhr Flatland, das ist so etwas Ähnliches wie Kunstradfahren auf BMX-Rädern. Er tanzte mit seinem Rad, drehte Pirouetten, balancierte auf dem Vorderreifen, arbeitete an Tricks, die ich unmöglich beschreiben kann, und setzte selten einen Fuß auf den Boden. Er schien ein völlig natürliches Gleichgewicht zu halten, das schon immer da war und das er in Tausenden Stunden Übung gefunden hatte und nun einfach nicht mehr losließ, sondern immer wieder herausforderte. Da war eine Mitte zwischen ihm und dem Rad, und drumherum machte er all diese Bewegungen, die mich an Turnen, Tanzen und Ballett erinnerten. Das war ein elegantes Wesen, halb Mensch, halb Maschine.

An wärmeren Tagen trainierte Markus mit nacktem Oberkörper, und ich bewunderte das Spiel seiner Muskeln und vor allem die Tätowierung auf seinem Rücken, knapp über der Gürtellinie stand dort in großen, schwungvollen Buchstaben: *Flatland*. Das war sein Leben.

Ich war oft genug schon glücklich, wenn ich einfach nur dasaß und ihm zusah und wußte, da waren sogar noch andere Menschen, da war Pia, es konnte mir nichts passieren.

Eines Tages im Frühjahr war der Volvo des Verwalters verschwunden, geklaut. Die Polizei befragte uns, und es war eindeutig, daß sie glaubten, einer von den Gästen stecke dahinter. Die Stimmung im Hotel änderte sich, fast alle verstießen hin und wieder oder auch regelmäßig gegen das eine oder andere Gesetz, allen voran BtM. Selbst Hehlerei kam vor, und Oliver hätte nicht erklären mögen, warum sein Bargeld hauptsächlich aus Fünfern bestand.

Ich wußte immer noch nicht, wie und womit Markus Geld verdiente, aber ich fragte auch nicht mehr. Ich wunderte mich im stillen, Computer, Videokamera, Anlage, das war alles nicht billig.

Wir hielten nicht zusammen, aber als die Polizei uns befragte, erzählte keiner etwas, weil er Angst hatte, selber Ärger zu bekommen. Wir hatten schon einen schlechten Ruf, und wir taten alles, damit die Polizei ihn nicht bestätigt sah. Jamal hatte das Auto geklaut, nur der Verwalter wußte es nicht, aber er verdächtigte auch niemanden öffentlich, die Versicherung würde zahlen, und damit hatte sich das Thema für ihn erledigt.

Ein paar Wochen waren wir alle vorsichtiger, dann war alles wie vorher, wir hörten nachts laut Musik, saßen auf den Fensterbänken, die Füße nach draußen, wir rauchten, auf den Eingangsstufen hockend, und redeten über jedes Thema in der gleichen Lautstärke.

Wir traten dem Teufel vollends auf den Schwanz, als Pia und ich eines Nachts auf die Idee kamen, bei der Polizei Geld wechseln zu lassen. Wir waren sehr betrunken und hatten keine Münzen mehr für den Zigarettenautomaten. Natürlich hätten wir jemanden aus dem Hotel fragen können, aber wir sind fröhlich glucksend auf die Wache getorkelt und haben unseren Freunden und Helfern die Situation erklärt. Tanke schon zu, wir brauchen Münzen für Kippen, wir haben Schmacht, die Polizei steht doch im Dienst der Öffentlichkeit, und anstatt unbescholtene Bürger um diese Zeit aus dem Bett zu klingeln, wollten wir bei Ihnen anfragen … Sie haben uns tatsächlich einen Zehner klein gemacht und uns noch einen schönen Abend gewünscht. Wir sind lachend zu Pia gegangen, Zigaretten haben wir nicht mehr gezogen.

Einige Wochen später war ich wieder auf der Wache und habe Jamal angezeigt. Es war die letzte Möglichkeit. Ich hatte versucht, mit ihm zu reden, doch er war kaum noch ansprechbar, er war nie bei sich, die Pupillen mal so klein wie die Punkte auf dem Rücken eines Marienkäfers und mal groß wie Wagenräder. Meistens klein. Er hatte angefangen, auch im Hotel zu klauen, aber das brachte niemanden aus der Fassung. Das Problem war, daß er auf dem Weg ins Verderben war, und ich wußte mir und ihm nicht anders zu helfen. Wenn ich nicht wollte, daß er unter die Räder kam, mußte etwas geschehen.

Er hat dann ein Jahr gesessen. Ich habe nie ein schlechtes Gewissen gehabt deswegen. Einmal habe ich ihn später in Stuttgart getroffen, und wir haben ganz normal geredet, er schien sein Leben halbwegs auf die Reihe zu kriegen, er hat gesagt, er könne verstehen, warum ich das damals gemacht habe. Ich weiß nicht, was danach aus ihm geworden ist.

Nachdem Jamal weg war, waren wir alle entspannter, es war Sommer, wir grillten abends auf dem Hof, luden Freunde ein, die Luft legte sich auf die Haut wie ein weicher Stoff, der nichts wiegt, es war ein Streicheln, und morgens erwachte man mit Grillgeruch in der Kleidung und den Haaren. Das war Mitteleuropa, Neckargemünd, und in guten Momenten glaubte ich das gefunden zu haben, was ich in Indien gesucht hatte. Plus Pia.

Eines Abends klopfte Markus an die Tür und fragte, ob wir nicht ein Lagerfeuer am Neckar machen wollten, nur er und ich. Er hatte eine Dose Bier in der Hand, und es schien nicht seine zweite oder dritte zu sein. Er trank normalerweise kaum und rauchte auch keine Zigaretten, er war ja Sportler. Ich hatte schon sehr lange kein Lagerfeuer gemacht, und mir gefiel die Idee.

Ich kann kein Faß anschlagen oder Billard spielen oder Skat, Fußball interessiert mich nicht, ich kann keinen Abfluß reparieren und verstehe nichts von Autos oder Motorrädern, aber ich kann

Lagerfeuer machen. Ich kann Lagerfeuer machen, passend zur Stimmung. Große, lodernde, prasselnde, die einen in die Knie zwingen, beeindruckende, gewaltige, schöne, romantische, die einen hypnotisieren können, weiche, fast schon sentimentale, bei denen um das Feuer herum die glimmenden Kohlen liegen und ein eigenes Leben führen, sich mit dem Wind unterhalten.

Das Feuer, das ich machte, war genau das richtige Feuer für zwei alte Freunde, die in der Stille am Fluß sitzen und langsam Dosenbier trinken.

– Wann hast du das letztemal Feuer gemacht? fragte Markus.

– Ich weiß es nicht.

– Siehst du, sagte er, Jugend hört dann auf, wenn du keine Feuer mehr machst. Ich kann mich auch nicht mehr erinnern.

Wir schwiegen, und ich überlegte, ob da was dran war. Wir hatten die Möglichkeit, aber wir taten es fast nie mehr. Früher hatten wir den ganzen Sommer über Lagerfeuer gemacht, mindestens zwei, drei die Woche. Ich sah Markus an. Er wirkte nicht wie ein gutgelaunter Kindergärtner, dessen Leben aus BMX-Fahren, Videos drehen und abgehn bestand. Das Weiche, Freundliche war gerade aus seinen Augen verschwunden. Er sah ein bißchen aus wie, ja, wie ich in den letzten Wochen in Indien.

– Weißt du noch, fing er an und machte eine lange Pause.

– Es war gut, es war gut, Freunde zu haben. Manchmal habe ich abends im Bett gelegen und bin im Kopf alle meine Freunde durchgegangen. Ich habe sie mir aufgezählt und welche Eigenschaften ich an ihnen schätze und welche nicht und was uns verbindet. Es war so ein gutes Gefühl, mit offenen Augen im Dunkeln zu liegen und an seine Freunde zu denken. Tarek, weißt du noch …

Und er machte wieder eine lange Pause, ich wartete geduldig ab.

– Das erste Mal, als ich mir das Schienbein an dem Pedal aufgerissen habe, so richtig, zwölf Stiche, und ich komme da raus, und du hattest nicht nur gewartet, sondern auch noch mein Rad mitgebracht, und wir sind zusammen nach Hause gefahren.

– Ja, sagte ich und fügte etwas unbeholfen hinzu: Du warst

schon immer hart im Nehmen und außerdem ein talentierter Fahrer.

– Damals hatte das alles eine Bedeutung. Es gab Menschen, in deren Leben ich eine Rolle spielte. Ich bin einer der besten Flatlander in diesem Land, weißt du. Wir, wir gehen ab und haben Spaß, wir brennen lichterloh, Tarek. Wir sind neugierig und hungrig, wir wissen, daß wir nicht irgendwohin müssen, um uns zu amüsieren. Wir sind die Party. Es ist schön, die Party zu sein. Es schert dich nicht, wo du bist, wie es dort abgeht, du machst die Stimmung. Aber wir machen keine Lagerfeuer mehr, und wenn ich abends im Bett liege, denke ich an die verschiedensten Sachen, die ich sofort wieder vergesse.

Er stand auf, machte seine Hose auf, pinkelte ins Feuer, das nicht ausging.

– Laß uns gehen, sagte er.

Am nächsten Tag bin ich aus dem Hotel ausgezogen. Pia und ich telefonieren manchmal, was Markus macht, weiß ich nicht, ich habe gehört, er wohnt immer noch da. Ich denke gerne daran zurück, wirklich, ich denke gerne an das halbe Jahr, das ich im Goldenen Hirsch gewohnt habe.

Eileen

Joshua saß in Benares, wo das Leben nicht so teuer war, er wollte sich von Bindungen befreien, er wollte in einem Ashram meditieren, er brauchte das Geld nicht. Eileen hatte kein schlechtes Gewissen, der Flug zurück nach Europa war eine unvorhergesehene Ausgabe, sie hatte das Geld wirklich gebraucht. Und sie hatte in diesem Jahr, in dem sie gemeinsam mit Joshua durch die Welt gereist war, immer mehr ausgegeben als er, sie hatte öfter das Essen und das Hotel bezahlt, sie hatte kein schlechtes Gewissen.

Ihre Wege hatten sich getrennt. Er trank einfach zuviel, er würde nie Erleuchtung erfahren, weder in Indien noch sonstwo. Eileen hatte keinen Respekt mehr vor ihm gehabt, er stand nicht über den Dingen, er war nicht frei und unabhängig, diese Welt war ihm zuviel wert. Sie verachtete die Welt, und das half ihr, Abstand zu wahren, einen Abstand, den sie für Gemütsruhe hielt. Sie verachtete die Welt und erzählte den Menschen immer von der Kraft der göttlichen Liebe, davon, wie einfach es war, die Geschöpfe des Allmächtigen zu lieben.

Die Menschen hatten einfach keine Ahnung, nicht den blassesten Schimmer, sie vergifteten sich, die Luft, sie verletzten ihre Mutter, die Erde, sie waren abhängig von Alkohol und Nikotin, von Zucker und Fleisch, sie fügten sich gegenseitig Leid zu, damit sie sich lebendig fühlen konnten, sie verstümmelten freiwillig ihre Geschmacksnerven, ihre Phantasie, ihre göttliche Natur. Wenn alle nur einen kurzen Moment innehalten würden, in sich gehen, sich fragen, was das Ganze überhaupt sollte, dann würde die Welt besser werden. Wenn alle Menschen nur eine Minute ihres Tages dem Gebet und der Stille opfern würden, könnten sie tatsächlich die Schwelle zu einem besseren Zeitalter betreten.

Es war eine schreckliche Welt, die sie da vorgefunden hatte. Wie kam es eigentlich, daß Alkohol fast weltweit legal war? Weil er gut in das bestehende Herrschaftssystem paßte, das auf Unterdrückung und Verdummung basierte, weil er ein Wirtschaftsfaktor war, weil er Menschen vergessen ließ, daß sie keine Macht hatten, weil er ihnen die Kraft zum Handeln nahm. Und wieso trank Joshua so gerne? Weil er schwach war, weil auch er zu ihnen gehörte, zu denen, die diesen Planeten zerstörten.

Nicht Religion oder Werbung oder Konsum waren heutzutage Opium, sondern geringe Mengen Geld. Und große Mengen Geld regierten die Welt. Vielleicht würde es Joshua guttun, mittellos zu sein, vielleicht würde er sich dann mehr auf sich selbst konzentrieren müssen. Nein, sie hatte kein schlechtes Gewissen, sein ganzes Bargeld mitgenommen zu haben und fast alle seine Travellerschecks, die sie sofort umgetauscht hatte, sie hatte kein schlechtes Gewissen, den Mann, mit dem sie fünf Jahr verbracht hatte, bestohlen zu haben.

Jetzt saß Eileen also im Flieger und freute sich auf Timur, der sie am Flughafen abholen wollte. Sie versuchte, jeglichen Körperkontakt mit dem älteren Herren neben ihr zu vermeiden. Der hatte noch vor dem Start angefangen, mit der Stewardeß zu diskutieren, weil sein Handgepäck nicht unter seinen Sitz paßte und er es partout nicht in einem der Fächer verstauen wollte. Bei anderen Fluggesellschaften müsse er das auch nicht, hatte er argumentiert und die Aufforderung der Stewardeß, sein Gepäck nicht vor seinen Füßen zu deponieren, einfach mißachtet.

Eileen konnte diese Leute nur schwer ertragen, Leute, die sich beim Einsteigen nicht ihre Platznummer merken konnten, sondern alle drei Sekunden diese stupide Kopfbewegung machten, hoch zu den Sitznummern, runter zu der Bordkarte in ihrer Hand, hoch, runter, hoch, runter, als seien sie nur unter größter Anstrengung in der Lage, den ihnen zugewiesenen Platz zu finden, hoch, runter, hoch, runter, und dann rammten sie einem ihr Köfferchen in die Kniekehlen.

Beim Umsteigen entspannte Eileen sich ein wenig, vier Stunden

Aufenthalt an einem Flughafen, was sollte man da schon tun. Sie fand eine freie Bank im Nichtraucherbereich, zog sich die Schuhe aus, setzte sich im Schneidersitz hin und trank ihren frisch gepreßten Orangensaft, der natürlich völlig übertreuert gewesen war.

Eileen war sich sicher, daß Joshua etwas mit dieser deutschen Jüdin anfangen würde, sobald er merkte, daß sie sich auf und davon gemacht hatte. Es war ihr nicht feige vorgekommen, einfach ihre Sachen zu packen und mir nichts, dir nichts zu verschwinden, ohne auch nur tschüs zu sagen. Es gab nichts mehr zu reden und nichts zu besprechen, sie waren nicht mehr zusammen gewesen, seit jenem Moment, als er und Rahel auf der Veranda so gelacht hatten. Das mußte auch Joshua gespürt haben, er hatte sich schließlich von ihr abgewendet an diesem Abend, er hatte sie links liegenlassen, er hatte das unsichtbare Band durchtrennt, die Verbindung ihrer Seelen leichtfertig gekappt für ein paar primitive, alberne Lacher. Und morgens hatte er sie immer noch ignoriert, er hatte ihr nicht mal einen guten Morgen gewünscht wie sonst. Er war aufgestanden, hatte gepinkelt und war verschwunden. Es hatte nichts mehr zu sagen gegeben, als Eileen am Abend das Hostel verließ.

Natürlich hatten sie schwierige Zeiten miteinander gehabt, sie war nicht beim ersten Problem weggerannt, doch bis zu diesem unlustigen Abend hatte Eileen gewußt, daß Joshua alles mit ihr gemeinsam erleben wollte, das ganze Leben, daß sie wie zwei Schenkel eines Zirkels waren, wie es in einem Gedicht hieß, verbunden auf ewig, wie weit sie auch auseinander sein mochten. Sie war sich seiner sicher gewesen, wie er sich ihrer sicher war, doch auf dieser Welt gab es keinen Halt, keine Verbundenheit und keine Kontinuität, hier gab es nur Treulosigkeit und Verrat.

Eileen starrte etwas geistesabwesend in die Gegend, als ihr Blick an einer Putzfrau hängenblieb, lange, strähnige, blonde Haare, noch jung, aber bereits aufgequollen und einen verbitterten Zug um den Mund. Es war eine wunderliche Welt, und als die Putzfrau näher kam, sagte Eileen:

– Sarah?

Die Frau blickte hoch, an ihren Schläfen schimmerte der Schweiß, ihr Kittel saß schlecht, sie hatte Ringe unter den Augen. Sie schien sich nicht zu erinnern.

– Eileen.

– Eileen, Eileen Curtis? fragte Sarah, den Mob in beiden Händen haltend.

– Ja. Das ist ja lange her.

Sie kannten sich aus der Grundschule. Eileen hatte Sarah nie besonders gemocht, ein eingebildetes, ständig quengelndes Mädchen, das sich bei der Klassenfahrt dadurch hervorgetan hatte, daß sie dieses und jenes Essen nicht mochte, abends nicht ohne Geschichte einschlafen konnte und loskreischte, wenn die Jungen nachts in den Mädchentrakt schlichen. Eine Zicke, die einem nicht mal einen Radiergummi lieh.

– Was macht du hier, wie ist es dir ergangen?

– Ach, frag nicht, sagte Sarah, aber sie wirkte, als würde sie nichts lieber erzählen als ihre Leidensgeschichte, doch sie schien sich zusammenzureißen und fragte: Wohin fliegst du?

– Nach Deutschland. Ich komme gerade aus Indien.

– Indien? Das ist ja Wahnsinn. Und wohnst du jetzt in Deutschland?

– Nein, ich will da nur jemanden treffen, Timur, vielleicht werde ich meinen Weg etwas in seine Richtung legen.

– Du hast nicht geheiratet oder?

Eileen schüttelte den Kopf, Sarah hatte auch keinen Ring am Finger.

– Geschieden?

Sarah nickte, legte den Mob aus den Händen und setzte sich neben Eileen.

– Er hat mich mit den Kindern sitzenlassen, sagte sie, eine Zeitlang habe ich überlegt, ob ich zurück nach Manchester soll, aber das konnte ich nicht. Meine Eltern waren damals gegen die Heirat, und jetzt sind sie tot, nicht einen Heller haben sie mir hinterlassen.

– Wie viele Kinder?

– Zwei Jungen, acht und elf, Prachtkerle, das kann ich dir sagen.

Sarah seufzte, noch jemand, der es nicht hingekriegt hat, dachte Eileen, sie wollte sicher nur ein wenig Zuneigung und Sicherheit, und nun klammert sie sich verzweifelt an die Zukunft ihrer Kinder, weil sie selber keine hat.

– Ich tue wirklich alles, sagte Sarah, alles, damit es ihnen gutgeht, ihr Vater ist ein versoffener Nichtsnutz, er zahlt keinen Unterhalt, und ich muß wirklich schuften, damit ich ein paar Münzen auf die Seite legen kann, ich habe drei Jobs und einen kaputten Magen von zuviel Kaffee.

Sie entrang sich ein gequältes Lachen, sie war müde, das war klar, sie lebte dieses anstrengende Leben aus Liebe zu ihren Söhnen, sie lebte, weil sie genug Willenskraft besaß, und nicht etwa, weil es ihr gefiel. Wahrscheinlich hatte sie die Freuden schon vergessen, vielleicht erinnerte Eileen sie an Zeiten, die besser für sie gewesen waren, an die sorglosen Zeiten, als sie allen ihren Willen aufgezwungen hatte.

– Manchmal glaube ich, ich schaff das alles nicht, sagte Sarah, manchmal bete ich um eine Pause, um einen kurzen Moment zum Durchatmen. Ich würde dann weitermachen, mit frischen Kräften, ich fühle mich so ausgelaugt. Einmal alles gehenlassen, einen einzigen Tag im Bett liegenbleiben, ohne ein schlechtes Gewissen zu haben. Ach, Eileen, du weißt gar nicht, wie gut du es hast.

Eileen zog ihren Brustbeutel hervor und holte die Scheine raus.

– Eine Atempause, sagte sie und steckte das Geld in die Tasche des Kittels. Nimms einfach, denk nicht darüber nach, ich bin ein wenig zu Geld gekommen, das ist nichts für mich.

Easy come, easy go, dachte sie.

Halbfinale

Für Şenol Keskin

Du bist siebzehn Jahre alt, und eigentlich interessierst du dich nicht für Fußball.

Als du in der vierten Klasse warst, hast du zwar ein halbes Jahr im Verein gespielt, aber nur, weil fast alle anderen Jungen aus deiner Klasse auch in Vereinen gespielt haben. Es hat dir nie wirklich Spaß gemacht, wahrscheinlich auch deswegen, weil du nicht besonders gut warst und dich auf dem Platz nicht behaupten konntest. Vielleicht auch deswegen, weil du dich immer unwohl gefühlt hast, wenn viele Leute zusammen waren. Elf wäre dir schon zuviel gewesen, aber ihr wart achtzehn, zusammen mit den Ersatzspielern, zu denen du auch gehörtest. Ein einziges Mal hat dich dein Trainer in diesem halben Jahr eingewechselt, und da habt ihr schon 8:0 geführt. Du bist zwar mitgelaufen, aber du hast gehofft, daß die anderen dir nicht zupassen. Du wolltest den Ball und die Verantwortung nicht. Am nächsten Tag bist du aus dem Verein ausgetreten. Und danach hast du nicht mal mehr mit deinem Vater Fußball geguckt, wie ihr das früher immer getan hattet.

Du gehörtest nicht richtig dazu, ein Junge, der kein Fußball spielen kann. Und auch sonst gehörtest du nicht richtig dazu. Während die Türken bei Streitereien zu den Türken hielten und die Deutschen zu den Deutschen, versuchtest du dich immer auf die Seite dessen zu stellen, der recht hatte. Und im Zweifelsfall auf die Seite des Schwächeren. Und so sahen dich die anderen Türken etwas komisch an, du warst ihnen zu deutsch. Als du älter wurdest, wurde es noch schlimmer.

Während die Türken fast immer auf Mädchen standen, die aussahen, als hätten sie sich alles bei Musiksendern abgeguckt, auf geschminkte Mädchen in knappen Tops und engen Hosen, mit wiegenden Hüften, während die Türken fast immer auf Mädchen standen, die gerne Jennifer Lopez sein wollten, fühltest du dich angezogen von Mädchen in weiter, nachlässiger Kleidung, von den hennagefärbten und dreadlockigen, von denen, die ein Augenbrauenpiercing hatten, wie Angela aus deiner Klasse.

Sogar die türkischen Jungs, die sonst nur auf HipHop standen, hörten schon mal türkische Musik, die du immer schrecklich gefunden hast, in all ihren Varianten. Bis auf Athena natürlich. Der einzige Türke, mit dem du je viel zu tun gehabt hast, war Necati, der Schlagzeuger in eurer Skaband. Er ist dein bester Freund, er hat zwar einen Nasenring und spielt bei euch den Offbeat, aber selbst er ist noch patriotischer als du. Dir geht dieses ganze Nationalitätending einfach nur auf die Nerven. Die einen fragen dich, ob du auf deutsch oder türkisch träumst, und die anderen wollen wissen, für wen du wärst, wenn Deutschland gegen Türkei spielt. Als würde dich Fußball interessieren. Aber es sind so oder so die falschen Fragen, es ist, als würden sie von einem Vegetarier wissen wollen, ob er sein Steak medium oder blutig mag.

Die meisten Leute kennen dich nicht mal unter einem deutschen oder türkischen Namen, seit der sechsten Klasse nennen dich alle Shane, du stellst dich selber auch so vor. Shane, das klingt ein bißchen wie Şenol, und jeder kann es sich merken.

Du bist siebzehn, und es ist Fußball WM in Japan und Korea, einige bläuen öfter die ersten beiden Stunden, um die Spiele am Morgen sehen zu können. In manchen Kursen bist du dann der einzige Junge im ersten Block, und es gefällt dir, mit all diesen Mädchen dazusitzen, mit Ceren, Angela, Natalie und Rafaela, die am Samstag ihren achtzehnten Geburtstag feiern wird, ganz groß, sie hatte alle, wirklich ausnahmslos alle, eingeladen, eine Riesenparty, unten am Main, mit Anlage und allem Drum und Dran, du freust dich schon drauf.

An diesem Samstag spielt die Türkei gegen den Senegal, wer weiterkommt, ist im Halbfinale, und die Türken haben letztes Mal schon gefeiert, als sie das Achtelfinale gegen Japan gewonnen haben. Aus Neugierde warst du die drei Minuten von eurer Wohnung zur Hauptstraße runtergegangen und hattest zugesehen, wie sie gefahren sind, Fahnen geschwenkt und gesungen haben. Sie waren stolz, obwohl sie überhaupt nichts zum Sieg beigetragen hatten.

Du hattest dabeigestanden und zugeschaut und dich gefragt, wie man sich über so etwas freuen kann. Auch wenn du es irgendwie beeindruckend fandest, daß sie nicht betrunken waren und nicht rumgepöbelt haben. Du selber trinkst zwar jedes Wochenende und bist stolz darauf, wieviel du verträgst, aber es gefällt dir, wenn Leute auch ohne Alkohol fröhlich sein können.

Es ist also Samstag, und Necati hat dich mitgeschleppt in dieses Café, in dem sie das Spiel auf einer Großbildleinwand übertragen. Bandprobe ist heute ausgefallen, und nun sitzt du hier und denkst dir, was für ein blöder Sport das eigentlich ist, eine Art Glücksspiel, da kann man 90 Minuten lang gut spielen, fängt sich dann ganz dämlich ein Tor ein und hat verloren. Was für ein Unsinn.

Es ist der erste Tag nach Sommeranfang, es ist heiß, du hast dir mit Necati vorhin im Park schon ein großes Tetrapack Eistee geteilt, und hier drinnen bestellst du dir gleich mal eine große Apfelschorle. Die haben zwar die Gardinen zugezogen, und es ist dunkel, die Ventilatoren laufen, aber es scheint, als wäre es drinnen noch viel heißer als draußen.

Du sitzt da, trinkst, siehst dir ein wenig die Leute an, hörst den Aahs und Ooohs zu, den Schieß dochs und anderen Kommentaren. Du mußt sogar lachen, als einer deiner Nachbarn Stürmer Şükür den bestbezahlten Zuschauer auf dem Platz nennt.

Du verstehst nicht viel davon, aber es sieht nicht nach einem guten Spiel aus, von keiner der beiden Mannschaften. Daß du dich doch mehr dafür interessierst, als du eigentlich wahrhaben willst, merkst du erst, als das Spiel in die Verlängerung geht und du zu Necati sagst:

– Bitte kein Elfmeterschießen.

Während der Verlängerung hältst du immer wieder die Luft an und glaubst, dein Herz würde aufhören zu schlagen. Du hattest gedacht, du würdest für Senegal sein, wenn überhaupt, für den Außenseiter, für das afrikanische Team, du hast geglaubt, du würdest für Senegal sein, weil du wolltest, daß eine schwarze Mannschaft ins Halbfinale oder gar ins Finale kommt.

Doch du bist für die Türkei wie alle anderen hier auch, die es nicht mehr auf ihren Sitzen hält. Es ist eine Erlösung, als Mansız in der 118. Minute endlich das golden goal und damit die Türkei ins Halbfinale schießt.

Alle springen auf, werfen die Arme in die Luft, recken die Fäuste, schreien, jubeln, drängen nach draußen, sie können nicht schnell genug auf die Hauptstraße kommen. Einige Leute müssen sich das Spiel in ihrem Auto angesehen haben, du hörst schon die ersten Hupen, bevor du es überhaupt bis zum Bürgersteig geschafft hast. Alles ist in Aufruhr, als du in die Sonne blinzelst, alle stürmen in die gleiche Richtung, und du bist mittendrin.

So etwas hast du noch nie erlebt, auf keiner Party, auf keinem Konzert, bei keinem Besäufnis. Alle Haare stellen sich dir auf, du bekommst eine Gänsehaut. Noch nie hast du soviel Power und Freude gesehen, noch nie bist du Teil dessen gewesen. So hast du dir Punk immer vorgestellt. Einfach nur eine unglaubliche Kraft.

Als ihr am unteren Ende der abschüssigen Hauptstraße ankommt, seht ihr den riesigen Autokorso und die wehenden Fahnen. Wenn man auf der Kreuzung steht und hochguckt, dann ist fast alles rot. Es ist das Größte. Alles geht.

Da sind Menschen mit Trommeln, mit einem Davul, und da ist sogar ein Mann, der die Zurna bläst, da sind Jungen in deinem Alter, die die Fahnen wie einen Umhang tragen, und du findest, sie sehen aus wie Superman. Wer sonst hat so ein rotes Cape. Leute fahren im Stehen Auto, Kopf und Oberkörper schauen aus dem Schiebedach, andere sitzen auf der Motorhaube oder hängen zum Seitenfenster raus, das Hupen ist fast schon betäubend, alles geht, alle sind Freunde, und du steigst bei Wildfremden ins Auto und sagst zur Begrüßung:

– Wir werden ihn holen, wir werden den Titel holen. Hoch sollen sie leben.

Aus den Boxen des Wagens dröhnt Tarkan, und auf einmal magst du dieses Stück, in dem er singt, daß sie feiern werden wie von Sinnen, wenn die Spieler den Pokal nach Hause bringen.

Als ihr in der Nähe eurer Wohnung seid, steigst du aus und läufst los, um deine Trompete zu holen. Nein, du läufst nicht, du fliegst, du willst nichts verpassen. Es gibt keine Regeln mehr heute, du willst deine Trompete und auf der Straße spielen, das ist deine Art, zu diesem Fest beizutragen.

Irgendwann findest du Necati wieder, den du im Gewühl verloren hattest, und er holt noch eine Trommel, und ihr macht zusammen Musik auf der Straße. Bandprobe ist heute ausgefallen?

Mann, du triffst vor Aufregung manchmal die Töne nicht richtig, aber das ist völlig egal, ihr steht alle zusammen auf dem Dach der Welt. Ihr seid im Halbfinale.

Die Zeit verfliegt. Als ihr runtergeht an den Main, zur Fete von Rafaela, seid ihr vorher nicht mal zu Hause gewesen, du hast deine Trompete in der einen Hand und ein Dönersandwich, das es zur Feier des Tages umsonst gab, in der anderen.

Würde dich jetzt gleich auf der Party jemand bitten, etwas vorzuspielen, würdest du dich nicht so zieren wie sonst immer, du würdest sofort loslegen, Mann.

Und tatsächlich fragt Angela dich, ob du etwas spielen möchtest. Du hast gerade angefangen, als sie dich fragt, ob du nicht etwas Ruhigeres drauf hast. Etwas Ruhigeres, an jedem anderen Tag würdest du dich weigern, lahmarschige Scheiße, würdest du sagen, doch du spielst eine der Jazznummern, mit denen dein Lehrer dich immer nervt.

Du gehörst nicht zu den Leuten, die eine gute Stimmung verbreiten, zumindest nicht, wenn du nüchtern bist, aber heute hast du erst eine Flasche Bier getrunken, und alles läuft wie von selbst. Du überlegst nicht mal, wie du es sonst oft tust, ob dich heute abend eine dran läßt, wenn sie betrunken ist, und du ihr den Finger reinstecken darfst wie bei Maja, aber das ist jetzt zwei Monate her.

Als es dunkel ist und sich schon die ersten Pärchen gebildet haben, sitzt du mit glänzenden Augen am Feuer, die Trompete liegt neben dir, eine Zigarette im Mundwinkel, heute abend bist du unbesiegbar. Das Bier ist längst alle, zehn Kästen für fast siebzig Leute, du weißt nicht, was sie sich dabei gedacht haben. Die Jungs legen zusammen, um noch an die Tanke zu fahren, und du beteiligst dich mit zwei Euro. Dann stehst du auf und brauchst in der Dunkelheit ziemlich lange, um Angela zu finden. Sie sitzt mit ein paar anderen am Wasser und trinkt gerade Bailey's aus der Flasche. Du hockst dich neben sie und fragst sie, ob du ihr noch etwas vorspielen sollst, irgendwo, in Ruhe. Du fragst sie, einfach so.

Diesen Tag, an dem ihr ins Halbfinale gezogen seid, wirst du nie vergessen. An diesem Tag hast du zum ersten Mal mit einer Frau geschlafen. Du bist siebzehn, und du interessierst dich nicht für Fußball.

Verlaufen

Wir hatten uns verlaufen, in den Dünen, die Frau meiner Träume und ich. Das Meer rauschte, und wir redeten kein Wort. Seit einer halben Stunde redeten wir kein Wort. Ich war unendlich weit weg, ich hätte noch Stunden durch die Gegend laufen können, ich war allein auf der Welt.

Die Frau meiner Träume, versteht mich nicht falsch, wenn ich sie Frau meiner Träume nenne, sie ist aus Fleisch und Blut, ich habe sie vor drei Jahren kennengelernt, die Frau meiner Träume, ich will nie mehr ohne sie sein. Sie ging neben mir her, ich weiß nicht, wie sie sich fühlte, ob sie überhaupt etwas fühlte. Ärger, Freude, Angst, Müdigkeit, Liebe.

Es war dunkel, es war seit Stunden dunkel, ich wußte nicht, in welche Himmelsrichtung wir mußten. Ich stieg runter ans Meer, sie folgte mir. Ich hätte nichts anderes getan, wenn sie mir nicht gefolgt wäre. Die Frau meiner Träume, ich rief mir ihr Bild vor Augen, obwohl ich nur den Kopf hätte zur Seite drehen müssen. Ihre blonden Haare, die weichen Gesichtszüge, ihre lachenden Augen, diesen Blick, den ich liebte, diesen Blick, der mir sagte, daß sie mich verstand. All ihre Schönheit, etwas Besseres hätte mir nicht passieren können.

Ich ging nach links den Strand runter, ich würde nie wieder müde werden, nie wieder würden falsche Hoffnungen meine Seele beschweren, nie wieder würde ich ohne Liebe sein. Ich wünschte, der Strand würde nie enden, ich wünschte, wir würden immer so weitergehen, mein Mädchen und ich, ich wünschte, die Welt wäre eine Scheibe, und wir würden immer weitergehen. Nichts Böses konnte unseren Weg säumen.

Nur im Augenblick war ich allein. Ich fühlte mich warm und

gleichzeitig verletzlich, ich wollte einfach nur weitergehen in der Dunkelheit. Wir schwiegen, und ich wollte nicht, daß die Macht der Worte meine Gefühle bröckeln ließ, ich wollte nicht, daß sie den Mund aufmachte. Wir gingen immer weiter, es war still, sogar das Rauschen des Meeres war still, unsere Schritte waren still, die ganze Welt war verstummt. Wir sahen in der Ferne die Lichter von Hotels, die in dieser Stunde der Nacht schläfrig und still dalagen wie Löwen nach dem Mahl.

Wir gingen immer weiter, bis es dämmerte. Ich vergaß, daß wir uns eigentlich verlaufen hatten.

Als die Sonne über dem Meer erschien, blieb ich stehen. Ich liebe die Sonne, und ich liebte diese Frau, die die ganze Zeit neben mir hergegangen war, ohne ein Wort zu sagen. Ich sah sie an im ersten Licht.

Ich sank auf die Knie, und jeder von euch hätte das auch getan. Ich sah zu ihr auf, ich war groß, ich war voller Liebe, ich hätte alles auf der Welt sein können. Sie sah mich an, mit diesem Blick, diesem unglaublichen Blick, in dem ich mich aufgehoben fühlte. Wir kehrten um, wir gingen genau denselben Weg zurück, es war gar nicht schwer.

Wir hatten uns also eine Nacht lang verlaufen, die Frau meiner Träume und ich. Nur habe ich sie schon lange nicht mehr gesehen, und diesen Blick, diesen Blick hat sie nie gehabt.

Zu Fuß

Als das elektrische Licht in die Haushalte kam, gab es viele Gegner, und die Zeitungsschreiber sahen den Untergang voraus. Keiner behauptete, elektrisches Licht sei Teufelswerk, doch dieses kalte, unpersönliche Licht, das die Zimmer komplett erhellte, würde einen nachteiligen Einfluß auf die Menschen und ihre Beziehungen zueinander haben. Abends würde man nicht mehr in einem warmen, gemütlichen Licht beisammensitzen, die Glühbirnen würden dazu beitragen, daß sich jeder ein Eckchen suchen und egoistischen Vergnügungen nachgehen konnte. Die Kommunikation würde leiden, die Menschen würden innerhalb der eigenen Familie vereinsamen, und ihre Herzen würden so kalt werden wie die Beleuchtung.

Wir hatten sie uns schon oft gewünscht, wenn es draußen kalt war und man selbst müde, wenn die Faulheit mal wieder einen ihrer Siege davontrug, wenn man betrunken war und kaum einen Fuß vor den anderen setzen konnte, wenn man im Stau steckte, wenn man nach seiner kranken Mutter am anderen Ende des Landes schauen wollte, wenn die Wochenendbeziehung zuviel Kraft und Sehnsucht kostete, wenn man spät abends noch stundenlang mit einem guten Freund telefonierte, aber nicht mehr raus wollte, wenn die Ungeduld unerträglich wurde, bei Verspätungen von Zügen und bei Transatlantikflügen. Sehr oft hatten wir uns schon vorgestellt, wie sehr sich unsere Leben verbessern würden, wenn endlich jemand einen Beamer erfand. Man entmaterialisierte sich da, wo man gerade war, und materialisierte sich ein, zwei Sekunden später dort, wo man hin wollte.

Wir dachten auch schon mal einen Schritt weiter. Die Entdecker der Maschine würden entführt werden, die Erfindung würde mit allen Mitteln verheimlicht werden von denen, die am Personennah- und -fernverkehr verdienten. Sie würden sich zusammenschließen, um zu verhindern, daß die Existenz so eines Beamers publik würde, oder das Beamen wäre derart teuer, daß es sich kaum jemand leisten konnte.

Nicht im Traum hatte ich daran gedacht, daß Stefan den Beamer erfinden würde. Er hatte Physik studiert, weil er etwas verstehen wollte vom Leben und von den Dingen, weil er endlich begreifen wollte, worum es bei Schrödingers Katze ging und der Heisenbergschen Unschärferelation, weil er hoffte, mittels der modernen Physik einige Geheimnisse ergründen zu können. Nach seinem Diplom sagte er zu mir: Du näherst dich nur, aber du erfaßt die Dinge nicht wirklich, es ist nur ein Modell. Ich hätte mich genausogut aus einer anderen Richtung dem Urgrund nähern können, Biologie, Philosophie, so was, es hätte keinen Unterschied gemacht.

Er hatte keine Lust, als Physiker zu arbeiten, er studierte direkt im Anschluß Wirtschaftsjournalismus, und heute schreibt er Portraits von Firmenmanagern. Ich mache immer noch das gleiche, sagt er selber dazu, ich versuche den Menschen zu verstehen, das ist mein Projekt.

Ein anderes Projekt war wohl die Beammaschine. Nie hatte er darüber geredet. Er zeigte sie mir das erste Mal, als wir zusammen am See lagen. Es war ein Naturschutzgebiet, und außer uns waren kaum andere Menschen da. Manchmal hatte ich ein schlechtes Gewissen, aber die Ruhe war phantastisch.

Die Sonne schien, wir lagen auf meiner grünen mit Blumen bedruckten Decke, tranken Eistee, und Stefan holte etwas aus seinem Rucksack. Ohne Stolz oder unterdrückte Freude sagte er:

– Sieh mal.

Die Maschine war eine blaue Kugel mit einer kleinen eingelassenen Tastatur, etwa so groß wie ein Volleyball, ich hielt sie für ein neumodisches Wasserspielzeug.

– Was ist das?
– Eine Beammaschine.

Er lachte, und ich hielt es für einen Scherz, bewunderte ihn laut für seine Phantasie.

– Soll ich dir mal zeigen, wie das damals in Australien war? Was ich meinte mit: zu still?

Ich grinste dämlich, er tippte etwas auf der Tastatur ein, und ehe ich wußte, wie mir geschah, waren wir mitten in der Wüste. Es war, als hättest du nur kurz geblinzelt, und die ganze Welt hatte sich völlig verändert, sie hatte noch mal ganz von vorne angefangen.

Er hatte recht, es war zu still. Man hielt es kaum aus. Aber ich fing bald an zu reden, ich war ebenso begeistert von der Weite wie von seiner Erfindung. Da war sie endlich. Ich löcherte Stefan mit Fragen.

Außer mir wußte niemand davon, und es war erstaunlich billig, die Kugel hatte einen Akku, den man mit einem Netzstecker aufladen konnte, und die Herstellung kostete gerade mal ein paar Tausend. Und man konnte auch tote Materie damit beamen, und zwar nicht nur die Kleidung, die man trug. Ich war begeistert, das hieß, daß die Hungersnöte dieser Welt ein Ende haben konnten.

– Wie ist es mit den Risiken und Nebenwirkungen? fragte ich.

Stefan zuckte nur mit den Schultern.

– Komm, schlug ich dann vor, ich zeige dir diesen Felsen in Jamaika, auf dem ich so gerne gesessen habe, ich zeige dir Watson Taylor Beach.

Später holten wir unsere Klamotten am See ab, und er zeigte mir das Hotel, in dem er in Varanasi gewohnt hatte, ich zeigte ihm die Küste bei Big Sur, wir beamten uns an den Geysir in Island, nach Burdur, wir bekamen Hunger und aßen Molas poblenas in Tijuana und tranken anschließend Mango Lassi in Mangalore und entspannnten bei einem Eis von Dairy Queen am Lake Okeechobee. Zurück auf unserer Decke am Naturschutzsee, konnten wir uns gerade noch den Sonnenuntergang ansehen.

Ich war völlig erschlagen von all den Eindrücken. Was für ein Tag. Ich war erledigt und gleichzeitig aufgedreht, aber ich zwang mich, ruhig sitzen zu bleiben und nicht zu viel und zu schnell zu reden. Die Drogen, die ich früher genommen hatte, waren nichts gegen diese Maschine. Die Welt war winzig klein und leicht zu erfassen. Wir konnten fremde Länder durchziehen, um zu erfahren, was bei den Menschen gut und böse ist. Stefan konnte sein Projekt möglicherweise abschließen. Wir brauchten ein wenig Zeit, aber mit Hilfe dieser Maschine konnten wir alles lernen.

Nachts schlief ich sehr unruhig und träumte wirr. Als ich aufwachte, saß Stefan schon auf meiner Bettkante und fragte:

– Wo sollen wir frühstücken?

Am Abend lagen wir wieder am Naturschutzsee, wir schwiegen, ich war müde, überdreht, euphorisch und matt zugleich. Noch einen Tag würde ich kaum durchstehen, wir mußten eine Pause machen.

– Laß es uns etwas langsamer angehen, sagte ich.

– Linda ist früher auf Rollschuhen zur Uni, sagte Stefan, sie meinte, beim Fahrradfahren würde man die Achtung vor der Strecke verlieren. Ich fand das unsinnig. Und das ist es auch. Weil es nun mal Fahrräder gibt. Aber weißt du was?

Er stand auf, nahm die Kugel in die Hand und schleuderte sie in den See. Sie platschte auf das Wasser, und als sie unterging, stiegen ein paar Luftblasen auf.

Dann würde eben ein anderer diese Maschine erfinden, vielleicht schon in ein oder zwei Jahren.

Manchmal im Winter, wenn ich kalte Füße habe und es noch sehr weit ist, fluche ich auf Stefan. Aber ich bin ihm nicht gram, ich hoffe, ich hätte dasselbe getan.

Myrie

Alles war in die Brüche gegangen.

Es gab noch einige schale Freuden, die er mehr oder weniger genoß, und heute hatte er sich zum Beispiel eine Stripperin kommen lassen. Lynn war nicht schlecht gewesen, sie konnte sich gut bewegen, elegant, keine aufgesetzten Gesten, aber Myrie hatte sich nicht richtig begeistern können.

Er hatte ihr, als sie fertig war, einen Gin Tonic gemacht und sie aufgefordert, sich zu setzen. Da saß sie ihm nun gegenüber, und was er sah, gefiel ihm besser als die Tanzerei, eine nackte Frau mit einem Glas in der Hand auf einem roten Sofa.

Am liebsten hätte er ihr sein Leben erzählt. Er kannte dieses Bedürfnis, er hatte es oft verspürt, als er noch jung war. Damals hatte er geglaubt, in die Frau verliebt zu sein, der er alles erzählen wollte. Dabei wollte er nur den Schmerz lindern, nichts anderes. Das war es, was die Menschen zueinander trieb, die trügerische Hoffnung, daß jemand den Schmerz lindern könnte.

Lynn hatte sich vorgebeugt, und die Ellenbogen auf die Knie gestützt, das Glas hielt sie locker in der Linken, Myrie hätte gerne etwas geredet, etwas Belangloses, aber er wußte nicht, wie er anfangen sollte.

– Waren Sie nie verheiratet? fragte Lynn unvermittelt.

– Nein, sagte Myrie, nein. Es hätte nicht funktioniert, ich glaube nicht an die Ehe.

– Viele Menschen heiraten, ohne an die Ehe zu glauben.

– Ja, sagte Myrie, deshalb enden diese Geschichten auch, bevor sie richtig anfangen können.

Und nun tat er es doch. Er haßte sich dafür, aber er erzählte dieser jungen Frau sein Leben. Schließlich hatte er sie gut bezahlt. Lynn lehnte sich zurück und hörte ihm aufmerksam zu.

Seine Eltern waren gestorben, als er fast achtzehn war, und hatten ihm und seiner jüngeren Schwester Evika eine erhebliche Erbschaft hinterlassen. So hatte es angefangen. An das, was noch weiter zurücklag, konnte er sich kaum erinnern, vielleicht hatte er es verdrängt, aber sicherlich hatte er keine glückliche Kindheit gehabt.

Er und Evika wußten nach dem Tod ihrer Eltern, daß sie nun aufeinander achtgeben mußten. Sie hatten sich schon immer gut verstanden, doch dieses Ereignis ließ sie noch näher zusammenrücken. In den folgenden Jahren waren sie sich gegenseitig Halt, und den brauchte man, es reichte nicht, daß die Erde einen trug, das reichte noch lange nicht.

Er hatte sich sicher gefühlt. Was sollte sie beide schon trennen? Es war genug Geld da, nicht mal daran konnte es scheitern. Außerdem hatten sie beide früh gelernt, daß man sich für Geld nichts kaufen konnte. Manchmal hatte er Angst, Evika könnte sterben durch einen Unfall oder eine Krankheit, aber meistens fühlte er sich geborgen. Was konnte schon passieren?

Evika wurde älter und schöner, sie fand einen Mann und heiratete, aber die Geschwister wußten, daß sich nichts zwischen ihnen ändern würde. Man kann einen neuen Mann finden, hatte Evika gesagt, man kann noch mal Kinder kriegen, aber ich werde nie wieder einen Bruder haben wie Mark.

Er hatte sich in seinen Zwanzigern viel mit Zen beschäftigt, täglich meditiert, versucht, dem Dasein einen Sinn zu geben. Mit Anfang Dreißig zog er sich für ein Jahr ins Kloster zurück, obwohl es ihm schwerfiel, auf gewisse Vergnügen zu verzichten, und es kam schon mal vor, daß er nachts über die Mauer kletterte, um etwas zu trinken und zu den Prostituierten zu gehen. Für Frauen hatte er schon immer eine Schwäche gehabt. Jeder Mensch hat ein Laster, und wenn es die Sehnsucht ist.

Manchmal hatte ihn der Anblick einer nackten Schulter in Verzückung versetzt. Er war fasziniert von Frauen, vor allem davon, wie sie sich bewegten, wenn sie nackt waren. Das Paradies war für ihn tatsächlich ein Garten, in dem leichtbekleidete Damen Wein kredenzen. Myrie fing an, Bilder und Filme zu sammeln, vor allem rare pornographische Aufnahmen.

Heute erschien ihm alles wie ein Traum, nicht wie eine glückliche Zeit, heute war ihm, als hätte er nur in einer Illusion gelebt. Er hatte einen Narren gefressen an Henry, dem Sohn seiner Schwester. Als Henry in die Pubertät kam, verstand er sich nicht mehr mit seinen Eltern, es gab ständig Streit im Haus, und so verbrachte Henry bald mehr Zeit bei ihm als bei seinen Eltern.

Auch das wäre kein Problem gewesen, aber so bekam er mit, daß der Junge klaute. Immer wieder verschwanden Dinge aus dem Haus, aber Henry leugnete, als er ihn zur Rede stellte. Er leugnete noch, als die Beweise schon erdrückend waren. Also redete er mit Evika darüber, aber sie war empört darüber, daß er Henry verdächtigte. So verkrachten sie sich. Er glaubte ja, daß ihr jedes Mittel recht gewesen wäre, ihren Sohn wieder bei sich wohnen zu haben. Er glaubte, daß ihre Eifersucht größer gewesen war, als das Ensetzen darüber, daß ihr Sohn ein Dieb war. Denn das war er.

Mark hatte einen Freund gehabt, Oskar. Es waren schon viele Freunde gekommen und gegangen, doch mit Oskar hatte es zunächst anders ausgesehen. Plötzlich war da noch ein Mensch gewesen, mit dem er teilen konnte, dem er seine Geheimnisse anvertrauen konnte und all die kleinen Dinge, die man gerne für sich behält, bis man eines Tages merkt, daß sie im Magen klumpen.

Und auch Oskar hatte er verloren wegen einer blöden Sache. Er hatte ihm Geld geliehen, nicht gerade wenig, und als Oskar es nicht zurückzahlen konnte, hatte er sich aufgeregt. Die Menschen glaubten, er sei es ihnen schuldig, er müsse sie aushalten, er hatte ja schließlich Geld, und zwar so viel, daß alle glaubten, ihnen stünde auch etwas davon zu. Zumal er nicht dafür gearbeitet hatte. Sie gaben sein Geld mit vollen Händen aus, ohne sich die geringsten Gedanken darüber zu machen.

Er hatte sich nicht unter Kontrolle gehabt und Oskar Vorwürfe gemacht, er hatte sich in Gegenwart von Oskars Frau so in Rage geredet, daß er ihm auch noch seinen Seitensprung vorwarf. Wütend war er gewesen. Jeder machte mal einen Fehler aus Unbesonnenheit, es war menschlich. Außerdem hatte er nur die Wahrheit gesagt, und die Wahrheit war für Oskar Grund genug, die Freundschaft aufzugeben.

Alles war in die Brüche gegangen. Wenn er heute glückliche Menschen sah, kam er sich überlegen vor, da er ja schon wußte, daß ihr Glück enden würde. Und wenn das nicht der Fall war, dann hielt er die Menschen für dumm. Dumm genug, um glücklich zu sein, doch er hätte nicht tauschen mögen. Alles war in die Brüche gegangen, und nach zwanzig Jahren hatte er auch das Meditieren aufgegeben.

Manchmal hatte er noch versucht, Freundschaften zu schließen oder sich an Frauen zu binden, doch er war zu der Überzeugung gelangt, daß nichts von Dauer ist und daß man sich auf niemanden verlassen kann. Man konnte zehn, fünfzehn Jahre mit jemandem befreundet sein, aber irgendwann kam der Punkt, an dem man sich selber haßte für das Vertrauen, das man dem anderen geschenkt hatte.

Jeder war allein auf der Welt, und der Mensch war fähig zu Verrat, er selber wie jeder andere auch, und die Zeiten, in denen er das vergaß, wurden immer seltener und kamen ihm hinterher nichtig vor.

Jetzt war er zwar alt, aber noch nicht alt genug, er würde wohl noch einige Zeit leben, leider sah es so aus, als sei er glänzend in Form. Keinerlei Aussicht auf Krebs oder eine andere bösartige Geschichte

– Ich wollte im Überfluß leben, schloß Myrie, ich wollte immer die Möglichkeit, das hätte mir Ruhe gegeben. Ich wollte Freunde, ohne sie in Anspruch nehmen zu müssen, als Sicherheit, als Halt für Notzeiten, die nie kommen würden. So war ich in allem. Nachdem ich aufgehört hatte, Drogen zu nehmen, hatte ich noch jahrelang Pilze, Pillen und Pappen im Kühlschrank, ich habe dieses Gefühl gebraucht, eine Illusion, daß da etwas ist, wenn schon nicht jemand. Aber da war nie etwas, da war nichts. Nichts, das länger währt als einen Lidschlag.

Es entstand eine Pause, Lynn fragte freundlich, ob sie vielleicht noch einen Drink haben könne. Myrie machte unwirsch eine Kopfbewegung Richtung Küche. Als Lynn aufstand, sah er ihr hinterher. Sie war etwas stämmig, die meisten Männer hätten wohl etwas Schlankeres bevorzugt, und gerade diese vermeintliche Ablehnung anderer, veranlaßte Myrie, diesen Körper zu begehren. Er konnte ihn begehren und damit aufwerten.

Als Lynn wieder hereinkam, war ihr Glas bis einen Fingerbreit unter den Rand gefüllt, sie hatte kein Eis genommen, aber drei Scheiben Zitrone. Myrie merkte, daß es unpassend war, ihr jetzt auf den Busen zu sehen, die Show war vorbei, er hatte ihr fast sein ganzes Leben erzählt. Er konnte sie nicht unverhohlen anstarren. Ihm fiel auf, daß sie sich anders bewegte, als er es erwartet hätte. Lynn bewegte sich mit einer Sicherheit, als wäre sie angezogen, selbst nachdem sie den gesicherten Rahmen des Strips verlassen hatte. Sie setzte sich wieder, schlug die Beine übereinander, nahm einen kleinen Schluck.

– Meine Mutter ist gestorben, als ich drei war, sagte sie ohne jede Einleitung. Ich hatte keine Geschwister, und mein Vater hat sehr bald wieder geheiratet. Sie kennen das aus den Märchen, meine Stiefmutter war nicht gut zu mir, sie hat mich nie geschlagen oder ohne Essen ins Bett geschickt, Gott ist ihr Zeuge, doch sie hat mir all diese Arbeit aufgebürdet. Kochen, waschen, putzen, aufräumen, ich war noch gar nicht in der Schule, da mußte ich das alles schon lernen. Es gab viel zu tun, wir haben auf dem Land gelebt, wir hatten Kühe und Schafe, mein Vater hatte Felder zu bestellen, wir haben im Garten unser eigenes Gemüse gezogen. Vielleicht hätte meine Stiefmutter ihre eigenen Töchter genauso behandelt wie mich, aber sie hat meinem Vater drei Söhne geboren, was ihn sehr gefreut hat. Die Jungen mußten nie helfen, die haben den ganzen Tag mit den anderen Kindern gespielt. Ich ging in die Schule, kam nach Hause, kochte, spülte nach dem Essen ab, putzte, wusch die Wäsche, bügelte die Hemden meiner Brüder und die Röcke und

Kleider meiner Mutter, molk abends die Kühe, und meistens fand ich erst vor dem Zubettgehen Zeit, meine Hausaufgaben zu machen.

Myrie war versucht, sie zu unterbrechen, Lynn langweilte ihn zu Tränen, er hatte diese harten Schicksalsgeschichten schon Hunderte Male gehört. Jeder brauchte eine Ausrede, um sich schlecht zu fühlen.

– Mit zwölf oder dreizehn erst habe ich auf dem Speicher eine Kiste mit den Sachen meiner Mutter entdeckt. Fast die Hälfte der Kiste war mit Büchern gefüllt, und ich hörte auf, die Hausaufgaben zu machen. Ich las lieber in der wenigen Zeit, die mir blieb, weil ich glaubte, meine Mutter habe auch all diese Bücher gelesen. Vielleicht hat sie es ja auch tatsächlich getan, aber woher soll ich das schon wissen?

Es waren diese Bücher, die mir erzählt haben, daß mein Leben auch anders sein könnte, daß es noch eine andere Welt gab, noch viele. Aber wie hätte ich aus meiner Welt rauskommen sollen? Meine Stiefmutter wartete doch nur darauf, daß die Schulpflicht aufhörte und sie besser über meine Zeit verfügen konnte. Es waren die Bücher …

Haben Sie *Einer flog übers Kuckucksnest* gelesen? Es ist lange her, aber ich erinnere mich an eine Stelle in diesem Buch, wo Bromden in einer Fabrik ist, einer unmenschlichen Fabrik, voller Lärm, einer Fabrik, die am Ende des Tages kaputte Menschen ausspuckt. Dort kommt eine junge Frau auf ihn zu und bittet ihn: Bring mich hier weg.

Gabriel war groß und stark, er trug eine schwere schwarze Jacke, und seine Haare glänzten. Er sah aus, als könne er mich wegbringen. Ich war fünfzehn, ich hatte keine Ahnung von Männern oder vom Leben, woher denn auch, ich hatte immer gearbeitet, ich hatte keine Freundinnen. Das bißchen, was ich wußte, wußte ich aus Büchern.

Eines Tages tauchte also Gabriel auf, der Neffe eines Kaufmanns aus dem Dorf. Er saß oft allein auf dem Dorfplatz und rauchte Zigaretten und trank auch Bier. Jedesmal, wenn ich über den Dorfplatz mußte, um Einkäufe zu erledigen, hat er mich angestarrt, und schließlich bin ich einfach zu ihm gegangen und habe ihn gefragt, ob er mich hier wegbringen kann. Ich war fünfzehn, es kam mir nicht mal mutig vor.

Dann sind wir zusammen durchgebrannt, ich habe alles hinter mir gelassen, ich dachte: Jetzt fängt das Leben an.

Gabriel war grob zu mir, aber ich war noch nie mit einem Mann im Bett gewesen, ich hatte nicht mal einen geküßt. Ich ahnte, daß etwas nicht stimmte, aber in den Büchern meiner Mutter hatte nichts über Sex gestanden, also ertrug ich es.

Ich habe sie gut bezahlt, dachte Myrie, ich könnte sie einfach unterbrechen und wegschicken. Er hätte es auch getan, doch seine eigene Redseligkeit vorhin hielt ihn zurück. Auch wenn er sich nicht für ihre Geschichte interessierte, er beglich eine Schuld, die Schuld, sie mit seinem Geschwätz genauso gelangweilt zu haben.

– Er ließ mich sitzen in dieser Bruchbude, sagte Lynn, nachdem sie noch einen großen Schluck genommen hatte. Ich war zum Glück nicht schwanger, doch Gabriel verschwand einfach, und ich wußte nicht, wohin. Auf die Straße wollte ich nicht, wer will das schon? Ich hatte nichts gelernt, und ich will Sie nicht weiter langweilen damit, welche Umstände dazu führten, daß ich angefangen habe, nackt zu tanzen. Doch ich entwickelte Ehrgeiz. Ich war kleiner als die anderen, ich war etwas zu kräftig, und ich verstand, daß mein Alter allein nicht ausreichen würde, um die Männer zu begeistern. Ich lernte schnell, und es machte mir sogar großen Spaß, ich hatte noch nie viel Aufmerksamkeit bekommen, und ich hatte nie ein eigenes Leben gehabt.

Ich habe eine Freundin in dem Laden, in dem ich arbeite, manchmal sehen wir den ganzen Tag nur zusammen fern. Und manchmal rasieren wir uns die Mösen gegenseitig. So was hören sie doch gerne, oder?

Sie lächelte, als habe sie ihn beim Masturbieren ertappt, etwas hochmütig und überlegen, aber dennoch amüsiert.

– Es hat nichts mit Sex zu tun, es ist nur einfacher.

Nun stand Lynn auf und fing an, sich wieder anzuziehen, erst den Rock, dann den Slip, schließlich die Bluse, die sie nicht ganz zuknöpfte.

– Ich bin oft traurig, sagte sie. Ohne sich wieder hinzusetzen, trank sie den Rest ihres Drinks, starrte in das Glas und fuhr fort: Es ist nicht einfach, und manchmal denke ich, ich sollte dankbar sein, dankbar, daß ich meiner Familie entkommen bin. Manchmal denke ich, ich sollte Kinder kriegen, manchmal habe ich Angst, später mal in einem Zimmer zu sitzen und auf das Leben zu schimpfen, weil es so falsch und verwirrend und nutzlos war. Aber selbst dann werde ich sagen können: Bei mir mußte sich niemand die Drinks selber mixen.

Brille und Zahnspange

In den unteren Klassen läßt er die Schüler in der allerersten Stunde, die sie gemeinsam haben, ihre Wünsche an die Tafel schreiben. Es hilft ihm manchmal, sich die Schüler und ihre Namen besser einzuprägen. Doch vor allem glaubt er, ihnen so von Anfang an das Gefühl zu vermitteln, daß er sie ernst nimmt. Er schreibt sogar unauffällig mit, und es gefällt ihm, daß auch die Schüchternen und Ängstlichen, die mit gesenktem Kopf ihren Namen murmeln, die Kreide in die Hand nehmen und sich vielleicht zum ersten Mal in ihrem Leben nicht unbehaglich fühlen, wenn sie alleine an der Tafel stehen.

Es ist ein heißer Tag, alle Fenster in dem Klassenraum im dritten Stock sind angekippt, er sitzt am Pult vor einer fünften Klasse, die er dieses Jahr in Physik unterrichten wird, und an der Tafel stehen schon allerlei Wünsche: ein Pferd, ein neuer Schulranzen, eigener Fernseher, Goldhamster, Gameboy, ein neues Fahrrad, ein Wellensittich, ein Ausflug ins Phantasialand, eine Kinodauerkarte, jeden Tag Negerküsse, eine kleine Schwester, blonde Haare, genauso ein gelbes Kleid wie Tante Melanie hat, Hitzefrei, ein Schminkspiegel, eine Muschelsammlung. Und jetzt gerade steht ein sommersprossiges Mädchen da und nimmt die Kreide in die Hand. Er glaubt erkennen zu können, daß in drei, vier Jahren nicht nur ihre Mitschüler ihre Schönheit bewundern und sie mit unverhohlen gierigen Blicken ansehen werden. Diana Jovanovic heißt sie, und er ist gespannt, was sie sich wohl am sehnlichsten wünscht.

Diana schreibt in einer sehr kindlichen Schrift gleich zwei Sachen auf: eine Brille und eine Zahnspange. Er läßt sich nichts anmerken, beobachtet die Klasse, doch da ist kaum eine Reaktion, hier und da ein kleines Tuscheln, aber keine allgemeine Belustigung.

Eine Brille und eine Zahnspange, vielleicht ist sie sich ihrer Schönheit bewußt und verabscheut die damit verbundene Aufmerksamkeit und möchte sich hinter diesen Zeichen der Unvollkommenheit verstecken. Doch sie wirkt zu unschuldig, als daß die Erklärung stimmen könnte. Seit Jahren schon läßt er Schüler ihre Wünsche an die Tafel schreiben, es kommt vor, daß er sich wundert, aber so etwas hat er noch nie gelesen. Eine Brille und eine Zahnspange, er erzählt es abends seiner Frau und fragt sie nach ihrer Meinung.

– Mit der stimmt was nicht, kommentiert die Frau trocken.

– Das habe ich auch schon gedacht, sagt er, ein zwölfjähriges Mädchen, das sich eine Brille und eine Zahnspange wünscht, das ist doch nicht normal ... Du hast recht, mit der stimmt was nicht. Ich werde ein Auge darauf haben.

Am Wochenende darf Diana wieder bei ihrer besten Freundin Anna übernachten. Neidisch sieht sie zu, wie Anna zuerst die Zahnspange aus der roten Dose nimmt und sie sich in den Mund schiebt und dann die Brille abnimmt, die Bügel umklappt und sie auf den Nachttisch legt. Diana sieht diesem Ritual jedesmal mit der gleichen Faszination zu. Jeden Abend macht Anna dasselbe, Dose auf, Klammer raus, Klammer in den Mund, Dose wieder zu, Brille abnehmen, zusammenklappen, auf den Nachttisch legen. Die Brille, die Zahnspange, dieses allabendliche Ritual, sie gehören Anna, ganz alleine Anna. Es ist nicht wie Zähneputzen, das jeder tut oder jeder tun sollte. Eine Brille und eine Zahnspange, die nicht direkt zu einem gehören wie Zähne, die aber gepflegt werden müssen. Wenn Anna im Unterricht langweilig wird, dann nimmt sie ihre Brille ab und fängt an, sie zu putzen, und keiner kann etwas sagen. Diana beneidet sie auch dafür. Anna hat etwas zu tun, etwas Sinnvolles.

Eine Brille und eine Zahnspange, sie brauchen Aufmerksamkeit wie Haustiere, aber sie haben kein eigenes Leben, sie gehören einem ganz allein. Am liebsten hätte Diana auch eine Brille und eine Zahnspange, wie Anna und wie Nicole und Neslihan, ihre anderen beiden Freundinnen. Sie weiß, daß die meisten das nicht verstehen können. Ihre Eltern weigern sich, ihr diese Sachen zu kaufen.

Bevor sie an diesem Abend einschläft, fällt ihr ein, wie sie als kleines Kind oft die beiden geistig behinderten Nachbarkinder auf der Straße beobachtet hat.

– Was ist mit denen? hatte sie ihre Mutter gefragt, weil sie so seltsam aussahen.

– Die sind geistig behindert, hatte die Mutter geantwortet, deren Köpfe funktionieren nicht richtig.

– Ist das schlimm für die? hatte Diana gefragt.

– Nein, war die Antwort gewesen, die merken das selber gar nicht.

Lange Zeit hatte sie darüber nachgedacht. Vielleicht war sie ja auch geistig behindert. Woran sollte man das schon erkennen, wenn man es selber nicht merkte.

Mein Vater trank gern Bier beim Bügeln

Wenn er Frühschicht hatte, stand das Frühstück schon bereit, wenn ich aufwachte. Eine Zeitlang war der Morgen die stillste Zeit des Tages, ich hörte kaum etwas nach dem Wecker, höchstens die Geräusche der Thermoskanne mit dem Tee, den mein Vater für mich gemacht hatte. Es stand alles auf dem Tisch, ich brauchte nicht mal die Kühlschranktür zu öffnen. Mein eigenes Kauen kam mir manchmal fürchterlich laut vor. Eines Tages kaufte mein Vater einen Radiorecorder und stellte ihn in die Küche, obwohl er selber sehr selten Radio hörte. So wurde, zumindest in den Wochen, in denen er Frühschicht hatte, der Morgen etwas lebhafter.

Auch wenn mein Vater Spätschicht hatte, frühstückte ich allein. Teller, Messer und Tasse standen schon auf dem Tisch, wenn ich aufwachte. Das erledigte mein Vater nachts, wenn er von der Arbeit kam. Den Tee mußte ich mir selber kochen und Käse, die Oliven und Wurst aus dem Kühlschrank holen, das verursachte einige Geräusche. Den Recorder schaltete ich an diesen Morgenden nicht ein, damit mein Vater in Ruhe schlafen konnte. Ich ließ Teller, Tasse, Besteck einfach liegen, räumte den Rest zurück und ging zur Schule.

Das Essen stand schon auf dem Tisch, wenn ich mittags wieder nach Hause kam. Mein Vater und ich aßen gemeinsam, und dabei erzählte ich, wie es in der Schule gewesen war, mit wem ich mich gezofft hatte, mit wem vertragen, wann wieder Klassenarbeiten anstanden. Wir hatten selten viel mehr als eine halbe Stunde, bis er los mußte zur Arbeit, außer donnerstags, da hatte ich früher frei, da war ich schon vor eins zu Hause, und meistens kochten wir dann zusammen. Mein Vater brachte mir bei, wie man Zwiebeln schneidet, ohne zu weinen, was alles in eine Nudelsoße gehört, wie man

Linsencurry macht und daß Ingwer gut zum Möhreneintopf paßt. Das meiste, was ich über das Kochen weiß, habe ich donnerstags gelernt.

Nach dem Essen ging mein Vater, und ich setzte mich in mein Zimmer, machte die Musik an und erledigte die Hausaufgaben. Du kannst dir deine Zeit einteilen, wie du möchtest, wenn du nur zuerst deine Hausaufgaben machst, sagte mein Vater immer, und ich machte nicht allzuoft Ausnahmen.

Wenn ich fertig war, traf ich mich fast jeden Tag mit Christian und Ingo, wir hingen auf dem Spielplatz rum, manchmal fuhren wir in die Stadt, doch meistens kamen die beiden zu mir, da ich ja sturmfreie Bude hatte. Wir spielten Atari, guckten Videos, kifften, wenn wir etwas da hatten, und lagen dann auf dem Teppich und hörten Musik, Yello und Peter Tosh und Bronski Beat.

Wir bestellten uns sehr gerne gegen Abend eine Pizza, aber meistens hatten wir nicht genug Geld. Wenn ich mich aufraffen konnte, machte ich dann ein großes Blech für uns alle. Das gab oft Ärger, weil ich zu faul war, nachdem wir gegessen hatten, auch noch die Küche aufzuräumen.

Spätestens gegen neun schickte ich Christian und Ingo immer nach Hause, ich mußte ja noch lüften, damit der Rauch und Gestank verschwand. Wenn wir draußen gewesen waren, versuchte ich, um zehn zu Hause zu sein, weil mein Vater so gegen halb elf von der Arbeit kam.

Es gelang mir nicht immer, pünktlich zu Hause zu sein. Es gab Abende, an denen ich leise und vorsichtig und betrunken die Haustür aufschloß, weil ich wußte, daß mein Vater schon im Bett lag. Ich vermied es, nach Hause zu kommen, so lange er noch nicht zu Bett war, zwischen halb elf und halb eins trieb ich mich lieber draußen rum.

Am nächsten Mittag fragte er mich dann, wann ich denn zu Hause gewesen sei. Ich antwortete immer wahrheitsgemäß, weil ich nicht genau wußte, ob er möglicherweise noch wach gelegen hatte. Es folgte dann immer eine entsetzlich ausufernde Erklärung, daß ich ja in der Schule müde gewesen sein müsse und nicht aufnahmefähig und daß man gewisse Regeln im Leben befolgen müsse, und oft genug strich er mir dann das Taschengeld.

Wenn ich nicht genug Geld hatte, holte ich mir schon mal Münzen aus seiner Jackentasche oder seiner Hose. Die kleinen Münzen fielen ihm nicht auf, er hatte einen Überblick über die Scheine und auch über die Fünfer, aber den Rest trug er lose in irgendwelchen Taschen, und ich nahm mir, was ich brauchte.

Doch es passierte gar nicht oft, daß ich so lange ausblieb oder er mir das Taschengeld strich.

Die Wochen, in denen er Frühschicht hatte, verliefen ganz anders. Ich hörte morgens beim Frühstück Musik, ich war besser gelaunt. Ich war besser gelaunt, obwohl ich nach der Schule wieder alleine war und mir mittags das vorgekochte Essen aufwärmen mußte. Wieder machte ich Hausaufgaben, wieder traf ich mich mit Christian und Ingo, doch wenn wir bei mir waren, wurde nicht gekifft.

Mein Vater kam so gegen halb fünf nach Hause, wenn er Frühschicht hatte, und darauf freute ich mich. Meistens ließ er sich meine Hausaufgaben zeigen, doch ich hatte nie das Gefühl, daß er mich kontrollierte, weil er sich immer dafür interessierte. Er wußte, was wir in welchem Fach durchnahmen, er hatte einen Überblick, aber außer von Mathe von nichts eine Ahnung.

Manchmal fuhren wir zusammen einkaufen in einen dieser riesigen Supermärkte, die ich so mochte. Supermärkte über zwei oder drei Etagen, Comics, Bücher, Platten, Leerkassetten, Zeitschriften, Pizzatomaten, Salami, Cola, Chips, Flips, Erdnüsse, es gab dort einfach alles, auch T-Shirts und Socken. Wir trennten uns am Eingang, und während er Toilettenpapier, Waschmittel, Brot, Aufschnitt und Nudeln kaufte, stöberte ich schon sehr bald in den Plattensonderangeboten, und meistens fand ich auch etwas. Das bezahlte dann mein Vater.

Fast immer setzten wir uns danach noch in das Selbstbedienungsrestaurant des Supermarkts und aßen, Currywurst mit Fritten oder ein halbes Hähnchen oder Seelachsfilet mit Bratkartoffeln.

Sonst saß ich oft zu Hause vor dem Fernseher, während mein Vater in der Küche hantierte. Abends half ich ihm nie. Nach dem Essen saßen wir gemeinsam vor dem Fernseher, sahen ein Film mit Bud Spencer oder Louis de Funes, obwohl ich eigentlich schon zu alt dafür war. Manchmal nahm mein Vater sich ein Buch, schenkte sich einen Drink ein oder machte sich eine Flasche Bier auf. Eine Flasche Bier durfte ich auch trinken, eine Flasche war erlaubt, wenn er auch nicht wollte, daß ich es jeden Abend tat. Wenn er las, blieb er im Wohnzimmer sitzen, und ich drehte den Ton des Fernsehers etwas leiser, damit es ihn nicht störte.

Ich kann es dir nicht verbieten, sagte er, du bist fast sechzehn, du würdest wahrscheinlich auch dann trinken, wenn ich es dir verbiete. Aber du mußt lernen, Maß zu halten, selbst wenn du sicherlich mal über die Stränge schlagen wirst. Ich glaube nicht, daß er wußte, wieviel ich in Wirklichkeit trank.

Wahrscheinlich hätte er nichts dagegen gesagt, wenn ich geraucht hätte, aber er rauchte selber nicht mehr, seit sein Bruder an Lungenkrebs gestorben war, und deshalb tat ich es heimlich. Oder zumindest nicht in seiner Gegenwart, ich machte mir nicht immer die Mühe, die Schachteln zu verstecken.

Es kam auch vor, daß mein Vater samstags arbeiten mußte, doch oft genug hatten wir die Wochenenden für uns. Dann konnten wir zusammen frühstücken, Zeitung lesen, zusammen kochen und Mittag essen. Doch die Wochenenden waren auch die Zeit, in der wir uns stritten. Weil ich nie den Müll runterbrachte, was er ja auch hätte tun können, weil ich die Teller in der Spüle liegen ließ, anstatt sie in die Maschine zu räumen, weil ich keine Lust hatte, Wäsche aufzuhängen. Das war meine Aufgabe an den Wochenenden, die Wäsche auf den Speicher zu hängen, vier Stockwerke mit diesem schweren Korb hoch auf den Boden zu steigen, wo es im Sommer heiß und stickig war, eine Luft, als hätte man Gewichte drangehängt, und im Winter fror man sich den Arsch ab. Außerdem durfte man die Wäsche nicht einfach so auf die Leine hängen, nein, man mußte sie vorher ausschlagen, damit sie später leichter zu bügeln war.

Ich hätte ja auch lieber gebügelt und ferngesehen und dabei Bier getrunken, aber mein Vater entschied, wie die Aufgaben verteilt wurden. So gerieten wir an den Wochenenden aneinander, er strich mir das Taschengeld, es gab Ausgehverbote und jede Menge Drohungen und Flüche.

Ich fand das ungerecht, er suchte sich die einfachen Sachen raus. Er saugte Staub, und ich mußte wischen, er machte den Flur sauber, und ich putzte die Fenster, er übernahm das winzige Bad und gab mir dafür die Küche.

Zwei- oder dreimal machte er total entnervt alles alleine, und ich lag auf meinem Bett, hörte Musik und rauchte, wenn er hoch auf den Boden stieg.

Einige wenige Male fuhren wir an den Wochenenden weg, wir setzten uns ins Auto und fuhren ans Meer, in eine Stadt in Holland oder Belgien oder Frankreich. Es war, als würden wir uns besser verstehen, wenn wir im Ausland waren. Dort hatte ich das Gefühl, freier zu sein und mich nicht schämen zu müssen. Für diese entsetzlichen Klamotten, die er trug, und für diese buschigen Koteletten, die schon lange aus der Mode waren, und für die Gespräche über das Wetter, die er mit jeder Frau anfing, die allein unterwegs war.

Wir verstanden uns im Ausland besser, aber auf dem Weg dorthin stritten wir uns trotzdem. Darüber, was für Musik laufen sollte. Davon hatte er wirklich überhaupt keine Ahnung, er hörte dauernd diese schmalzigen Schnulzen und bekam dabei einen Blick, als wäre ihm sein Hund entlaufen.

Samstagabends durfte ich bis zur letzten Bahn draußen bleiben, und Christian, Ingo und ich gingen oft weg und betranken uns. In diesen Nächten konnte es passieren, daß mein Vater erst nach mir nach Hause kam. Dann wurde ich immer wach, weil er sich kaum noch aufrecht halten konnte und im Flur umhertorkelte. Am Sonntag war ihm dann deutlich anzusehen, daß er verkatert war. Doch sonntagabends – und das war ein Ritual, das machten wir jede Woche, bei jedem Wetter, egal ob wir vorher gestritten hatten oder nicht, egal ob ich müde war oder gar krank oder beides –, sonntagabends gingen wir immer ins Kino.

Mein Vater nahm eine kleine Plastikschüssel mit, in die wir unsere Chips schütteten, damit das Rascheln der Tüte die anderen nicht störte. Im Sommer packte er eine Literpackung Eis und zwei Teelöffel in die Kühltasche, die er in in seinem Rucksack versteckte.

Mal suchte mein Vater einen Film aus, mal ich. Wenn wir uns nicht einigen konnten oder wenn gerade nichts lief, das uns reizte, warfen wir eine Münze. Es gab Komödien, Action, Zeichentrick, Krimis, Thriller, wir sahen uns einfach alles an. Sonntagabends saßen wir im Kino, aßen Chips oder Eis, mal diese, mal jene Sorte, und dann wünschte ich manchmal, jemand würde einen Film über meinen Vater und mich drehen.

Josef

(Wasglaubstdudenn-Mix)

Jakob hatte zwölf Söhne von vier verschiedenen Frauen, Ruben, Simeon, Levi, Juda, Issachar und Sebulon von Lea, Josef und Benjamin von Rahel, Dan und Naftali von Bilham, Gad und Asser von Silpa. Von all diesen seinen Söhnen war ihm Josef der liebste, weshalb ihn seine Brüder auch beneideten.

Josefs Herz war rein, und er erzählte ohne Arg seinen Brüdern seine Träume. Ihm träumte, er sähe die Sonne und den Mond und elf Sterne, die sich tief vor ihm verneigten.

Das brachte seine Brüder gegen ihn auf. Willst du etwa sagen, daß unser Vater und unsere Mutter und wir alle uns vor dir verneigen werden und du über uns herrschen wirst? Sie hielten ihn für einen arroganten Träumer und konnten nicht verstehen, warum der Vater ausgerechnet an ihm solchen Gefallen fand. Sie begannen Pläne zu schmieden, wie sie Josef loswerden konnten, ohne daß der Vater Verdacht schöpfte. Sie wollten Josef und seine Träume weit weg in einem anderen Land wissen.

Als sie eines Tages gemeinsam das Vieh weideten, beschlossen die Brüder, daß es nun an der Zeit sei. Sie zogen Josef, der sich nicht wehrte, den Rock aus und warfen ihn nackt in einen trockenen Brunnen. Als Josef auf dem Grund des dunklen Brunnens saß, betete er zum Herrn. Er hatte keine Zweifel, er wußte, daß der Herr ihn nicht in diesem Brunnen würde verdursten lassen. Und Josef zürnte seinen Brüder nicht.

Als die Brüder eine Karawane des Weges kommen sahen, brachte sie das auf die Idee, Josef als Sklaven zu verkaufen. So hätten sie ein wenig Geld, um sich mit einer Hure zu vergnügen. Sie zogen Josef wieder aus dem Brunnen und verkauften ihn für fünfundzwanzig Silberstücke an die Kaufleute.

Dann schnitten sie einem Ziegenbock beide Ohren ab und besudelten mit dem spritzenden Blut Josefs Rock. Mit dem Rock in der Hand gingen sie lauthals klagend zu ihrem Vater und berichteten, ein Löwe habe seinen Lieblingssohn gerissen und nur noch sein Rock sei übrig. Jakob weinte drei Tage und Nächte um seinen verlorenen Sohn.

Die Karawane brachte Josef bis nach Ägypten, und dort verkaufte man ihn an einen reichen Schriftgelehrten für vierzig Silberstücke, denn Josef war nicht nur so stark, daß er es mit einem Löwen hätte aufnehmen können, er war auch klug und arbeitsam, friedlich und gottesfürchtig, demütig und heiter. Von ihm ging die Kraft eines tief religiösen Menschen aus.

Der Schriftgelehrte fand schnell Gefallen an Josef und seinen weisen Ratschlägen und machte ihn sehr bald zu seiner rechten Hand. Josef war nun in einem fernen Land, weit weg von seinem geliebten Vater und seinen Brüdern, denen er immer noch nicht zürnte, im Gegenteil, er vermißte sie, schließlich waren sie seine Brüder. Doch er fühlte sich nicht allein, der Herr war bei ihm, und nie klagte Josef über sein Los. Vielmehr nahm er das Schicksal an, das für ihn bestimmt war.

Auch die Frau des Schriftgelehrten fand Gefallen an Josef, seinen dichten Locken, seinem ebenmäßigen Wuchs und seiner Jugendlichkeit, an seiner Kraft und seiner Klugheit. Als der Schriftgelehrte eines Tages nicht zu Hause war, versuchte sie, Josef zu verführen, indem sie aufreizende Kleider anzog und dauernd diese und jene Stellen vor ihm enthüllte. Doch Josef zeigte keine Reaktion.

Das nächste Mal, als die Frau des Schriftgelehrten mit ihm allein war, forderte sie ihn ohne Scham auf, sich zu ihr zu legen. Josef weigerte sich, da dies eine Sünde gegen den Herrn war.

Von nun an bedrängte die Frau ihn immer wieder, doch Josef blieb standhaft. Die Frau des Schriftgelehrten war derart erzürnt darüber, daß sie ihn eines Tages beim Rock packte, zu sich heranzog und versuchte, ihn mit ihren zarten Händen so anzufassen, daß er die Beherrschung verlor. Josef konnte sich ihr entwinden, aber dabei zerriß sein Rock, und er lief fort.

Wieder diente Josefs Rock als Beweis. Als der Schriftgelehrte nach Hause kam, zeigte ihm seine Frau den Rock seines Gehilfen und behauptete, er habe versucht, seinen Mutwillen mit ihr zu treiben. Er hätte seinen Rock schon hastig ausgezogen, als sie um Hilfe rief und er erschrocken davonlief.

Da der Schriftgelehrte seiner Frau mehr Glauben schenkte als seinem Sklaven, ließ er Josef ins königliche Gefängnis werfen. Dort saß Josef nun und fühlte sich wie damals auf dem Grund des Brunnens, und er zürnte nicht der Frau und nicht dem Schriftgelehrten.

Nachdem Josef schon zwei Jahre im Gefängnis des Pharaos gesessen hatte, in der Dunkelheit und in der Gesellschaft von Mördern, Ehebrechern, Dieben, Zuhältern und Hehlern, kamen zwei Jünglinge in den Kerker, die in ihrer ersten Nacht beide einen Traum hatten, den sie nicht zu deuten wußten.

Die Jünglinge baten Josef, der von allen Gefangenen als ein rechtschaffener Mensch auf Gottes Wegen angesehen wurde, um die Auslegung ihrer Träume.

Der erste hatte sich in seinem Traum Wein pressen gesehen, und dem zweiten hatte geträumt, wie er Brot auf seinem Kopf trug und wie die Vögel kamen und von dem Brot pickten.

Zum ersten sagte Josef: Du wirst freikommen und schon bald deinem Gebieter Wein kredenzen. Und zum zweiten sagte er: Du wirst gekreuzigt werden, und die Vögel werden von deinem Kopf fressen. Dann wandte Josef sich wieder an den ersten: Wenn meine Auslegung eintrifft und du frei bist, so gedenke meiner, und übe Barmherzigkeit. Geh hin zum Pharao, damit er erfahre, daß ich der Rechtschaffenen einer bin, ein gelehrter Mann, der die Gabe hat, Träume zu deuten mit Hilfe des Herrn. Damit der Pharao wisse, daß ich ihm zu Nutzen sein kann, und er mich freiläßt. So sprach Josef, denn er sehnte sich nach dem Licht der Sonne.

Alles geschah, wie Josef verkündet hatte, der eine Jüngling wurde gekreuzigt und der andere begnadigt. Doch der Begnadigte vergaß in seiner Freude, dem Pharao von Josef zu berichten. Und der Allmächtige ließ Josef vierzehn weitere Jahre in diesem Kerker sitzen, weil er zwar immer seinen Namen im Munde geführt, sich aber doch Hilfe von den Menschen erhofft hatte.

Als Josef nach sechzehn Jahren Gefangenschaft freigelassen wurde, geschah es aufgrund einer Verwechslung. Sein Augenlicht war getrübt und sein Glaube verschwunden.

Die Geschichtenerzählerin

Im Anfang war das Wort, heißt es, als würden alle Geschichten mit Worten anfangen.

Solange es noch jemanden gibt, der Geschichten hören will, hat es Sinn, so zu leben, daß man eine zu erzählen hat. Wir erzählen nicht nur Geschichten, wir kommen selbst vor in welchen, und auch wenn wir sie verdichten, entfliehen wir ihnen mitnichten.

Im Anfang war das Wort, heißt es, aber ich glaube, im Anfang war der Schlaf, ein Ort, an dem die Seelen zu Hause waren, bevor der Mensch wach wurde und die Orientierung verlor. Wir kommen nicht hierher, um zu leben, wir kommen hierher, um zu schlafen und zu träumen.

Wenn wir beisammen liegen, spät in der Nacht, ihr Rücken an meiner Brust, meine Knie in ihren Kniekehlen, meine Linke auf ihrem Bauch und mein rechter Arm unter ihrem Kopf durchgestreckt und ihre rechte Hand in meiner, wenn wir so liegen, spät in der Nacht, warte ich meistens, bis sie eingeschlafen ist, bevor auch ich hinübergleite.

Ich warte, weil sie mir Geschichten erzählt. Zuerst zucken meistens ihre Glieder. Dann zucken ihre Finger. Ich mag es, wenn ihre Hand in meiner liegt und ich ihre Finger zucken spüre. Der Arm bleibt ganz ruhig, und ihre Hand bewegt sich nur ein kleines bißchen, aber ihre Finger zucken, als müsse sie noch schnell etwas festhalten. Dann geht ihr Atem unregelmäßig, mehreren flachen Atemzügen folgt ein tiefer, manchmal hat es den Anschein, als würde sie kurz innehalten, manchmal schnaubt sie beim Ausatmen.

Das geht eine Weile so, es dauert, bis sie wirklich einschläft, ihr Körper weich wird und ihr Atem ganz rund.

Wenn wir nachts im Bett liegen, erzählen mir ihr Körper und ihr

Atem eine Geschichte, jeden Abend die gleiche, doch ich höre sie mir immer wieder gerne an. Die Geschichte von einem Mädchen, das den ganzen Tag draußen gespielt hat. Manchmal hat es sich mit seinen Freundinnen gestritten, manchmal ist es hingefallen und hat sich das Knie aufgeschlagen, manchmal hat es geregnet, aber sie war draußen und hat den ganzen Tag gespielt. Es kommt vor, daß sie allein im Sandkasten sitzt und Angst hat, die Welt hätte aufgehört. Sie hat Angst, alles wäre verschwunden, ihre Mutter, ihr Vater, das Haus, in dem sie wohnen, ihre Freundinnen und ihre Kuscheltiere. Vielleicht verstehe ich sie auch falsch, vielleicht hat sie auch Angst, sie selbst wäre verschwunden. Sie sitzt im Sandkasten und glaubt, daß sie so klein ist, daß sie einfach verschwinden könnte. Dazu müßte sich nicht mal die Erde auftun.

Doch die meiste Zeit des Tages spielt sie, manchmal spielt sie für zwei oder sogar drei, weil sie sich dann größer vorkommt. Ich glaube, es strengt sie nicht mal an, für zwei zu spielen.

Abends steht sie schließlich vor der Tür des Hauses, in dem sie wohnt, und sie weiß, ihre Mutter ist dort und ihr Vater, und sie weiß, daß es ihr gutgehen wird, da drinnen, aber sie hat Schwierigkeiten, über die Schwelle zu treten. Ihre Finger sind um die Klinke gelegt und zucken, und ihr Atem geht unregelmäßig.

Sie weiß, daß alles gut wird, drinnen, aber sie wird dann verschwunden sein aus der Welt da draußen, und das will sie nicht. Es fällt ihr schwer, den letzten Schritt zu tun.

Das ist die Geschichte, die sie mir jeden Abend erzählt, und ich kann nur daliegen und sie halten, bis sie ruhig wird, und mich darauf freuen, am nächsten Tag wieder mit ihr zu spielen. Sie spielt für zwei, und wenn sie wach ist, dann erzählt sie andere Geschichten, mit Worten, und es gibt jemand, der sie hören will.

Heiraten

Früher war ich Meßdiener, und es gab bei uns einen Zehner, wenn du auf Beerdigungen oder Hochzeiten gedient hast. Zehn Mark waren damals viel Geld für einen Elfjährigen wie mich, und ich habe jede Gelegenheit genutzt. Die Beerdigungen fand ich langweilig. Die Hochzeiten eigentlich auch, aber die Beerdigungen waren noch langweiliger. Bei Hochzeiten kniete ich eine halbe Stunde oder länger und schwenkte ein wenig den Weihrauch. Die Hochzeiten waren besser, weil ich mir wenigstens das Paar ansehen konnte und mir ausmalen, wie sie sich kennengelernt hatten, wie sie heute morgen aufgewacht waren, wie sie sich gleich küssen würden. Aber am meisten machte ich mir Gedanken über die Anzüge und Schuhe der Männer. Die Frauen konnten elegante Kleider tragen, die bequem aussahen, es kam ein wenig von meinem Weihrauch an ihre Haut, und manchmal hatten sie Schuhe an, die ein Stück nackten Spann sehen ließen oder eine Zehe. Doch die Männer verschwanden in ihren Anzügen, egal wie gut die saßen. Da stand ein Anzug, vom Mann war gerade mal der Kopf zu sehen. Aber am schlimmsten waren diese schwarzen, glänzenden Schuhe. Das war meine Perspektive, ich kniete und konnte mir die Schuhe ansehen. Ich habe bestimmt dreihundert Mark damit verdient, Bräutigamen auf die häßlichen Schuhe zu gucken.

Meine türkischen Freunde zogen vor der Wohnungstür die Schuhe aus. Ich wußte nicht, wie es war, in einer Moschee zu heiraten, aber dort mußte man bestimmt keine Schuhe tragen. Die Idee gefiel mir.

Viel später, als ich nach fünf Monaten in Indien nach Deutschland zurückkam, bin ich einen Sommer lang barfuß herumgelaufen. Überall. Das erschien mir damals richtig. Die Leute gucken dich zwar doof an, aber es ist doch natürlich. Den Füßen sollte sowieso mehr Beachtung geschenkt werden. Den ganzen Tag tragen sie dich, du belastest sie mit deinem gesamten Gewicht, und anstatt dankbar zu sein, vernachlässigst du sie und sperrst sie ein. Barfuß herumlaufen, damit die Füße Luft holen können, atmen, das müßte ganz normal sein im Sommer.

Stell dir vor, du hast ein Vorstellungsgespräch, und du gehst im Anzug dahin, ein weißes, gebügeltes, gestärktes Hemd, Krawatte, glatt rasiert, aber barfuß. Du würdest den Job nie kriegen. Aber wieso eigentlich?

Ja, das ist hier so, das sind die Regeln, ich weiß, und wenn ich ehrlich bin: Wenn ich auf einer Party eine Frau in weiten Batikhosen sehe, die barfuß zu Bob Marley tanzt – nein. Diese Hippies und Hennafetischisten, weichgespült von Reggaeartisten, diese Naturfreunde, die so gerne in Glasscherben treten, gehen mir echt auf die Nerven.

Aber barfuß rumlaufen ist schon ein bißchen wie nackt schwimmen.

Auf jeden Fall habe ich mir damals als Meßdiener schon vorgenommen, später barfuß zu heiraten. Das hat nicht mal etwas mit Aussehen oder Freiheit zu tun. Da paßt man einfach besser auf, wo man hintritt.

Noch mal

Um uns herum knallte und böllerte es, wir umarmten uns, der Himmel war erleuchtet von den Raketen, ich schloß die Augen, es war ein gutes Jahr gewesen, ich suchte nach Bildern hinter meinen Lidern. Vielleicht war ich glücklich. Vielleicht waren wir glücklich. Es fühlte sich ganz so an. Halt diesen Moment fest, dachte ich noch, brenne ihn in dein Gedächtnis, find ein Bild dafür, einen Namen für dieses Gefühl.

Daran erinnere ich mich. Aber an kein Bild und keinen Namen.

Ich kannte sie noch nicht lange, und wir hatten uns irgendwie verstrickt. Strickschal, das sagte sie, um mir deutlich zu machen, daß ein Plan hinter dem Ganzen steckte. Es war einfach nur Strickschal, daß wir uns über den Weg gelaufen waren, eine andere Erklärung gab es nicht.

Wir hatten einen schönen Tag gehabt, wir waren nebeneinander aufgewacht, hatten in einem Café gefrühstückt, es war Samstag nachmittag, sie wollte noch in die Stadt, Schuhe kaufen, und als sie keine fand, beschlossen wir, ins Aquarium zu gehen, Eidechsen gucken. Auf dem Weg dorthin stolperten wir in einen Laden rein und kamen nach einer Stunde wieder raus. Wir hatten jeder eine neue Hose.

Ich hatte die Wohnung, in der ich in dieser Stadt für eine Weile wohnen durfte, zuerst nicht gemocht. Sie war groß und hell und freundlich, aber ich war allein, und ich mochte die Geräusche nicht, das Quietschen der Dielen und ein Knacken früh morgens, von dem ich wach wurde. Es gab nicht genug Kaffeetassen, das Tapedeck war kaputt, und ich hatte nur eine CD. Die hörte ich den ganzen Tag beim Arbeiten, weil ich die Geräusche der Wohnung nicht mochte. Die CD langweilte mich kolossal.

Und dann war sie da, und die Musik lief, wärmte und entspannte mich, wir waren beide in einem anderen Leben, wir waren fremde Menschen in einer fremden Wohnung, und es fühlte sich an, als wären wir dort schon immer zusammen gewesen.

Wir fläzten uns in unseren neuen Hosen auf dem Sofa herum, und als wir Hunger bekamen, machten wir uns auf den Weg in ein Lokal. Es war Frühling, aber die Sonne ging gerade unter, als sei es schon Sommer.

Nach dem Essen tranken wir Cocktails in einer Bar und gingen angeschickert wieder nach Hause. Ich war glücklich, ich war glücklich auf eine Art, die mich an Drogen erinnerte. Es war nicht irreal oder chemisch, es war einfach nur da, und es war überwältigend.

Im Innenhof setzte sie sich auf die Bank vor den Mülltonnen, und ich setzte mich neben sie.

– Stell dir vor, wir sind zwei alte Menschen, und wir sehen uns noch in Ruhe an, wie der Himmel ins Meer stürzt, sagte sie.

Sie sagte noch mehr, aber nicht viel. Das war das Bild. Wir waren zwei alte Menschen, die eine gemeinsame Vergangenheit hatten und die Zeit, die ihnen blieb, Zukunft nannten, ohne sich groß darum zu scheren. Zwei Menschen voll Ruhe und Genuß, verbunden durch die Jahre.

Als wir die Treppen hochstiegen, sagte sie: Sollen wir noch arbeiten?

Ich bin müde, ich ziehe mich aus, putze mir die Zähne und lege mich aufs Bett, den Kopf in die Hand gestützt, und sehe sie an. Sie kniet auf dem Teppich, den Rücken gebeugt und schreibt in einem wahnsinnigen Tempo in ihre Kladde. Ich kann ihr Gesicht nicht erkennen, sehe nur ihre Haare, bis sie kurz den Kopf hebt.

– Ich bin schreibsüchtig, sagt sie.

Das ist sie hoffentlich nicht, aber ich mag, wie sie das sagt.

Ich drehe mich auf den Rücken und denke an diesen Moment vorhin auf der Bank. Es war perfekt. Es war einfach perfekt. Dort hätte die Welt aufhören können und erst am nächsten Morgen weitergehen. Schon die Treppen hochzusteigen war mir zu profan gewesen.

Ich feiere diesen Moment ab, ich feiere einfach nur diesen Moment ab, erlebe ihn wieder und wieder, atme tief und befreit.
– Willst du es hören? fragt sie, als sie fertig ist.
– Gerne.
Und sie liest mir vor. Sie liest mir diesen Moment vor. Ich habe die Augen geschlossen. Als sie fertig ist, sagt sie:
– So gut war es auch nicht, und wischt mir eine Träne weg.
– Wir habens zweimal gemacht, sage ich, einmal hatten wir unten das gleiche Gefühl, und während du hier oben geschrieben hast, war ich in Gedanken wieder unten. Wir habens zweimal gemacht.
– Dreimal, sagt sie. Wir waren schon dreimal gemeinsam unten.

Arbeiten

Frau Zimmermann ist ein attraktive Frau in den Fünfzigern mit roten Haaren, blassen vollen Lippen und freundlichen, warmen Augen, die früher fast täglich Taxi fuhr. Sie wohnte schon in dem Haus, als ich dort einzog, und wir begegneten uns öfter im Treppenhaus, wenn sie gerade mit ihrem Hund rausging oder mit ihm reinkam. Zunächst erschien mir der Hund interessanter als sie, weil er aussah wie die Miniaturausgabe einer dänischen Dogge. Er reichte mir nicht mal bis zum Knie, aber unter dem kurzen Fell zeichneten sich die Muskeln ab, und ich fand Radek so respekteinflößend, als wäre er so groß wie ein Kalb.

Frau Zimmermann und ich grüßten stets freundlich, doch wir redeten nie über das Wetter, die Zigarettenkippen auf den Stufen, den Wasserrohrbruch oder die letzte Mieterhöhung. Wir gingen aneinander vorbei, lächelten freundlich, grüßten, und sehr bald hatte ich auch keine Angst mehr vor ihrem Hund. Sie trug immer sehr elegante, aber unauffällige Kleidung, und ihr Parfüm konnte man auch nur riechen, wenn man ganz nah bei ihr stand.

Ein Jahr wohnte ich schon in dem Haus, als wir das erste Mal mehr als zwei Worte sprachen. Wir standen gemeinsam vor den Briefkästen, und ich sagte:

– In der letzten Zeit kommen mir dauernd Sachen in der Post weg.

Es regte mich auf, wenn Bücher und CDs nicht ankamen, sowohl die, die ich verschickte, als auch die, die ich erwartete. Meine Bemerkung hatte nicht viel mehr Sinn, als diese Worte des Ärgers an die Luft zu lassen, damit sie sich dort auflösten. Doch Frau Zimmermann sagte:

– Ich glaube auch, daß hier im Haus jemand klaut. Mir sind in letzter Zeit auch einige Briefe weggekommen. In zweien war Geld drin.

Bis dahin war ich gar nicht auf die Idee gekommen, daß es tatsächlich jemand aus dem Haus sein konnte. Doch nach diesem Tag stürzte ich immer sofort hinunter, nachdem der Postbote geklingelt hatte, damit niemand mehr die Möglichkeit hatte, Sachen mitzunehmen, die nicht in meinen Briefkasten paßten, oder mit zarten Finger etwas aus dem Schlitz zu klauben.

Frau Zimmermann machte es genauso, und nun standen wir nahezu jeden Morgen gemeinsam vor den Briefkästen und erzählten uns, wieviel Post wir erwarteten. Ich fragte sie nicht, warum sie anscheinend Leute kannte, die ihr Geld in Umschlägen schickten. Wenn ich einige Tage lang unterwegs war, nahm Frau Zimmermann die Päckchen, die zu groß für meinen Briefkasten waren, mit zu sich hoch, damit nicht jemand die Gelegenheit ergriff und ein gutes Buch las, das ihm nicht gehörte.

Doch ich glaubte nicht wirklich, daß die Sachen im Haus wegkamen, ich war davon überzeugt, daß die Post schuld war, denn wohin verschwanden sonst die Minidiscs und Bücher, die ich verschickte? Trotzdem war ich Frau Zimmermann dankbar, daß die Päckchen nicht tagelang im Hausflur rumlagen.

So klingelte ich nach jeder kürzeren Abwesenheit an ihrer Wohnungstür, und wenn ich nach dem Klingeln Radek kläffen hörte, wußte ich, daß sie zu Hause war. Und wenn sie sich, nachdem sie die Tür geöffnet und gegrüßt hatte, gleich wieder abwandte, wußte ich, daß sie mit einem oder mehreren großen Umschlägen wieder auftauchen würde. Und ich bekam mit, daß Frau Zimmermann zu Hause nicht so elegant gekleidet war wie sonst, sondern auch schon mal geblümte Leggings und weite T-Shirts trug.

An einem 24. Dezember um die Mittagszeit kam mir im Treppenhaus der schwule Weinhändler aus dem vierten Stock entgegen. Er mochte schon sechzig sein, und wir kannten uns, weil ich unter ihm wohnte und er sich ab und zu über die laute Musik beschwerte. Manchmal freundlich und bestimmt, manchmal völlig cholerisch. Ich vermutete, daß es an seinem Alkoholpegel lag, obwohl ich nicht sagen kann, ob er sich aufregte, wenn er getrunken hatte und die Hemmungen verlor, oder ob der Wein ihn sanft und verträglich machte. Oder ob ihm Reggae mehr auf die Nerven ging als Hip-Hop. So oder so, seine Beschwerden hatten nie dazu geführt, daß wir uns nicht leiden konnten.

– Entschuldige, fing er an, bist du heute abend hier?
– Ja.
– Du fährst nicht zu deiner Familie oder so? Gut, Frau Zimmermann aus dem zweiten Stock, die mit dem Hund?
Ich nickte.
– Sie hatte eine Kiste Wein bei mir bestellt, und nun ist sie nicht da. Ich will die Kiste nicht vor ihrer Tür stehenlassen. Ich war schon bei ihr auf der Arbeit, aber da ist sie nicht.
Möglicherweise habe ich ihn fragend angesehen, ich hatte mir noch nie Gedanken darüber gemacht, wo Frau Zimmermann arbeitete. Vielleicht hätte er es aus einem anderen Grund sowieso erwähnt.
– Sie arbeitet ja in der Oase, fügte er verschwörerisch hinzu.
Die Oase, ich fuhr öfter mit dem Fahrrad daran vorbei, sie lag gerade mal drei Straßen entfernt, und an den Wochenenden, besonders in Sommernächten, standen viele Autos mit Kennzeichen aus der weiteren Umgebung davor, oft auch welche aus Belgien oder Holland. Die Oase war eins der größten Bordelle in Nordrhein-Westfalen, soweit ich wußte.
Und ich wußte nicht viel, weil ja kaum jemand zugab, daß er dorthin ging. Das war so ähnlich wie mit den Pornofilmen aus der Videothek. Obwohl sie ein Drittel des Gesamtangebots ausmachten, lieh sie sich fast niemand aus. Wenn die Statistik sagte, daß pro Jahr 700 000 Filme verliehen wurden, dann zeigten die Umfragen, daß es sich wahrscheinlich um zwei Männer handelte, die je 350 000 Filme ausgeliehen hatten. Oder wie sollte man das sonst erklären, daß sich fast niemand fand, der schon mal für einen Porno bezahlt hatte. Oder für eine Frau.
Nur einmal hatte mir jemand offenbart, daß er in der Oase gewesen war. Das erstemal mit sechzehn. Die Frau hatte im voraus

kassiert und ihn dann einfach stehenlassen mit den Worten: Du bist ja noch keine achtzehn, wenn du Ärger machen willst, laß ich dich rausschmeißen.

– Natürlich gehst du dann, wenn du alt genug bist, wieder hin, weil du auch mal etwas kriegen willst für dein Geld, hatte er gesagt.

Das war alles, was ich über die Oase wußte. Und nun kam noch hinzu, daß ich eine der Frauen flüchtig kannte.

Ich nahm die Kiste Wein, und gegen Abend klingelte ich bei Frau Zimmermann, Radek kläffte, ich hörte Stimmen. Frau Zimmermann öffnete die Tür, ich erklärte ihr die Sache mit der Kiste, sie bedankte sich, wir wünschten uns ein frohes Fest, ich sah über ihre Schulter hinweg einen Mann um die dreißig und ein Mädchen, das noch zur Grundschule gehen mochte. Sie standen beide in der Küche und waren mit der Füllung des Bratens beschäftigt. Ich sagte noch: Schöne Feiertage, und die ganze Zeit über dachte ich: Das ist also eine Prostituierte.

Als würde das einen Unterschied machen. Bei irgend etwas. Doch auch die nächsten Male, die ich sie sah, konnte ich den Gedanken nicht wegschieben. Als würde ich Leonard Cohen gegenübersitzen und ständig denken: Das ist also der Mann, der diese perfekten Zeilen hinbekommen hat.

In einer der nächsten Wochen stolperte ich über einen Zeitungsartikel. Das Portrait einer älteren Frau, die schon seit über dreißig Jahren als Prostituierte arbeitete und ein geordnetes, bürgerliches Leben führte. Nichts mit Milieu, nichts mit Unterwelt, keine soziologischen oder psychologischen Erklärungsmodelle, sondern fast eine ganze Seite über eine Frau und wie sie lebte und die Welt sah und wie sie vernünftigerweise Geld gespart hatte für später mal. Es war für mich völlig unerheblich, ob der Schreiber Frau Zimmermann oder sonst jemanden interviewt hatte.

Und dann wiederum dachte ich: Verachtete sie nicht insgeheim die Männer? Oder kannte sie auf gewisse Weise besser als viele andere Frauen? Was möglicherweise auf das gleiche rauskam. Konnte jemand dieser Arbeit nachgehen, ohne seelisch davon berührt zu werden? Aber konnte jemand Songs schreiben, ohne seelisch davon berührt zu werden? Spätestens in dem Moment, in dem sein Innerstes vor der Öffentlichkeit sichtbar zu werden drohte?

Ich vergaß die Fragen, auch weil ich keine Antworten fand. Ich plauderte wieder öfter mit Frau Zimmermann unten vor den Briefkästen, ohne daß ich daran denken mußte, womit sie Geld verdiente.

Vor etwa sechs Monaten fiel mir auf, daß ich Frau Zimmermann nicht mehr in dieser eleganten Kleidung sah. Sie trug nun zwar nicht ausschließlich ihre geblümten Leggings, aber ich konnte sie häufiger in schwarzen Jeans sehen, deren Bund weit über der Hüfte saß.

Und ich sah sie immer öfter, im Treppenhaus in ein Schwätzchen vertieft, mit Radek auf der Straße, im Supermarkt um die Ecke, irgendwo in der Nachbarschaft beim Gespräch mit einem anderen Hundebesitzer. Sie war nur noch zu Fuß unterwegs.

Meine Ahnungen bestätigten sich, als sie eines Tages in einem Nebensatz fallenließ, daß sie ja nun den ganzen Tag Zeit habe, und falls ich mal eine Putzfrau brauchen würde, solle ich mich melden.

Ein halbes Jahr war diese Frau mit den freundlichen Augen überall in der Nachbarschaft zu sehen. Sie schien genug gespart zu haben oder zu alt geworden zu sein, oder beides.

Vor vierzehn Tagen habe ich zum erstenmal beobachtet, wie sie in ein Taxi stieg. Sie trug ein Kostüm und war geschminkt, und der Fahrer wendete den Wagen und fuhr Richtung Oase. Seitdem geschieht das jeden Tag. Frau Zimmermann arbeitet wieder.

Auf meine Art

> I thought about myself - fuck everyone else
> and they said: fuck me too
> but it was cool like that
>
> *Geto Boys*

Der Regisseur sagte, daß er gerne mal mit ihm zusammen arbeiten würde, aber etwas Bedenken habe.
– Was für Bedenken? fragte er.
– Du hast einen schlechten Ruf in der Branche, die Leute sagen, man kann nicht mit dir arbeiten, du hättest Allüren und wärst launisch und unkooperativ und unzuverlässig.
– Launisch, unzuverlässig, erzähl mir mal etwas Konkretes, und ich erzähle dir meine Version der Geschichte, ich erzähl dir, was dran ist.
– Ich kenne die Frau von deiner Agentur ganz gut. Von deiner früheren Agentur.
– Ja, die haben mich geschmissen.
– Sie hat erzählt, du hättest dich geweigert, für den Katalog ein Portraitfoto zur Verfügung zu stellen.
– Das ist richtig.
– Aber wieso, jeder stellt der Agentur ein Foto zur Verfügung. Das ist so üblich. Hätten sie bei dir einfach eine Seite leer lassen sollen?
Er atmete hörbar aus, als wäre er es leid, und sagte dann:
– Ich habe diesen Beruf gelernt, ich habe eine Ausbildung, ich bin da nicht irgendwie reingerutscht wie all diese Fuzzis heute. Seit über fünfzehn Jahren mache ich diesen Job, ich habe jahrelang Theater gespielt, ich kann nur lachen über die kurzen Einstellungen beim Fernsehen, da mußt du nichts können. Ich hab was drauf, verstehst du, ich leg da mein Herzblut rein, ich reiß mir den Arsch auf, ich komm nicht an den Set und liefere so ein durchschnittliches Ding ab, ich bin hundertprozentig da, jedes Mal, das ist

meine Arbeit, ich nehm das verdammt noch mal ernst, ich bin Profi.

Wenn jemand mich buchen will, soll er sich bitte eine Videokassette ansehen, da sieht man, was ich kann und was ich mache. Ich bin kein Model, das ist nicht mein Job, das ist eine verschissene Agentur für Schauspieler, nicht für Models. Models können bis zu fünfzehn Meter geradeaus gehen und gleichzeitig lächeln. Dieser Katalog ist eine einzige Verarschung, die sollen mein Spiel vermarkten und nicht meine Fresse. Ich bin nicht seit gestern dabei. Wer was vom Geschäft versteht, weiß, wie ich aussehe. Warum soll ich mit jemandem zusammen arbeiten, der seinen Job nicht kann, das ist doch reine Zeitverschwendung. Klar, und dann heißt es, ich sei unkooperativ. Weil diese Wichser seit Jahren Geld verdienen mit einer Sache, die sie immer noch nicht können, die machen sich nicht mal die Mühe, es zu lernen. Die sollen mein Spiel verkaufen. Wenn es nach diesen hirnlosen Idioten ginge, würden wir immer noch auf den Bäumen sitzen, verstehst du?

Ich bin Schauspieler, sagt er nun und lehnt sich zurück.

Ich verstehe ja, daß das Geschäft nun mal nicht so läuft, ich verstehe ja, daß bei der Besetzung erst mal nach dem Aussehen gegangen wird, ich verstehe, daß man sich auf bestimmte Regeln geeinigt hat und daß es ein Chaos gäbe, wenn jeder das tut, was er für richtig hält. Aber ich sehe ihn jetzt an und finde, daß er recht hat. Ich sehe ihn an, und ich sehe den Egoismus und die Einsamkeit eines Mannes, der seine eigenen Regeln aufstellt und danach lebt. Nur weil ein Haufen anderer Menschen andere Regeln befolgen, müssen diese nicht richtig sein.

Ich sehe den Größenwahn, und ich weiß, daß die meisten glauben, er wäre etwas Negatives oder Hochmütiges. Aber Größenwahn ist doch auch etwas Schönes, Erhabenes. Ich mag es, wenn jemand sich hinstellt und sagt: Ich werde nie aufgeben, egal, was passiert, ihr könnt mich mal, in meinem Herzen weiß ich, daß ich recht habe.

Manchmal frage ich mich, ob ich der Welt auch so die Stirn bieten könnte.

Sie sagen, im Lande der Blinden sei der Einäugige König. Ich glaube das nicht. Im Land der Blinden ist der Einäugige der einzige, der sich im Dunkeln nicht zurechtfindet.

Der Kuß

Wir standen vor diesem Laden in der Schlange, ein Abend im Herbst. Es war ein schöner sonniger Tag gewesen, die ganze Zeit hatte ich mich darauf gefreut, dich wiederzusehen. Ich wußte noch nicht, ob ich mir etwas davon versprechen durfte. Du hast gesagt: Eigentlich wäre ich jetzt lieber am Meer. Und ich habe entgegnet: Du hast doch ein Auto. Laß uns fahren.

Nun sitzen wir nebeneinander im Auto, die Straßen sind leer, wir rauschen dahin, vorbei an Städten, in denen wir nie gewesen sind. Ich wühle im Handschuhfach und drücke eine Kassette rein, Leonard Cohen, der mit seiner warmen Stimme von Männern und von Frauen singt, von Schönheit und welchen Preis man dafür zu zahlen bereit ist. Ich zünde uns Zigaretten an und reiche dir eine rüber, wobei sich unsere Hände berühren. Während du nach vorne sehen mußt, streife ich die Schuhe ab, ziehe die Füße auf den Sitz, drehe mich zu dir, um dich anzuschauen. Immer wieder wende ich den Blick ab, damit du dich nicht belästigt fühlst.

Wir reden über das Meer, es ist warm im Auto, ich möchte gar nicht ankommen, ich möchte am liebsten endlos mit dir durch diese Nacht fahren, die Kassetten wechseln und Zigaretten anzünden. Es ist, als wären wir die einzigen Menschen auf der Welt.

Wir erzählen uns Geschichten von anderen Fahrten, Geschichten, in denen Abenteuer, Romantik vorkommen. Manchmal glaube ich, du willst mit deinen Worten noch etwas anderes sagen, mir mit deinen kurzen Seitenblicken Zeichen geben, aber ich weiß nicht, ob ich es richtig deute.

Ich zünde noch zwei Zigaretten an, halte eine vor deinen Mund und spüre die zarte Haut deiner Lippen an meinen Fingern. Am liebsten würde ich dich küssen, aber wie soll das gehen?

Als die Schachtel leer ist, hältst du an einem Rastplatz, es ist noch eine Stunde bis zum Meer, vielleicht zwei bis zum Sonnenaufgang, den wir zusammen erleben werden. Das Licht in der Tankstelle ist viel zu hell, wir sehen zu, daß wir schnell die Zigaretten bezahlen und uns wieder ins Dunkel retten. Wir vermeiden es, uns bei dieser Neonbeleuchtung in die Augen zu sehen.

Du fragst: Fährst du ein Stück? Dein Atem verwandelt sich in Dampf. Naja, vielleicht küssen wir uns am Meer. Ich setze mich ans Steuer, und wir fahren weiter.

Du reißt die Packung auf, hältst inne, ich schaue dich kurz an. Es ist zu spät, um noch zu lügen, aber zu früh, um schon die Wahrheit zu sagen.

Ich sehe wieder nach vorne, du beugst dich zu mir rüber, und noch ehe ich verstehe, warum du dich so sehr streckst, berühren deine Lippen meine. Wir küssen uns, meine Hände sind am Steuer, mein Blick auf der Straße, es war noch nie so schön, wehrlos zu sein. Ein Kuß, wie das erste Zittern des Vorhangs vor einer unbekannten Welt, die wir erobern könnten.

Hof

– Es stimmt, was man sich so erzählt, sagt er. Ich komme ja vom Land, und Hühner laufen tatsächlich noch eine Weile herum, nachdem man ihnen den Kopf abgehackt hat. Die versauen dir den ganzen Hof, weil das Blut so rausspritzt, du bist echt beschäftigt, hinterher alles wieder sauber zu kriegen. Aber irgendwann habe ich es dann anders gemacht. Ich habe in einen Pappkarton oben ein Loch reingeschnitten und den Karton dann über das Huhn gestülpt. Weil es im Karton dunkel ist, streckt das Huhn den Kopf aus dem Loch, um etwas sehen zu können, und du stehst mit der großen Heckenschere da, und sobald der Kopf herausschaut, schneidest du ihn einfach ab. Dann hast du nicht hinterher den ganzen Hof versaut.

– Bist du schon mal auf die Idee gekommen, dem Huhn einfach die Füße zusammenzubinden? frage ich.

Er antwortet, ohne zu zögern.

– Ein bißchen Spaß will man ja auch haben, sagt er.

Tourbegleitung

Ich bin kein Groupie. Das war mein erster Gedanke, als wir in seinem Hotelzimmer standen und er die Tür hinter uns geschlossen hatte. In diesem Moment erst verstand ich, was das heißen konnte, ja heißen mußte: Eine Frau, die ein Konzert besucht hat und nun mit dem Musiker auf seinem Zimmer ist, nachts um eins. In dem Moment, in dem die Tür ins Schloß fiel, überlegte ich schon, wie ich mit Anstand aus dieser Situation herauskommen konnte. Und wie ich da überhaupt reingeraten war.

Musik mochte ich schon immer, aber dieses Plattensammeln und dieses Suchen nach Perlen und Schätzen, dieses Expertentum war mir völlig fremd, es war etwas, das eigentlich nur Männer machten. Ich hatte einen Haufen Kassetten und hatte mir bei meinen Freunden rausgesucht, was mir gefiel. Ich habe nie Geld für CDs ausgegeben.

– Wer ist das? fragte ich sofort, als ich Thor Sand das erste Mal bei Dennis hörte. Eine helle, jungenhafte und trotzdem rotzige Stimme, die mir auf Anhieb gefiel, obwohl ich eigentlich mehr auf rauchige und tiefe Stimmen stand, Stimmen, die ein wenig kaputt klangen. In Thors Stimme war Trotz, Rebellion und gleichzeitig Poesie.

– Das ist Thor Sand, sagte Dennis.

– Was für ein bescheuerter Name.

– Ja, aber er macht gute Musik.

Und er hatte schöne Texte. Sehr bald hatte ich alles von ihm auf Kassette. Dennis verließ mich, und mein nächster Freund, Timo, hörte nur dieses langweilige Reggaezeug, bei dem ein Stück klingt wie das andere und die Texte nur aus Phrasen bestehen, immer nur Haile Selassi I Jah Rastafari, burn babylon down und unity and peace und love und rightousness und ganja. Durch Timos Sammlung hörte ich mich in einer Woche durch, aber er konnte mich zum Lachen bringen, egal, wie wütend ich gerade war.

Ich wußte nicht, ob Sand noch mehr Alben rausgebracht hatte in der Zeit, die nach der Trennung von Dennis vergangen war, doch als ich eines Tages das Konzertplakat an einem Bauzaun sah, wußte ich sofort, daß ich hingehen würde. Ich würde mir diesen Mann, der die schönen Lieder sang, live ansehen.

Nach dem Konzert verkaufte er vorne am Bühnenrand CDs, und eigentlich wollte ich keine CD, ich wollte nur noch nicht nach Hause, und ich war neugierig. Ich saß herum, bis es leerer wurde, bis er fast schon dabei war, seine CDs einzupacken. Ich saß herum und sah mir diesen blonden Mann mit den kurzen Haaren und wachen Augen an. Er hatte ein Kupferarmband am Handgelenk, ein schwarzes Hemd und eine schwarze Hose an und dazu Turnschuhe, grüne Turnschuhe.

Er lächelte viel und war freundlich zu den Leuten, er schien ein normaler Typ zu sein, einer ohne Allüren, der es trotzdem sehr genoß, im Mittelpunkt zu stehen.

– Welches ist denn die neueste? fragte ich ihn.

Er zeigte auf eine CD und sagte:

– Die ist vor vier Wochen rausgekommen.

Und dann weiß ich nicht mehr genau, wie es kam, aber auf einmal saßen wir zusammen auf dem Bühnenrand, haben noch eine geraucht, und ich habe ihm von Dennis erzählt und von meinen Kassetten. Ich hatte schon einige Bier getrunken, aber viel wichtiger war, daß ich das Gefühl hatte, ihn zu kennen und ihm vertrauen zu können. Das hatte ich nicht mehr, als wir in seinem Hotelzimmer standen.

Wie hatte er das gemacht? Wie hatte ich nur so blöd sein können?

Es hatte mir geschmeichelt, daß er sich so viel Zeit für mich nahm, obwohl er doch bestimmt etwas Besseres zu tun hatte, es hatte mir gefallen noch ein Bier mit ihm zu trinken, und ich hatte mir sogar gedacht: Wenn Dennis das jetzt sehen könnte.

Thor zog sich die Schuhe aus, setzte sich im Schneidersitz auf das Bett und fing an, sich eine Zigarette zu drehen.

– Möchtest du noch etwas trinken? fragte er, während ich noch mitten im Raum stand.

– Nein. Ja. Nein, nein, ich glaube, ich bin ziemlich müde ...

– Du kannst gerne gehen, wenn du möchtest, aber wenn du nur gehen willst, weil wir hier eine offensichtlich seltsame Situation haben, dann bleib doch noch ein wenig ...

Ich werde nicht mit ihm schlafen, sagte ich mir, ich bin ja nicht mal verknallt, ich werde nicht mit ihm schlafen, egal, was passiert. Thor stand auf, deutete auf den Stuhl und machte dann zwei Flaschen aus der Minibar auf, Minibar – Miniflaschen.

Erst als ich saß, fiel mir das Chaos im Zimmer auf. Er konnte noch gar nicht so lange hier sein, doch überall lagen Klamotten und Zeitschriften, das da schien eine dreckige Unterhose zu sein, und unter dem Bett lagen Socken, die mal weiß gewesen sein mußten. Ich fand es eklig. Mit diesem Typen würde ich nicht schlafen, ich konnte das gar nicht, und dieser Gedanke beruhigte mich.

Wir tranken noch mehr Miniflaschen, Bier und Wein, und das beruhigte mich noch mehr. Thor saß auf dem Bett, ich auf dem Stuhl, und wir redeten, wir redeten über alles mögliche, bis die Vögel anfingen zu zwitschern.

– Zeit zu schlafen, sagte Thor, wenn du möchtest, kannst du gerne hierbleiben, das ist immerhin ein Doppelbett. Er zog sich schon aus, bis auf die Unterhose, und ich war ziemlich betrunken, der Heimweg erschien mir weit und mühsam. Ich zog mir Hose und Pulli aus und legte mich dann auch ins Bett, die Bügel des BHs würden wahrscheinlich drücken, aber ich konnte mich nicht entschließen, ihn auszuziehen. Das Zimmer und meine Gedanken drehten sich noch eine ganze Weile, ich brauchte viel länger, um einzuschlafen, als Thor.

Am nächsten Morgen erwachten wir verkatert, und ich bekam beim Frühstück im Hotel kaum etwas runter.

– Vierhundert Kilometer, murmelte Thor, kleckerte sich Rührei auf seine Hose und schaute dann auf, als sei ihm gerade eine Idee gekommen.

– Mußt du arbeiten? fragte er.

– Nein.
– Komm doch einfach mit, schlug er vor.

Und ich sagte spontan ja, schon deshalb, weil ich mich darüber freute, daß er gefragt hatte. Bald saßen wir in seinem Kombi, und ich war befangen, weil ich nicht wußte, ob er etwas nachholen wollte, das er diese Nacht verpaßt hatte. Doch schon nach kurzer Zeit redeten wir wieder, als wären wir immer noch betrunken.

Ich besaß viele Kassetten, darunter einige, die nicht beschriftet waren, aber in Thors Auto lagen wahrscheinlich mehr Kassetten rum, als ich zu Hause hatte. Sie waren einfach überall, auf dem Rücksitz, im Handschuhfach, in der Tür, unter der Sonnenblende, im Fußraum, fast alle ohne Hülle und viele ohne Beschriftung. Er ist Musiker, dachte ich, doch das erklärte nicht die schmutzige Socke neben der Handbremse, die Chipskrümel und die leeren Pizzakartons auf der Hutablage.

Aber es war gut, mit ihm zu reden und zu fahren, und es war spannend, am späten Nachmittag in diesen Club zu gehen, in dem er heute abend spielen würde, beim Einleuchten der Scheinwerfer zuzusehen, beim Soundcheck, im Backstageraum Orangensaft zu trinken, irgendwie dazuzugehören und all diese Sachen zu sehen, die man sonst nie sah.

Ich bemerkte, wie mich die Männer in dem Club ansahen, der Geschäftsführer oder wer das war, der Soundmischer, der Techniker, ich merkte, daß sie mich als Groupie sahen. Es war offensichtlich, daß Thor und ich uns noch nicht lange kannten, und es war ebenso offensichtlich, daß Thor stolz darauf war, mit einer Frau dort aufzukreuzen. Ich glaubte nicht, daß das irgend etwas mit mir zu tun hatte. Es hätte irgendeine Frau sein könne, die mehr als passabel aussah.

In dieser Nacht schliefen wir wieder in seinem Zimmer, wo hätte ich auch sonst hin gesollt? Dieses Mal zog ich mir im Badezimmer meinen BH aus. Und wieder machte Thor keine Annäherungsversuche, und wieder redeten wir die halbe Nacht, auch über den Auftritt und wie er im Vergleich zu gestern gewesen war, und wieder tranken wir die ganze Minibar leer.

Am nächsten Morgen beim Frühstück fragte er mich nicht, ob ich weiter mitfahren wollte, wir erwähnten das Thema überhaupt nicht, er packte seine wild verstreuten Sachen zusammen, und wir setzten uns in sein Auto.

Es war nun, da ich nicht mehr so unsicher war, das reine Abenteuer für mich. Ich hatte keine Zahnbürste dabei, keine frische Unterhose, keine Socken, ich war einfach mitgegangen und lebte ein Leben, von dem ich schon oft geträumt hatte. Ich konnte nicht herausfinden, ob ich von mir so begeistert war, weil ich es einfach machte, oder von Thor, weil man sich so gut mit ihm unterhalten konnte, oder von uns beiden. Auf der Autobahn merkte ich, wie es mich vor Begeisterung kaum auf dem Sitz hielt. Ich mußte auf mich achtgeben, ich war zu groß, ich mußte mich kleiner machen, damit ich mich nicht doch noch in Thor verliebte.

Als wir an diesem Tag den Club betraten, fühlte ich mich nicht mehr so, als wäre ich in den Augen der anderen eine von Thors Eroberungen. Vielmehr war er meine Trophäe, ich hatte ihn ausgesucht, nicht er mich. Doch wieder schien Thor stolz zu sein, und mir war heute egal, ob das mit mir zu tun hatte. Sollten die anderen mich doch für ein Groupie halten, alles, was ich tat, war, ein wenig Spannung und Spontanität in mein Leben zu bringen. Ich strahlte, und wahrscheinlich dachten der Techniker und der Hausmeister und der Türsteher und all diese andern Männer, die zu wenig Tageslicht sahen, daß es mir Thor heute nacht gut besorgt hatte. Doch dazu würde er auch heute keine Gelegenheit bekommen.

Es wurde ein schönes Konzert, es war, als würde ich immer tiefer hineinkommen in seine Musik, als würde ich ihn immer besser verstehen, als könne ich erst jetzt die Nuancen richtig aufnehmen.

Als wir hinterher im Hotel ankamen, waren wir beide sehr müde, weil wir die Nächte zuvor nicht viel Schlaf bekommen hatten. An diesem Abend schlief ich zuerst ein. Und ich wachte am nächsten Morgen zuerst auf, nutzte die Gelegenheit und duschte ausgiebig und zog mir hinterher meine dreckige Wäsche wieder an. Heute mußten wir in ein Kaufhaus, damit ich mir neue Sachen kaufen konnte.

Schließlich setze ich mich ans Fenster, Thor schlief noch, ich rauchte meine erste Zigarette und dachte daran, wie ich zu Hause meinen Freundinnen von den Tagen mit Thor erzählen würde.

Bevor ich Thor beim Frühstück fragen konnte, ob wir nicht kurz in ein Kaufhaus gehen könnten, sagte er:

– Wir sind ganz in der Nähe, ich würde gerne einen Abstecher nach Hause machen und mir ein paar frische Klamotten mitnehmen.

Dort würde es schon irgendwo ein Kaufhaus geben, dachte ich und nickte einfach.

Drei Stunden später stiegen wir gemeinsam die Treppen in diesem Altbau hoch, jetzt würde ich auch noch sehen, wie dieser Mann wohnte. Ich machte mich auf das Schlimmste gefaßt.

Es war eine geräumige Zweizimmerwohnung, die Möbel sahen zum Teil nach Ikea und zum Teil nach einem Biomöbelladen aus. Im Wohnzimmer stand ein großer Fernseher in einem Vitrinenschrank, und das Sofa hätte genausogut bei meinen Eltern stehen können. Die Küche war mit einer modernen Theke ausgestattet, und der Gasherd mit einer riesigen Abzugshaube sah aus, als könne ich damit drei Monate lang meine Miete bezahlen.

Ich ging ins Bad und schloß ab, während Thor im Schlafzimmer hantierte. Ich setzte mich auf die Brille, das Reservoir für die Spülung war in der Wand versteckt, hinter den weißen Kacheln. Da war eine Waschmaschine, ein leerer Wäschekorb, ein großer Spiegel, ein Waschbeckenunterschrank. Keine Flecken von Zahnpasta, keine Ringe unter dem Duschgel, ich holte tief Luft und versuchte es zu verstehen.

Eine penibel aufgeräumte Wohnung, sogar einen Zeitschriftenständer hatte ich gesehen, einen Zuckerstreuer von Alessi, eine Espressomaschine groß wie ein Koffer, und wenn mich nicht alles täuschte, waren die CDs alphabetisch geordnet gewesen. Jetzt würde ich erst recht nicht mit ihm schlafen.

Nur geliehen

Würdest du mir dein Auto leihen? Ich will heute nacht fahren mit ihr. Ich will am Steuer sitzen, die Tapes wechseln, mit ihr Gras rauchen. Ich will, daß sie breit wird, ich will, daß sie high wird, ich will, daß sie in der Musik versinkt, in der Nacht, im Auto. Ich will fahren mit ihr, fahren bis ans Meer.

Dort will ich trinken, und sie will ich auch betrunken machen, ich will sie stoned und betrunken machen, ich will, daß sie alles vergißt, bis nur noch ihr nacktes Leben übrigbleibt.

Ich will sie anfassen, ich will ihre Haut berühren, ihren Busen unter dem T-Shirt, ich will ihre Hose aufknöpfen und ihren Mund schmecken. Ich will ihr Leben fühlen und riechen, ich will es aufsaugen. Ich will alles mitnehmen, wie beim Fahren, jedes flüchtige Bild. Ich will meine Augen vollkriegen und Rauch in meine Lunge, bis da kein Platz mehr ist in meinem Herzen. Ich will das Brodeln spüren.

Ich will sie zum Lachen bringen, zum Reden, zum Weinen.

Fahren, fahren mit ihr, fahren bis an Meer. Darum geht es. Etwas, das mir durch die Nacht hilft. Ich weiß nicht, ob es richtig ist. Ich will sie schmecken, ich will sie ausziehen und überall berühren.

Nein, du kennst sie nicht. Nein, ich werde sie dir wahrscheinlich nicht vorstellen. Ich will einfach fahren. Ich will sie betrunken machen und überall anfassen. Ich will sie zum Lachen bringen, zum Reden, zum Vergessen. Ich werde nicht anders können, als sie zu lieben, bis die Sonne aufgeht und mit dem Schweiß und dem Rauch auch der Rausch verfliegt. Ich will dein Auto und eine Nacht Zeit zum Leben.

Nein, ich werde nicht vorsichtig sein.

Danke. Das werde ich dir nie vergessen.

Momente

Die Erleuchteten jeglicher Ausprägung, die Mystiker, Asketen, Eremiten, Sufis, Zenmeister und Yogis sind sich einig darüber, daß man das Tor der Wünsche schließen muß, um zur Glückseligkeit zu gelangen, daß man aufhören muß zu streben, daß Vergnügen immer gleichzeitig Leid bedeutet, weil es endet, daß der wahre Friede erst kommt, wenn man alle Erwartungen ablegen kann. Ich stelle mir diesen Zustand vor, wie die abklingende Phase eines Pilztrips, und meistens glaube ich zu verstehen, daß diese Schulen recht haben.

Laß deine Seele wandeln jenseits der Sinnlichkeit, sammle deine Kraft im Nichts, laß allen Dingen ihren Lauf, und die Welt wird in Ordnung sein, rät der Namenlose.

Doch es gibt diese perfekten Momente im Leben, diese Sache, die Nacht mit jemandem zu verbringen, einfach, daß da jemand ist, zu sitzen im Park, zu hocken im Regen, Dinge zu tun, jemand zu spüren. Vielleicht auch der Zauber eines ersten Kusses oder die Magie einer Droge, dieser winzige Moment, der sich erst dehnt und dehnt, einen dann verschluckt und wie immer viel zu schnell vorbei ist.

Es gibt diese Momente auf der Tanzfläche, wenn synchron mit dem einsetzenden Beat die Füße den Boden verlassen und es ewig dauert, bis man wieder landet. Es gibt diese Momente, am Hafen, die Lichter, die Geräusche, die Schiffe, die Luft und die Nacht und die Wellen, die aussehen wie überdimensionale Schlangen, die sich lautlos aneinander reiben und Liebe machen. Ein *Ich dich auch*, bevor du den Mund aufgemacht hast, bevor du überhaupt Luft holen konntest. Die Sekunde, wenn du die Flasche zum letzten Schluck ansetzt, und auf einmal stimmt alles, die Band spielt deinen Lieblingssong, und du spürst eine Hand auf deinem Rücken. Der Sex mit einem Fremden, der besser war, als die Küsse erwarten ließen, das erste Mal, daß dieses Stück in deine Eingeweide gefahren ist und du im Baß versunken bist, wenn du in einem fremden Land aus dem Flieger steigst und der Geruch dein Herz weit werden läßt.

Dieser Moment, wo das Glück einfach da ist und man es sofort merkt. Ich glaube, es ist ein besonderes Talent, zu merken, wann man glücklich ist. Zu merken, wann man glücklich war, kann jeder.

Man müßte allen Dingen ihren Lauf lassen, aber ich tue immer wieder alles, um diesen Moment zurückzuholen. Ich kann es verstehen, dieses Zwanghafte, immer wieder Sex zu wollen oder mit derselben Person zusammensitzen, immer wieder Drogen, immer wieder die Würde ablegen und immer wieder leiden, immer wieder joggen, obwohl mittlerweile die Befriedigung ausbleibt und dieses Gefühl an einem nagt, mal wieder nicht genug getan zu haben. Ich kann es verstehen, wie man sich jedesmal wieder durch den Schmerz quält, durch den Kater, durch Streitereien, durch Demütigungen und leere Stunden oder gar Schläge, nur um so einen Moment noch mal zu erleben. Es ist wie bei Kindern. Noch mal. Noch mal. Noch mal. Bis *noch mal* nicht mehr geht oder man vor Erschöpfung zusammenbricht. Noch mal, als wäre es eine CD, die man wieder und wieder hört, bis man sie auswendig kann. Die Dinge werden durch die Wiederholung erst schön. Erst bei der Wiederholung weiß man genau, was kommt, man kann sich darauf freuen, und gleichzeitig schwingt die Freude all der vergangenen Male mit. Man tut alles für die Wiederholung. Vielleicht entsteht so Sucht.

Man zahlt den Preis, jeden Preis, man zahlt vielleicht mit Schmerzen, aber man kann es nicht loslassen, das Glück, oder das, was man dafür hält. Ich ahne, daß es falsch ist, aber ich kann oft genug nicht in die andere Richtung gehen.

So sieht das aus mit der Liebe

Es ist das erste Mal, daß sie sich treffen, sie haben sich in der Kneipe verabredet. Sie sagt, sie kann nicht mit dem Rücken zum Raum sitzen, also setzt er sich so, daß er fast nichts sehen kann, außer sie, aber das ist schon in Ordnung. Sie trinken Bier und reden. Er mag ihre Stimme, sie ist weich und melodiös. Unter ihrer Lippe ist eine kleine Narbe, sie muß dort ein Piercing gehabt habe. Auch in ihren Ohren sind viele kleine Löcher, in denen mal Ringe gewesen sein müssen, aber heute hat sie keinen Schmuck angelegt. Ihre Haare sind blond und ganz kurz, und sie trägt ein braunes Kleid mit dünnen Trägern und keinen BH. Ab und zu faßt sie sich mit beiden Händen kurz an die Brüste, als wolle sie sich vergewissern, daß sie noch da sind. Es sieht ein wenig geistesabwesend aus, wie sie das macht, so wie andere mit Bierdeckeln spielen, dem Wachs der Kerze oder mit ihrem Feuerzeug.

Als sie anfängt, von ihrer Kindheit und ihrer Familie zu erzählen, fällt ihm auf, daß er sich anscheinend immer für die Frauen interessiert, bei denen etwas nicht stimmt. Die, deren Mutter Alkoholikerin war, deren Vater sie verprügelt hat, die mit vierzehn von zu Hause ausgezogen sind, die, deren ältere Schwestern Stripperinnen sind und deren Brüder Kampfhunde züchten, die, die bei der gebrechlichen Oma groß geworden sind. Er interessiert sich für die Frauen, denen ein Halt gefehlt hat und die niemanden hatten, von dem sie das Glück lernen konnten. Er weiß nicht, wonach er sie sich aussucht, doch wenn er anfängt, mit ihnen zu reden, kommen sie ihm oft verloren vor.

Vielleicht habe ich Angst vor denen, die wissen, was sie wollen, überlegt er und bestellt noch ein Bier. Sie faßt sich wieder mit den Händen an die Brüste, deren genaue Form er zu erraten versucht.

Sie erzählt, wie sie früher nachts aus dem Fenster gepinkelt hat, weil sie Angst hatte, daß das Quietschen der Dielen auf dem Weg ins Bad ihre jähzornige Mutter wecken würde, der jeder Vorwand recht war, um die Tochter zu schlagen.

Vielleicht hat ja auch jede so eine Geschichte zu erzählen, denkt er. In diesem Moment hört er eine Stimme von dem Tisch hinter ihm. Die Frau klingt empört und unschuldig. Wie hätte ich denn ahnen sollen, daß er kein Herz hat, schreit sie auf. Er dreht den Kopf, um die Frau anzusehen, die einen großen Reinfall erlebt zu haben scheint. Wie hätte ich denn ahnen sollen, daß er kein Herz hat. Sie ist völlig unschuldig überrascht worden.

Er dreht sich um und sieht, daß die Frau, die das eben gesagt haben muß, Karten spielt.

Eins dieser Bilder

Mein Vater steht mit seiner Kamera in einem braunen Anzug und einem weißen Pulli darunter am Rand der Aula. Ich bin in der dritten oder vierten Klasse. Es ist irgendein Schulfest, keines mit Sackhüpfen und Eierlaufen und Negerkußwettessen, eines, das in der Aula stattfindet und vielleicht haben wir Theater gespielt oder Gedichte vorgetragen. Fast alle Eltern sind da, wir Kinder laufen kreischend und lachend durch die Stuhlreihen, der offizielle Teil ist vorüber, die Erwachsenen stehen in Grüppchen zusammen, vielleicht trinken sie Bier und rauchen. In den Siebzigern durfte man in der Aula bestimmt noch rauchen.

Ich habe mich hinter der letzten Stuhlreihe versteckt, dort, wo es zur Schulbibliothek geht. Mein Blick fällt auf meinen Vater. Er steht allein neben der Tür zum Lehrerzimmer und wirkt kleiner als sonst. Er ist der einzige, der allein rumsteht. Selten trägt er Anzüge, und ich weiß, daß er sich nicht wohl darin fühlt. Und dieser Pullover ist einfach zu eng, er drückt auf den Brustkorb meines Vaters und trägt dazu bei, daß er so klein aussieht.

Er ist 1,75, aber selbst Frau Fimmers, meine Zeichenlehrerin, die kaum 1,60 sein kann, wirkt gerade größer als er. Hätte mein Vater nicht diese Kamera in der Hand, er würde ganz verloren aussehen. Ab und zu blickt er durch den Sucher und macht Fotos von uns Kindern, das ist seine Aufgabe, der Grund, warum er überhaupt da steht.

Ich hatte meinen Vater noch nie vorher so gesehen. Zu Hause war er groß und souverän. Er hatte alles im Griff, er konnte Sachen reparieren, mich auf seinen Schultern tragen und mir bei den Matheaufgaben helfen. Draußen konnte er Fußball spielen, Drachen steigen lassen, Auto fahren und Wasserkästen mit einer Hand tragen.

In dieser Aula machte er ein Gesicht, als ... Ja, was für ein Gesicht war das eigentlich, das er gerade machte? Ein Gesicht, als würde er nicht dazugehören und es genau wissen. Ich glaube nicht, daß es in erster Linie mit der Sprache zu tun hatte. Da waren noch andere Väter und Mütter ausländischer Kinder, doch es stand sonst niemand allein am Rand. Da waren noch genug Leute, mit denen er wenigstens auf türkisch hätte reden können, doch er machte nur alle paar Minuten ein Foto und wartete, daß die Gesellschaft sich auflöste.

Er fotografierte, er wollte etwas an diesem Tag festhalten, für sich, für mich, für uns. Er fotografierte, also mußte er nicht reden, trinken, lachen. Später habe ich mich oft gefragt, ob er wirklich etwas festhalten wollte oder ob es ihm ganz recht war, in größeren Gesellschaften eine Aufgabe zu haben, um sich nicht verloren zu fühlen. Oder zumindest nicht so auszusehen.

Er stand am Rand, eingezwängt in diesen Anzug, und nicht nur der, sondern die ganze Aula voller Menschen, zu denen er nicht gehörte, erzeugte in ihm Unbehagen. Er stand da, allein, und seit einigen Jahren fühle ich mich oft so, wie er sich an dem Tag gefühlt haben muß.

Jeden Frühling wünsche ich mir das gleiche

Einen Sommer lang lief es. Einen Sommer lang saßen wir am Fluß, Leute, die gerade vor einer Stunde ihre Arbeit beendet hatten, Leute, die für Prüfungen lernten, Leute, die heute noch kellnern mußten, Dachdecker, Pressesprecher, Filialleiter. Der Exfreund einer Frau, mit der ich um drei Ecken bekannt war, die Freundin einer Freundin von Markus, irgend jemand schleppte immer noch jemand anderen mit, und ich wußte manchmal mehr über die Picknickdecken, als über die Leute selbst. Die grüne, blumenbedruckte mit dem riesigen Rotweinfleck, die mit den indisch anmutenden Mustern, auf die ich Wachs gekleckert hatte, die flauschige blaue, auf der ich gerne lag, wenn es abends kühler wurde und die anderen Decken sich schon feucht anfühlten. Ich war fast schon traurig, wenn ich eine frisch gewaschene Decke sah, die ihr Gesicht verloren hatte.

Einen Sommer lang lief es. Da war immer jemand, der einen Salat mitgebracht hatte, Würstchen, Brot oder Tomaten, da war immer jemand, der noch mal an den Kiosk fuhr und vorher Bestellungen entgegennahm, aber niemals Geld. Da war immer jemand, der Kerzen mithatte oder Räucherstäbchen, eine Kühlbox, eine Frisbee, da war immer jemand, der trockenes Holz suchte. Es fiel jedem leicht, irgend etwas zu tun. Heute lag man vielleicht auf der faulen Haut, unterhielt sich, nahm, was kam. Und morgen brachte man vier Flaschen Wein mit, einen Ghettoblaster und einen Volleyball und kümmerte sich ganz alleine um das Feuer.

Es war immer der eine oder andere Unbekannte dabei, aber man konnte davon ausgehen, daß er ein angenehmer Mensch war, jemand, den man mochte und schätzte, hatte ihn wahrscheinlich mitgebracht. Man konnte nebeneinander sitzen und plaudern mit einer Leichtigkeit, die nicht nur an dieser weichen Luft lag. Es war so herrlich entspannt und einfach, bei gutem Wetter rief man die paar, die man gut kannte, an, und die riefen wiederum andere an, und bald schon lagen fünfzehn, zwanzig Menschen auf Decken am Fluß, tranken und unterhielten sich.

Später fuhr ich mit dem Rad nach Hause und feierte mit jemandem, wie gut es heute wieder gewesen war. Es gab ruhige Abende und Abende voller Gelächter und Bauchweh und Tränen in den Augen. Was zählte, war die Stimmung und daß wir beisammen saßen. Morgens nach dem Duschen hatte ich oft genug das Gefühl, noch nach dem Rauch des Feuers zu riechen, mein Lieblingsgeruch für dieses Jahr.

Einen Sommer lang lief es. Der eine oder andere verschwand für eine Woche oder zwei, Urlaub irgendwo, dann war er wieder da. Einen Sommer lang war alles ganz einfach, und manchmal fragte ich mich, ob wir uns was vormachten oder ob es genau darum ging, Menschen am Fluß, vereint durch Picknickdecken, Gespräche und den Wunsch, die Tage zu genießen.

Was war mit unseren Problemen, mit den Streitigkeiten, mit unseren Wünschen, die uns erdrückten, wenn wir alleine waren. Was war mit den Weckern, die morgens klingelten, mit den unerträglichen Kollegen, mit den Geldsorgen und den heftigen Auseinandersetzungen, mit den Prüfungen und den verblödeten Kunden, was war damit.

Was war mit all denen, die keine Stelle am Fluß hatten und niemand, der Getränke holen ging, und womöglich nicht mal ein Bett oder ein Dach über dem Kopf. Was war mit der ganzen Welt. Wir saßen zusammen, aber es änderte sich nichts, die Erde drehte sich mit der gleichen Geschwindigkeit wie immer. Strahlten wir Frieden aus. Und wenn ja, wohin?

Einen Sommer lang lief es. Wir waren eine Familie. Vielleicht geht es doch darum.

Keine Seele

Sie halten mich für verrückt, ich weiß, Sie glauben, ich hätte zuviel getrunken oder wäre aus einer Klapse entlaufen, das denken die meisten. Die meisten Leute sehen mich an und glauben, ich sei verrückt, vielleicht ist es irgend etwas in meinem Blick, und wenn ich dann noch den Mund aufmache, fühlen sie sich bestätigt. Ja, und nun glauben Sie schon, ich würde zuviel reden und nicht zum Punkt kommen, ich weiß, und Sie glauben mir nicht, daß ich mit so vielen Frauen im Bett war. Sie sehen mich an und denken: Der? Mit dem geht doch keine mit, die sie noch alle hat.

Sie haben einfach keine Ahnung. Wenn Sie Ahnung vom Leben hätten, dann würden sie alles glauben. Mich, mich hat das Leben zu einem der leichtgläubigsten Menschen auf der Welt gemacht.

Ich rede gar nicht immer so viel. Wenn ich eine Frau anspreche, rede ich weniger, ich versuche herauszukriegen, wer sie ist, was sie von einem Mann erwartet. Und ich halte mich zurück, ich gebe ihr Raum, sich etwas zu entfalten, ich höre ihr zu, versuche mich auf sie einzustellen, ich versuche ihr das Gefühl zu vermitteln, daß ich mich für sie interessiere. Heuchelei? Ich bitte Sie, Sie sind doch auch ein Mann, was haben Sie denn nicht schon alles getan, um einer Frau das Höschen ausziehen zu können? Und ich will nicht mal Sex. Das glauben Sie mir jetzt natürlich auch nicht, aber es ist die reine Wahrheit.

Es ist Nacht, man spricht eine Frau an, es kommt soweit, daß man zu ihr oder zu sich geht, da kommt man doch um Sex kaum herum. Es ist so klar, worauf das hinausläuft, daß die wenigsten damit umgehen können, wenn man einfach nur neben ihnen einschlafen will. Selbst wenn sie das selber auch wollten, sehen sie sich in ihrer Eitelkeit verletzt, fühlen sich unattraktiv oder kriegen es gleich mit der Angst, ich könne ein Psychopath sein, Mörder oder Schlimmeres. Gib ihnen etwas, das sie nicht kennen, und sie bekommen Angst. Erst interessiert es sie, und dann kriegen sie Angst. Also küsse ich die Frauen zumindest, und oft genug kriegt man dann nicht mehr die Kurve, etwa in der Hälfte aller Fälle ist es nicht möglich, einen guten Ausstieg zu finden, also endet es mit Sex.

Nähe? Nein, das ist doch dieses Die-kalte-böse-Gesellschaft-Gelaber und daß es ganz normal ist und sich eigentlich jeder nach Nähe sehnt und daß man das zulassen muß. Nee, bleiben Sie mir weg mit Nähe, ich habe keine Sehnsüchte, was das betrifft. Es ist wirklich so, wie ich gesagt habe: Ich will sie morgens sehen.

Dieser ganze Wie-gut-das-riecht- und Haut-an-Haut-Kram kann mir gestohlen bleiben, echt. Der Sex, die Nähe, das Gerede, nein, ich will sehen, wie ihnen die Last von den Schultern genommen wird.

Das haben Sie wahrscheinlich noch nie bemerkt, aber ich habe es schon Hunderte Male gesehen. Es ist ein wunderschöner Augenblick, glauben Sie mir. Andere Menschen fahren in ferne Länder, weil sie eine Augenweide brauchen, ein Paranoma, das sie in die Knie zwingt, andere Menschen zahlen zwei oder drei Riesen, um einen Berggipfel in Asien erklimmen oder die Weite einer Lavawüste körperlich spüren zu können. Die Menschen machen all diesen bekloppten Scheiß, weil sie noch nie bemerkt haben, wie nah ein atemberaubender Anblick sein kann.

Achten Sie mal drauf. Es gibt diesen winzigen Moment beim Erwachen, er währt nur ganz kurz, Sie müssen gut aufpassen, es ist schnell vorbei, die allermeisten merken es nicht mal selber. Es gibt diesen winzigen Moment, wo man nicht mehr schläft und noch nicht wach ist, ein kleines Stück Niemandsland, die Seele ist noch nicht zurück im Körper. Bevor die Seele nämlich wieder in den Körper hineinschlüpft, hebt sie einem die Last von den Schultern, ganz kurz, damit sie sanft in den Körper hineingleiten kann.

Sie halten mich für verrückt, weil ich so etwas erzähle, ja, ich weiß. Aber das ist doch nur ein Bild, eine Metapher oder wie das heißt, natürlich müssen Sie mich für verrückt halten, wenn Sie alles wörtlich nehmen. Aber Sie würden mich nicht für halb so verrückt halten, wenn Sie selber schon mal darauf geachtet hätten.

Es gibt einen Moment, morgens, in dem einem die ganze Last von den Schultern genommen wird, alle Sorgen und Probleme, alle Ängste und Unzulänglichkeiten, die Vergangenheit und die Zukunft, alles wird von einem genommen, einen winzigen Moment lang ist man frei.

Und nur deshalb gehe ich mit diesen Frauen mit, ich will diesen Moment sehen, den Moment unendlicher Schönheit.

Nur eine Frau? Sie haben das Ganze nicht verstanden, oder? Natürlich kann man diesen Moment auch wieder und wieder mit derselben Frau erleben, aber ich versuche herauszufinden, wie sehr sie sich schon verbreitet haben. Das ist meine Aufgabe im Leben.

Und ich sage Ihnen, es wird immer schlimmer, bald wird es gar keine Menschen mehr geben auf der Welt. Bald wird es nur noch Außerirdische geben, Extraterrestische oder wie das heißt, Sie verstehen, was ich meine. Sie glauben nicht an Außerirdische? Ja, mein Gott, wie erklären Sie sich das sonst? Sie leben mitten unter uns. Sie haben menschliche Gestalt, deshalb gesellen sie sich zu den Menschen. Ich versuche jedem von ihnen zu erzählen, doch die Leute halten mich für verrückt.

Ich bin nicht verrückt, ich habe Beweise, ja wirklich ich habe unwiderlegbare Beweise. Ich habe mir das Ganze doch nicht ausgedacht, begreifen Sie das doch.

Es gibt einen sehr einfachen Trick, die Menschen von den Außerirdischen zu unterscheiden: Bei den Außerirdischen gibt es nicht diesen Moment, in dem ihnen die Last von den Schultern genommen wird, ganz einfach, weil die Außerirdischen keine Seele haben. Ansonsten sind sie genau wie wir, aber sie haben keine Seele.

Manchmal merkt man es schon beim Sex, aber das einzig sichere Zeichen ist morgens der Moment zwischen Schlafen und Wachsein, da können Sie es genau sehen.

Sie sind mitten unter uns, und nur deshalb benutze ich Kondome. Nicht wegen dieser Krankheiten, sondern weil es gefährlich ist. Sie müssen verhüten, wenn Sie mit einer Außerirdischen schlafen, denn sonst wird das Kind auch ein Außerirdischer. Die wollen die ganze Erde in ihre Gewalt bringen, verstehen Sie das denn nicht?

Ach, ist ja auch egal, ich wollte Sie nicht belästigen. Und danke für den Drink. Sehen Sie die Rothaarige da vorne, die sieht aus wie eine Außerirdische. Vielleicht wollen Sie ja dagegen wetten, he, wie wärs mit ner Wette? Setzen Sie einen Zehner darauf, daß Sie ein Mensch ist? Nein? Sie glauben es wohl selber nicht. Ich werde sie jetzt ansprechen. Sind Sie morgen wieder hier? Dann kann ich Ihnen erzählen, wie es ausgegangen ist.

Wie lange noch

I am guilty, Lord, but I am also a lover – and I am one of your best people, as you know; and yea tho I walked in many strange shadows and acted crazy from time to time and even drooled on many high priests, I have not been an embarassment to you ...

Hunter S. Thompson

Oh, Herr, wie lange noch?

Meine Eltern sind Moslems, und ich bin in Deutschland geboren und aufgewachsen. Ich weiß nicht, was Weihnachten für Kinder in Deutschland bedeutet, ich weiß auch nicht, was Weihnachten für Erwachsene in Deutschland bedeutet. Damit ich nicht von Neid gepackt würde und weil sie sich und mich hier integrieren wollten, haben meine Eltern früher einen Weihnachtsbaum gekauft, geschmückt, mit Kugeln und Lametta und Lichterkette und Stern oben drauf, all dem Zeug, das sonst das ganze Jahr über im Keller verstaubte. Meine Eltern haben mir auch Geschenke gekauft, aber das waren Äußerlichkeiten. Bei uns wurden keine Plätzchen gebacken, es gab keine Bescherung, es gab keine Bockwurst mit Kartoffelsalat, keinen Gänsebraten, keinen Rotkohl, wir gingen nie in die Mitternachtsmesse. Ich habe meine Informationen darüber, was Weihnachten für die anderen bedeutet, aus dem Fernsehen. Alles, was ich gelernt habe, ist, hinterher mit Geschenken anzugeben wie alle anderen.

Doch auch bei uns gab es zu Weihnachten ein alljährlich wiederkehrendes Ritual: Heiligabend gingen meine Eltern immer früh zu Bett und schlossen die Schlafzimmertür ab. Ich saß allein vor dem Fernseher, aber es gab nur langweilige Sendungen, alles ohne Action, ohne Spannung, da wurden Tiere vor dem Tierheim gerettet, Obdachlose bekamen warme Mahlzeiten und dicke Socken und die Oma Geschenke von den Enkeln. Ich wartete.

Wenn ich Ritual gesagt habe, dann stimmt das nicht ganz, es gab keinen zeitlich festgelegten Ablauf, es gab zwar eine Reihenfolge, aber ich wußte nie, wann die Stimmen laut werden würden, wann sie anfangen würden, zu schreien und sich zu streiten. Manchmal passierte es noch am Heiligabend, viel öfter aber erst am nächsten Morgen. Wenn es am ersten Weihnachtstag geschah, ging ich am Heiligen Abend allein zu Bett, niemand deckte mich zu, und es machte mir nicht mal Spaß, das Zähneputzen wegzulassen.

Wenn ich denn zu Bett ging. Manchmal war das Fernsehprogramm so ermüdend, daß ich einfach im Sessel einschlief. Aber meistens saß ich da und wartete, wartete auf die lauten Stimmen, wartete darauf, daß mein Vater die Tür aufriß und wutschnaubend seine Schuhe anzog und verschwand. Manchmal wartete ich die ganze Nacht. Damals gab es noch Sendeschluß, und hinterher liefen nur noch Ameisen über den Bildschirm.

Kurz nachdem mein Vater die Tür zugeknallt hatte, am späten Heiligabend oder mitten in der Nacht oder am ersten Weihnachtstag, kam auch meine Mutter im Morgenrock aus dem Schlafzimmer. Sie setzte sich in die Küche, rauchte und weinte. Dann stellte ich mich in den Türrahmen und wartete, ich wartete, bis sie mich mit verquollenen Augen anlächelte und sagte:

– Ach, wenn ich dich nicht hätte.

Das war Weihnachten, ich saß zu Hause, die Zeit dehnte sich, und ich freute mich auf Silvester, den Krach, die Lichter, das Spektakel.

Als ich älter wurde, hörten meine Eltern auf, einen Baum zu kaufen, und sie hörten auch auf, mir Sachen zu schenken, sie hörten sogar mit ihrem Ritual auf.

Jetzt saßen wir gemeinsam vor dem Fernseher und sagten keinen Ton. Obdachlose wurden beschenkt, Omas wurden vor dem Altersheim gerettet und streunende Hunde bekamen dicke Socken, es war alles ein lauer Brei, der in meinem Gedächtnis durcheinander läuft. Wir schwiegen uns durch Weihnachten hindurch, so entkamen wir alle den lauten Stimmen. Es tat sich ein Loch auf und drohte, einen zu verschlucken, Weihnachten war eine dunkle, schwere Zeit, in meinem Gedächtnis verschwimmen die Weihnachten vieler Jahre zu einer tiefschwarzen, kalten, ereignislosen Nacht.

Wir lebten in einer Großstadt, und als ich noch älter wurde, fand ich heraus, daß man auch Heiligabend ausgehen konnte. Es gab Kneipen und Clubs, die aufhatten. Man konnte nirgends vor zwölf aufkreuzen, weil da noch alle brav bei ihren Eltern saßen, doch wenn sie endlich in ihren etwas zu schicken Klamotten an der Theke lehnten, merkte man ihnen die Erleichterung an. Die Erleichterung, auch dieses Mal wieder den Menschen entkommen zu sein, mit denen sie dieses Fest gemeinsam verbringen mußten. Wahrscheinlich sah ich auch so aus, abgesehen von der Kleidung. Ich aber war einfach nur froh, diesen endlosen Stunden zu Hause ein Ende setzen zu können.

Weihnachten lag irgend etwas in der Luft, das normale Beschäftigungen fast unmöglich machte. Ich konnte nicht zu Hause sitzen und lesen, ich konnte mir nicht Videos ausleihen, die Stille draußen legte sich auf mich, und ich konnte nichts tun, als zu versuchen, die Sekunden wegzuzählen.

Es gibt immer wieder diese Situationen, in denen die Zeit zu lang wird, eine Zwischenlandung mit acht Stunden Aufenthalt in einem winzigen Flughafen, und man ist alleine unterwegs, die endlose Schlange an der Supermarktkasse am Samstagnachmittag, den Anschlußzug verpaßt und deswegen mitten in der Nacht zweieinhalb Stunden auf dem Bamberger Bahnhof festsitzen, die Angebetete, die nicht anruft. Es gibt immer wieder dieses sinnlose Warten, das man mit nichts füllen kann.

Wie lange noch, Herr, wie lange noch?

Wie bei den endlosen Meditationen der Buddhisten, bei denen der Abt einfach sagt: Wartet nicht auf den Gong, der die Sitzung beendet. Wartet nicht auf den Gong. Es hört nie auf.

Ein Warten, das sich anfühlt, als sei das Innere mit stumpfen Scherben gefüllt, sie verursachen keinen richtigen Schmerz, sie knirschen nur, daß es in den Zähnen weh tut, und schaben von innen an den Knochen, gerade genug, damit man wach bleibt. Ein Warten, das sich nicht mal mit Alkohol betäuben läßt.

Das war genau das, was ich oft versuchte. Ich trank, doch nicht zu Hause. Ich wollte ja noch in die Stadt, und da kaum öffentliche Verkehrsmittel fuhren, war ich auf den Wagen meines Vaters angewiesen, den ich nach ein paar Bier nicht mehr bekommen hätte. Nein, nicht zu Hause, ich trank in den Kneipen, Tequila oder den X-mas-special-drink, den sie in dem Jahr im Angebot hatten, ich trank ohne Hemmungen, denn auf den menschenleeren Straßen war es ein Kinderspiel zu fahren, und Polizisten hatten zu Weihnachten auch etwas Besseres zu tun, als Verkehrskontrollen durchzuführen.

Es wurde Tradition, jedes Jahr fuhr ich Heiligabend hochgradig betrunken Auto, und es war ein unvergleichlicher Spaß.

Später hatte ich eine eigene Wohnung und noch etwas später auch ein eigenes Auto. Ich fing an, zu Hause zu trinken, ich fuhr betrunken in die Stadt und noch viel betrunkener zurück. Ich gefährdete ja niemanden, was sollte schon passieren, ich konnte den Wagen in den Graben setzen oder gegen eine Ampel, aber wen scherte das.

Doch die Zeit wurde lang, und da war niemand, mit dem ich sie vertreiben konnte. Die Zeit wurde lang, und ich konnte mich nicht entschließen, bei der Telefonseelsorge anzurufen. Was hätte ich denen zu erzählen gehabt? Daß mir langweilig ist und ich niemanden zum Reden habe an diesem Tag des Herrn? Was hätte ich schon Interessantes reden können mit einem grauhaarigen Christen, der es sich zur Aufgabe gemacht hatte, den Verzweifelten Mut zuzusprechen, was hätte ich reden sollen mit einer vertrockneten Jungfer? Noch nicht mal die kannte diese zermürbende Warterei und Langeweile.

Oh, Herr, wie lange noch?

Ich erinnere mich noch gut an den letzten Heiligabend. Ich hatte zu Hause einige Wodka getrunken, hatte mich gegen halb zwölf ins Auto gesetzt und war auf dem Weg in die Stadt. An einer Haltestelle saß eine Person, die zu frieren schien, und wartete auf die Bahn. Ich bremste ab, hielt mitten auf der Straße, kurbelte das Fenster runter und rief:

– Wohin solls denn gehen?
– In die Stadt, war die Antwort.
– Steig ein.

Ich hatte es immer geahnt, daß es sie gab, ich hatte es gewußt, ich hatte es all die letzten Jahre gespürt. Da war eine Person, da mußte eine sein. Manchmal, wenn ich abends allein zu Hause war und fernsah, war es fast schon so, als wäre sie da, ich konnte es richtig fühlen, wie sie mit angezogenen Beinen neben mir auf dem Sofa saß. Manchmal glaubte ich fast, ich könnte sie fragen, ob sie mir noch mal etwas aus der Küche mitbringt, wenn sie gerade aufstand, um auf die Toilette zu gehen. Es mußte diese Frau geben, da mußte eine Frau sein, mit der ich mein Leben teilen würde, sie war irgendwo da draußen, und unsere Wege würden sich kreuzen. Und nun machte sie die Beifahrertür auf und stieg ein.

Da war sie, genau, wie ich sie mir immer vorgestellt hatte.

– Die Bahnen fahren nicht oft heute abend, sagte sie.

– Ja, sagte ich, sie fahren nicht oft.

– Danke, daß du mich mitnimmst.

– Gerne.

Wir sagten die falschen Worte, irgend etwas lief schief, wir hätten über andere Dinge reden müssen. Ich warf ihr einen Seitenblick zu, ich wollte in ihre Augen, doch sie betrachtete gerade ihre Hände. Wir mußten uns ansehen.

Rechter Hand war der Messeparkplatz, ich bog ab.

– Wohin fahren wir? fragte sie.

– Nirgendwohin, sagte ich, bremste sanft und hielt mitten auf dem Parkplatz.

Ich drehte mich zu ihr und versuchte, jetzt in ihre Augen zu sehen, sie wich meinem Blick aus.

– Ich möchte weiterfahren, sagte sie.

– Gleich, sagte ich und faßte sie am Kinn und hob es mit einer zärtlichen Geste an, damit ich ihr besser ins Gesicht sehen konnte. Sie war es, ohne Frage, sie war es.

– Ich wußte, daß es dich gibt, sagte ich.

– Können wir jetzt weiterfahren?

– Aber, ich meine, siehst du das denn nicht auch?

– Was? fragte sie ängstlich, wahrscheinlich wußte sie nicht, wer ich war. Herr, ich war doch für sie bestimmt.

Ich ließ meine Hand sinken und legte sie auf ihr Knie. So lange hatte ich auf sie gewartet, und jetzt wollte ich sie nicht gehen lassen, ich wollte sie festhalten, ich wollte den Rest meines Lebens mit ihr verbringen.

Ich glaube, sie zitterte, ich hob meine Hand wieder, streichelte ihr über den Kopf, ich wollte sie beruhigen, ab heute würde alles gut werden.

– Wir haben uns gefunden, sagte ich.

Mit einer sanften Bewegung zog ich sie zu mir, lehnte ihren Kopf an meine Brust, schloß die Augen und atmete ihren Duft ein. Sie roch genau so, wie ich es mir immer vorgestellt hatte, sogar der Geruch stimmte, es konnte nichts mehr schiefgehen.

Zuerst war da nur dieses ohrenbetäubende Geräusch, eine laute Sirene, die direkt in meinem Gehirn explodierte, ein Geräusch, das von links und rechts auf das Schädelinnere drückt, daß man glaubt, gleich würde die Masse oben herausspritzen. Und dann machte ich den Fehler, ich machte die Augen auf, ich wollte wissen, woher dieses Geräusch kam, das unsere Idylle zerstörte. In dem Moment, in dem ich die Augen öffnete, wußte ich schon, daß es ein Fehler gewesen war, ich spürte die Flüssigkeit auf meinem Gesicht, sie war gleichzeitig mit dem Geräusch dagewesen, aber das Geräusch hatte mich zu sehr abgelenkt. Ich öffnete nur kurz die Augen, doch das reichte. Als ich sie wieder schloß, war alles zu spät.

Sie leerte die ganze Dose, Tränengas mit Alarmsignal. Ich schrie, um das Geräusch zu übertönen, und ich schrie immer noch, als es vermutlich schon lange aufgehört hatte. Ich wußte nicht, wann sie die Tür aufgemacht hatte und verschwunden war. Ich lag neben meinem Wagen und versuchte, Luft zu bekommen, ich lag zusammengekrümmt neben meinem Wagen, und das waren echte Tränen, die ich weinte.

Oh, Herr, wie lange noch, wie lange noch, muß ich ohne Liebe leben?

Ich, Wir

Der eine hielt sich für einen Filmemacher, der andere für einen Musiker und dritte für einen Schriftsteller. In den Augen der anderen waren sie das wahrscheinlich sogar. Der Filmemacher machte Filme, die ins Kino kamen, die Platten des Musikers waren in den Läden zu finden, und der Schriftsteller wurde hin und wieder eingeladen, um aus seinen Büchern zu lesen.

Eines Abends saßen sie in einer Imbißbude, und der Musiker sagte:

– Uns kann nie langweilig werden, weil wir eine Berufung haben. Du bist ein Filmemacher, er ein Schriftsteller und ich bin Musiker. Vielleicht geht es uns mal schlecht, aber uns wird nicht langweilig, wir haben eine Aufgabe.

In guten Momenten hielten sie sich für Filmemacher, Musiker und Schriftsteller. Aber sie sie wußten, daß sie Blender waren. Sogar wenn sie sich selbst als Monster darstellten, als Lügner, als Egoisten, als Sexbesessene, als arrogante Dumpfbacken, wollten sie immer dasselbe sagen: Hier bin ich, bitte findet mich toll, bewundert meine Kunst. Bitte schenkt mir eure Aufmerksamkeit. Bitte liebt mich.

Es hatte etwas Verzweifeltes, dieser Drang, anerkannt zu werden, und sie machten Platten, Filme und Bücher, die genau diese Verzweiflung verbergen sollten. Dem Filmemacher kamen sogar Worte wie *Sendungsbewußtsein* geschmeidig über die Lippen. Doch sie wurden getrieben von einem Charakterdefekt, von einem Unvermögen, sich im Alltag befriedigend ausdrücken zu können. Und von der Angst, eines Tages als Blender entlarvt zu werden. Sie romantisierten, dramatisierten, überhöhten, verdrehten und logen in ihren Werken. Natürlich der Wahrheit zuliebe. Was sonst?

Sie waren Aufschneider und Angeber, was sie trieb, war nicht unbedingt Talent, das sie möglicherweise hatten, was sie trieb, war ein Streben nach Bedeutung. Vielleicht konnten sie alle drei nicht an sich selber glauben und fanden es deshalb beruhigend, wenn andere es taten. Wenn sie jemand anderen dazu bringen konnten, ihnen Glauben zu schenken, dann mußte ja etwas dran sein an ihnen.

Sie waren nicht unglücklich, und sie führten ein Leben, um das einige sie beneideten. An einem Mittwochabend saßen sie im Imbiß, tranken Pfefferminztee und aßen Falafel. Der Filmemacher schwärmte von dem besten Dokumentarfilm aller Zeiten, When we were kings, dem Film über Muhammad Ali, und er brauchte nicht lange auf die anderen beiden einzureden, und schon saßen sie beim Musiker zu Hause und schoben die DVD ein.

Der Musiker und der Schriftsteller hatten den Film noch nicht gesehen, doch der Musiker war alt genug, um sich noch an den rumble in the jungle zu erinnern, Ali gegen Foreman, Ali boma ye schreiende Massen, ein ganzer Kontinent auf der Seite des Schwarzen. Foreman mit seiner dunkleren Hautfarbe und seinem deutschen Schäferhund war einfach keine Identifikationsfigur wie Ali. Der Musiker war damals nachts aufgestanden und hatte diesen Kampf live gesehen, aber das nahm ihm nicht die Spannung.

Sie saßen zu dritt vor dem Fernseher, hörten Ali reden, sahen ihn kämpfen, sie sahen das Feuer und die Überzeugung und diesen unglaublichen Willen, und weil es ein Dokumentarfilm war und mit zeitlicher Distanz entstanden, sahen sie die Bedeutung dieses Mannes noch klarer. Er war auch ein Aufschneider und ein Großmaul gewesen, aber er hatte den meisten seiner Prahlereien eindrucksvolle Taten folgen lassen. Sie bewunderten Ali, niemand hätte einen Cent darauf gewettet, daß er gegen Foreman gewinnen würde, sie bewunderten ihn, weil er sich für einen Boxer hielt, bewunderten ihn für seine Liebe zu seiner Berufung, und sie wären an diesem Abend bereit gewesen, den Preis zu zahlen, den er hatte zahlen müssen für sein Leben. Sie bewunderten ihn für seine Bedeutung.

Der Musiker hatte sich wahrscheinlich damit abgefunden, daß der Weltruhm nicht mehr kommen würde, der Filmemacher und der Schriftsteller träumten immer noch heimlich davon und redeten sich ein, daß er durchaus realistisch war. Sie waren sich nicht sicher, ob sie genug Talent, Nervenstärke und Liebe hatten, aber sie träumten von Weltruhm. Nicht um des Ruhmes willen, sondern allein wegen der kulturhistorischen Bedeutung, die sie erlangen würden.

Es war drei Uhr nachts, als sie sich schließlich trennten. Es war eine Sommernacht, der Filmemacher und der Schriftsteller gingen seltsam beflügelt nach Hause und waren auf eine Art glücklich, die etwas mit der Vergangenheit zu tun hatte. Sie hatten getan, was sonst Jungen Ende Zehn, Anfang Zwanzig machten. Sie hatten sich um elf noch entschlossen, einen Film zu gucken, unter der Woche, keiner mußte am nächsten Morgen früh raus, hey, der Kühlschrank war voll, draußen herrschte kein Krieg, und sie hatten den besten Dokumentarfilm aller Zeiten gesehen, mit dem größten Kämpfer aller Zeiten. Es ging ihnen hervorragend, in guten Momenten hielten sie sich für etwas, und ernster würden ihre Leben wahrscheinlich nicht mehr werden.

Grenze

Merle konnte ihn von Anfang an nicht besonders leiden, aber das interessierte mich nicht weiter. Marc war mein bester Freund, wir kannten uns seit fast fünf Jahren, wir hatten schon einen ganzen Sack Salz zusammen gegessen. Bisher waren die Frauen gekommen und gegangen, aber Marc war geblieben. Doch mit Merle war es anders, wir wohnten schon seit einem Jahr zusammen, und was viel wichtiger war, ich glaubte an uns. Es war nicht immer einfach, das war es nie, aber mit Merle fühlte ich mich endlich zu Hause.

In letzter Zeit war es schlecht gelaufen für mich, ich hatte kaum Aufträge, kein Geld mehr, die Ideen kamen nicht, ich konnte mich nicht mehr entspannen, alles erschien mir ausweglos, und ich hatte nicht mehr die Kraft, aufzustehen und zu sagen: Ihr könnt mich mal. Ihr werdet mich nie kleinkriegen. Ich war schon klein und versuchte noch verzweifelt, es zu verbergen.

Ich saß zu Hause und litt darunter, daß ich auf Merles Kosten lebte, sie verdiente nicht mal genug für uns beide.

– Du könntest dir doch etwas von Marc leihen, sagte Merle eines Abends.

Ich sah sie verwundert an.

– Ist doch egal, daß ich ihn nicht besonders mag. Ihr seid doch Freunde, und er hat Geld, mehr, als er ausgeben kann. Es wird schon alles gut, fügte sie nach einer Pause hinzu, das schaffen wir auch noch.

Also hatte ich mir von Marc Geld geliehen, es mußten ja wieder bessere Zeiten kommen, auf dieses Ödland mußten Berge, Täler, Seen und Wiesen folgen, das war noch immer so gewesen. Ich hatte zwar keinen Elan, aber ich hatte meinen Glauben noch nicht verloren, es würde schon werden, ich brauchte nur Geduld.

Und die brauchte Marc auch, weil ich ihm nach einem halben Jahr nicht wie versprochen die Zehntausend zurückzahlen konnte. Ich hätte einfach zu ihm gehen und sagen sollen: Tut mir leid, Marc, es hat nicht geklappt, es sieht immer noch nicht gut aus, ich werde länger brauchen, um meine Schulden zu begleichen.

Ich habe es nicht getan. Wir sahen uns dauernd, er wußte, wie es um mich bestellt war, er bekam doch mit, daß da nicht genug Aufträge waren, von Ideen ganz zu schweigen, wir kannten uns schon so lange, er sah doch, was los war. Außerdem war er ja reich.

Die sechs Monate waren um, es war keine Besserung in Sicht, ich tat mir selbst leid und schämte mich, ich schämte mich, daß ich den Mund nicht aufbekam, den Arsch nicht hoch, ich schämte mich vor Merle, die immer da war und mir nie einen Vorwurf machte. Wie ein Versager kam ich mir vor, mein Mut verließ mich, und es wurde von Tag zu Tag schlimmer. Die Berge waren es müde, versetzt zu werden, sie blieben an ihrem Platz.

Nachts, falls ich denn mal schlafen konnte, träumte ich davon, in einem Zimmer eingeschlossen zu sein mit Unmengen von grauen Pappschachteln in allen möglichen Größen, die ich sortieren mußte. Ich saß da, unfähig, auch nur einen passenden Deckel für die Schachtel in meiner Hand zu finden. Nein, es lief nicht besonders gut, aber das ist wohl nur eine Ausrede.

Es waren schon neun Monate verstrichen, seitdem Marc mir die Zehntausend geliehen hatte. Geld war nie ein Thema zwischen uns gewesen, wir hatten immer geteilt, uns gegenseitig eingeladen, es hatte auch bessere Zeiten gegeben. Und jetzt ging es um Zehntausend, neun Monate waren um, und ich hatte meine Schulden mit keinem Wort erwähnt. Auch Marc machte nicht den Eindruck, als würde er sich deswegen Sorgen machen, er wußte ja, er würde es zurückbekommen.

Eines Tages, als etwas mehr als neun Monate vergangen waren, kam Marc unangemeldet zu uns. Ich machte zwei Bier auf, die waren seit Wochen im Kühlschrank, für Besuch, alleine trank ich kein Bier mehr, das war ein Luxus, den ich mir nicht leisten konnte. Marc wirkte angespannt. Wir standen in der Küche mit den Fla-

schen in der Hand, Merle saß am Tisch und blätterte in einer Zeitschrift. Ich wäre mit Marc ins andere Zimmer gegangen, aber bevor wir angestoßen hatten, platzte er heraus:
– Was ist mit meiner Kohle?
Ich empfand seinen Tonfall als eine Demütigung. Und auch die Tatsache, daß er nicht noch eine Minute hatte warten können. Und anstatt zu sagen: Es tut mir leid, Marc, ich habs im Moment nicht, aber du wirst es bekommen, versprochen, anstatt so etwas in der Art zu sagen, sagte ich:
– Reg dich ab, du kriegst sie schon noch.
– Was soll das heißen? Reg dich ab. Seit Monaten hast du es nicht nötig, deine Schulden überhaupt nur zu erwähnen. Was heißt hier, reg dich ab? Ich tu dir einen Gefallen, und du kommst mir so.
– Ich bin dir doch keinen Dank schuldig, oder? Ich hätte umgekehrt genau das gleiche für dich getan.
Er stellte seine Flasche auf den Tisch, ging bis zum Fenster und kam dann zurück und sagte:
– Keinen Dank schuldig? Geht es hier um Geld, oder was? Geschissen auf die zehn Riesen, mir gefällt nicht, wie du dich benimmst. Keinen Dank schuldig? Wer sonst hätte das für dich getan? Hä? Ich frage dich ganz einfach: Was ist mit meiner Kohle, und du sagst: Reg dich ab.
– Du siehst doch auch, daß ich es nicht habe, oder? Und du brauchst es im Moment nicht so dringend.
Er schnappte sich wieder seine Flasche, und als er gestikulierte, tropfte Schaum auf den Boden.
– Darum geht es doch gar nicht, du Trottel.
– Was heißt hier Trottel? Du geldgeiler Materialist.
– Was geht denn jetzt mit dir? Bist du völlig übergeschnappt, oder was? Du willst es nicht verstehen, nee?
Wir standen immer noch mit den Flaschen in der Hand da, Merle saß immer noch am Küchentisch, sah jetzt aber zu uns hoch. Ich stellte meine Flasche ab, um nicht auch auf den Boden zu kleckern und um besser brüllen zu können.
– Ich verstehe es ganz gut. Aber mir paßt dein Tonfall nicht. Was

ist mit meiner Kohle? Habe ich dich je bestohlen, belogen, hintergegangen, war ich je unehrlich zu dir? Und du kommst und pißt mir hier ans Bein. Noch ehe wir angestoßen haben: Was ist mit meiner Kohle? Du weißt, du wirst sie kriegen, ist doch kein Thema, dein Scheißgeld.

– Ja, Tarek ist ein Heiliger. Er ist ehrlich und lügt nicht und macht alles richtig, und wenn er sagt, er gibt dir das Geld zurück, dann tut er es auch. Irgendwann in zehn Jahren vielleicht. Mußt nur warten, er sagt dir auch nicht, wie lange es dauert, damit es eine Überraschung wird, damit er dir eine Freude machen kann, für die du ihm dann dankbar sein mußt. Versuch dich doch nicht besser zu machen, als du bist. Alles, was es gebraucht hätte, wäre gewesen: Marc, gedulde dich noch ein bißchen. Aber du schweigst es einfach weg. Marc, tut mir leid, das wäre mir genug, aber das kannst du wohl nicht.

– Und du bist große Klasse, ja? Verdienst dein Geld damit, die Leute zu verarschen und hältst mir hier Vorträge. Jeden Tag preist du irgendeinen Murks als die beste und tollste Erfindung seit dem Rad an, ihr macht Reklame für Katzenstreu light, und du hast auch noch eine Ausrede dafür. Komm mir nicht mit Ehrlichkeit, tu mir den Gefallen, nimm das Wort einfach nicht in den Mund. Du würdest Aufrichtigkeit nicht erkennen, wenn dein Bett voll davon wäre.

– Und du bist ehrlich und verdienst damit keinen Cent, aber mein Geld ist dir nicht zu dreckig, das nimmst du gerne und beschwerst dich auch noch. Du hast sie doch nicht mehr alle. Was ist denn schlimmer, Geld zu verdienen mit der Dummheit der Leute oder keinen Stolz zu haben?

Marcs Halsadern traten hervor.

– Im Gegensatz zu dir, belüge ich die Menschen aber nicht vorsätzlich, blaffte ich ihn an. Du bist Abschaum, ein kleiner, geiziger, verlogener Lügenerzähler.

– Und du, hast du Merle erzählt, daß du bei mir warst, oder hast du ihr von der Rothaarigen aus der Pfefferminzbar erzählt? Du toller Hecht.

– Ja, sagte Merle, natürlich hat er von ihr erzählt, was glaubst du denn?

Dann sagten wir alle drei nichts mehr. Marc sah mir nicht in die Augen. Ich ließ mich auf einen Stuhl sinken, umklammerte die Flasche mit beiden Händen.

– Würdest du jetzt bitte gehen, sagte ich, du bekommst dein Geld, versprochen. Kann sein, daß es noch dauert, aber du kriegst dein Geld, mit Zins und Zinseszins und allem Pipapo. Aber jetzt geh bitte.

Als die Tür ins Schloß gefallen war, sagte Merle:

– Das stimmt, das mit der Rothaarigen aus der Pfefferminzbar.

Ich nickte. Nachdem ich einen Schluck aus der Flasche genommen hatte, reichte ich sie ihr. Merle schüttelte den Kopf.

Schlechte Zeiten

Manche der Alten schwärmten von dem Comedyboom, der Ende des vergangenen Jahrtausends viele Menschen erfreut haben soll, einer vetraute mir sogar an, es habe ganze Witzwellen gegeben mit Blondinen, mit Mantafahrern, mit Ostfriesen. Ich bat ihn, mir doch da vorne in dem Waldstück den einen oder anderen zu erzählen, doch er behauptete, alle vergessen zu haben, er könne sich einfach keine Witze merken. Ich glaubte ihm nicht, wahrscheinlich hatte er nur Angst, erwischt zu werden.

Witze waren schon lange verboten. Wissenschaftler hatten festgestellt, daß zu häufiges Lachen zu extremen Stimmungsschwankungen führte, die dem gesellschaftlichen Miteinander abträglich waren. Wer lacht, ist asozial, hieß es.

Man konnte legal keine Witze mehr hören oder lesen, selbst Bücher, in denen nur ein oder zwei vorkamen, waren verboten. Viele Filme wurden nicht mehr gezeigt, bei Zuwiderhandlung drohten hohe Strafen.

So entstand ein Schwarzmarkt, jeder wußte, daß Witze existieren, aber Menschen, von denen man annahm, daß sie hin und wieder welche hörten, wurden diskriminiert. Sie hatten Schwierigkeiten, eine Arbeit oder Wohnung zu finden oder einen handelsüblichen Gleiter zu kaufen, das gängigste Fortbewegungsmittel.

Wenn man einen hört, dann wird man sofort süchtig, hatten meine Eltern und Lehrer mir eingebleut, als ich noch ein Kind war. Und witzsüchtig zu sein war so mit das Schlimmste, das einem passieren konnte.

Vor unserer Schule lungerte immer ein Witzdealer rum, und ich kaufte mir aus reiner ungesunder Neugier eines Tages meinen ersten Witz. Ich war ganz aufgeregt, als ich ihn zu Hause auspackte, meine Eltern waren noch bei der Arbeit, ich war allein und ungestört. Ich öffnete das Tütchen, nahm den Chip heraus, steckte ihn in den Schlitz in meiner Armbeuge, der Text erschien auf meinen geschlossenen Lidern.

– *Wetten, daß ich es schaffe, zehn Marsianer nur mit einem Teelöffel zu erschlagen?*
– *Und was tun Sie, wenn Sie es nicht schaffen?*
– *Dann nehme ich eine Schaufel.*

Ich mußte lachen. Es war nicht mal ein guter Witz, aber das wußte ich damals noch nicht. Es war ein unbeschreiblich schönes Gefühl, mein Körper spannte und entspannte sich in schneller Folge, seltsame Laute drangen unkontrolliert aus meinem Mund, ich fühlte mich gut, alle Sorgen und Probleme waren wie weggeblasen, es war, als hätte ich eine andere Welt betreten.

Der Normalzustand kehrte viel zu schnell wieder, und der Chip hatte einen Mechanismus, sich selbst zu löschen. Jetzt war der Witz nur noch in meinem Gedächtnis und belustigte mich noch eine kurze Weile, doch die Wirkung wurde immer schwächer.

Es waren fast überall Wanzen installiert, wir wurden auf Schritt und Tritt abgehört, es gab kaum Möglichkeiten, einen Witz weiterzuerzählen, höchstens im Wald, in einer Wüste, in den Bergen oder auf dem Mond. Dort war angeblich das Witzparadies, da waren Witze noch legal, aber vielleicht war das nur eine Legende, Wunschdenken, es war fast unmöglich, ein Visum für den Mond zu bekommen.

Die Gespräche mit dem Witzdealer liefen folglich nach einem bestimmten Code ab. Wenn man einen Witz haben wollte, sagte man einfach: Meine Nichte feiert heute ihren ersten Geburtstag, haste nicht ein passendes Geschenk. Oder: Ich habe eine Eins in Mathe geschrieben. Man brachte einfach die Anzahl der Witze, die man kaufen wollte, unverfänglich in einem Satz unter. Ich wurde neidisch, als ich einmal mitbekam, wie der Opa eines Mitschülers neunzig wurde.

Das erste Mal macht gar nicht süchtig, stellte ich fest, und fünf oder sechs Wochen widerstand ich mit Leichtigkeit der Versuchung, mir noch einen Witz zu kaufen. Und weil ich offensichtlich nicht süchtig war, obwohl ich es nach allem, was ich wußte, hätte sein müssen, kaufte ich mir meinen zweiten Witz.

Einem Hasen ist langweilig, er geht spazieren und kommt an einem Fuchsbau vorbei, vor dem zwei Fuchskinder spielen.

– Ist eure Mutter da? fragt der Hase die Fuchskinder.

– Nö, die ist einkaufen, entgegnen diese.

– Ihr seid so häßlich, sagt der Hase, ihr seid so häßlich, und eure Mutter, die ist noch viel häßlicher, aber wenn ich sie kriege, werde ich sie vergewaltigen.

Der Hase hoppelt heiter davon, der Tag ist gerettet, die Fuchskinder indes berichten später ihrer Mutter, was sich zugetragen hat.

– Wenn morgen der Hase noch mal vorbeikommt und fragt, ob ich da bin, sagt ihr nein, aber ich verstecke mich in dem Gebüsch dort drüben, sagt die Mutter.

Am nächsten Tag ist dem Hasen erneut langweilig, und er geht zum Fuchsbau, vor dem die Fuchskinder wieder spielen.

– Ist eure Mutter da?

– Nö, die ist beim Friseur, lügen die Fuchskinder.

– Ihr seid so häßlich, sagt der Hase, ihr seid so häßlich, und eure Mutter, die ist noch viel häßlicher, aber wenn ich sie kriege, werde ich sie vergewaltigen.

Die Fuchsmutter schießt aus ihrem Versteck hervor, der Hase reagiert blitzschnell, er rennt los, es gilt sein Leben. Haken links, Haken rechts, links, rechts, rechts, links, rechts, und er schafft es, sich mit einem letzten beherzten Sprung gerade so in seinen Bau zu retten. Die Füchsin springt hinterher, doch da der Eingang vom Hasenbau zu klein für sie ist, bleibt sie mit Vorderpfoten und Schnauze stecken und kann sich nicht sofort befreien. Der Hase klettert aus dem Hinterausgang, hoppelt hinter die Füchsin und sagt: Lust habe ich ja keine, aber ich habe es den Kindern versprochen.

Dieser krachte wirklich rein, ich mußte viel länger lachen, als bei meinem ersten Witz. Minutenlang kriegte ich mich gar nicht ein, Tränen kullerten aus meinen Augen, mein Bauch tat weh, ich lag auf dem Rücken und strampelte mit den Füßen. Ich versuchte, mich zu beherrschen, konnte ja sein, daß ich abgehört wurde, aber ich konnte einfach nicht aufhören zu lachen.

Eine Viertelstunde später lag ich erschöpft da, ein breites Grinsen in meinem Gesicht, noch später, als auch die Nachwirkungen verflogen waren, bekam ich Schuldgefühle und Angst, man könnte mich tatsächlich abgehört haben.

Das Hoch dauerte etwas zu kurz, und hinterher stürzte man in ein Loch, doch von da an kaufte ich mir drei- oder viermal im Monat Witze von dem Dealer vor der Schule. Meine Eltern merkten nichts, auch sonst schienen die Witze mein Leben als Mitglied der Gesellschaft kaum zu beeinträchtigen, noch nicht mal meine schulischen Leistungen verschlechterten sich.

Mit der Zeit fand ich heraus, daß es gute und weniger gute Witze gab, ich feilschte schon mal mit dem Dealer um den Preis und fand einen weiteren illegalen Witzverkäufer, der mich mit Stoff versorgte. Doch das war alles nicht so schlimm, glaube ich. Das Problem war die schlechte Gesellschaft, in die ich geriet. Ich schloß Bekanntschaft mit anderen heimlichen Witzkonsumenten, und meine Verelendung und mein sozialer Abstieg begannen, als ich anfing, regelmäßig an Witzpartys teilzunehmen. Wir fuhren an eine abgelegene Stelle im Wald, setzten uns im Kreis hin und erzählten uns gegenseitig Witze. Das war eine viel härtere Konsumart, als sie nur zu lesen, es war sehr aufregend und zum Totlachen, sie laut zu hören. Ich glaube, meine Sucht fing mit diesen Waldpartys an.

Als ich das erste Mal drankam, zitterte meine Stimme ein wenig.

Eine Frau wacht nach einer schweren Geburt aus der Narkose auf. Die Krankenschwester sagt:

– Ich muß Sie drauf vorbereiten, Ihr Kind ist behindert.

– Es ist mein Fleisch und Blut, ich werde es lieben, entgegnet die Frau.

Die Krankenschwester führt sie in den Kreißsaal, sie kommen an einem Kind vorbei, das keine Arme hat.

– Das also ist mein Baby? fragt die Frau.

– Nein, sagt die Krankenschwester, leider nicht.

Dann kommen sie zu einem Baby ohne Arme und ohne Beine.

– *Das also ist mein Kind? fragt die Frau, jetzt mit größerer Besorgnis in der Stimme.*
– *Nein, sagt die Krankenschwester, leider nicht.*
Dann sehen sie ein Baby ohne Arme, ohne Beine, ohne Körper, nur ein Kopf ist dort.
– *Grundgütiger, das ist ...?*
– *Nein, sagt die Krankenschwester, leider nicht.*
Sie kommen zu einer Wiege, in der nur zwei Augen liegen, sonst nichts.
– *Allmächtiger, das also ...?*
Die Krankenschwester nickt.
– *Es ist mein Fleisch und Blut, ich werde es lieben, sagt die junge Mutter und nimmt die Augen aus der Wiege.*
– *Geben Sie sich keine Mühe, sagt die Krankenschwester, Ihr Kind ist blind.*

Alle grölten vor Lachen, ich fühlte mich wunderbar, die Welt war so ein schöner Ort, und Witze waren einfach zu gut, um darauf zu verzichten. Normalerweise taumelten wir gegen Morgengrauen aus dem Wald, alle mit schmerzenden Bäuchen und den Mundwinkeln an den Ohrläppchen.

Das ging eine Weile gut, doch dann eines Tages wurde ich auf dem Nachhauseweg, genauer gesagt wenige hundert Meter vor meiner Haustür, von der Polizei angehalten. Ich stieg aus meinem Gleiter und wußte sofort, daß ich erledigt war, doch ich hatte noch einen Funken Hoffnung, ich versuchte ernst und bitter dreinzuschauen.

– Haben Sie illegale Substanzen konsumiert? war die erste Frage.
Ich verneinte.
– Erklären Sie sich mit einer Blutprobe einverstanden?
Sie nahmen mir einen winzigen Tropfen von meinem rechten Zeigefinger ab und analysierten ihn sofort im Computer.
– Ihr Serotoninspiegel ist unnatürlich hoch. Haben Sie Witze gehört oder gelesen?
Ich verneinte abermals, doch sie maßen die ATP-Konzentration in meiner Bauchmuskulatur, untersuchten meine Gesichtsmuskeln

und kamen zu dem Schluß, daß ich fast die ganze Nacht gelacht hatte. Das reichte als Beweis. Sie versiegelten mir an Ort und Stelle noch den Schlitz in meiner Armbeuge, was auch bedeutete, daß ich altmodische, schwere Bücher benutzen mußte, um meine Schularbeiten zu erledigen.

Sie entzogen mir den Führerschein für den Gleiter, und ich mußte als Ersttäter an einer Resozialisierungmaßnahme teilnehmen, die mich wieder zu einem funktionierenden Mitglied der Gesellschaft machen sollte.

Jetzt war ich auf die Waldpartys angewiesen, wenn ich noch Witze konsumieren wollte, aber ohne Gleiter kam ich schlecht dorthin. Außerdem fanden auch immer seltener Waldpartys statt, die Razzien hatten sich gehäuft, wahrscheinlich war ein Polizeispitzel unter uns.

Ich war auf Entzug, tagelang lief ich nervös herum und konnte an nichts anderes denken als an einen neuen Witz. Meine Hände zitterten, mein Magen verkrampfte sich, ich bekam Hitzewallungen, und kurz darauf wurde mir eiskalt. Ich war süchtig geworden, obwohl ich das nie für möglich gehalten hatte. Als ich es nicht mehr aushielt, wollte ich in meiner Verzweiflung zu dem Dealer vor der Schule, doch der war gerade erwischt worden und hatte sieben Jahre Justizvollzugsanstalt vor sich. Ich ging zu dem anderen Dealer.

– Meine Nichte wird morgen ein Jahr alt, aber sie kann nicht lesen.

Ich zeigte ihm das Siegel in meiner Armbeuge.

– Was geht mich deine Nichte an?

Ich hatte keine Lust auf dieses alberne Gerede, ich war auf Entzug.

– Bitte, flehte ich, nur so einen kleinen mickrigen, einen, der mich über den Tag bringt, der diese Schmerzen lindert. Nicht so richtig zum Wiehern, nur einer, der meine Laune etwas hebt. Bitte, ich kann nicht mehr.

Er zog mich an meinem Ohr, zunächst glaubte ich, um mich zurechtzuweisen, doch dann flüsterte er hinein:

– *Zwei Polizisten knallen mit ihrem Gleiter gegen einen Baum.*

Sagt der eine: So schnell waren wir noch nie am Unfallort. So, und jetzt verpiß dich.

Ich ging erleichtert nach Hause. Er erzählte mir danach nie wieder einen, die nächsten Monate entzog ich und nahm fleißig an den Resozialisierungsmaßnahmen teil.

Doch sobald das Siegel in meiner Armbeuge entfernt war, ging ich zu meinem Dealer.

– Meine Großeltern haben diamantene Hochzeit, da brauche ich ein ganz besonderes Geschenk.

– Ich habe hier was für dich, aus Australien, gerade eingetroffen, das wird deinen Großeltern viel Freude bereiten. Allererste Qualität. So etwas Feines kriegt man nicht alle Tage. Das reinste Verjüngungselixier für Oma und Opa, ein schöner seidiger Stoff aus dem fernen Australien.

Ich kaufte ihn und fuhr damit in den Wald, ich wollte ihn mir in Ruhe gönnen. Jetzt, wo ich nicht mehr süchtig war, konnte ich ja ruhig einen kleinen Witz lesen.

Es war der Witz mit dem Frosch, der Jim Beam trinkt.

Und da war es wieder, dieses Lachen. Ich hatte nicht vorgehabt, mir regelmäßig Witze zu kaufen, nur ab und an mal einen kleinen, doch ehe ich mich versah, war ich erneut süchtig.

Ein paar Jahre ging es ganz gut, ich versteckte meine Sucht geschickt, ich bekam sogar einen Job beim Fernsehen, wir machten leichte Unterhaltung, ohne Spannung, ohne Pointen, ohne jemand auf die Füße zu treten. Ich verdiente gut, konnte meine Sucht finanzieren, tat es heimlich, genoß es als einsames Vergnügen. Noch nicht mal meine engsten Freunde ahnten etwas, ich hatte dazugelernt, ich wollte mich nicht mehr in schlechte Gesellschaft begeben oder irgendwie Gefahr laufen, nochmals erwischt zu werden, was gleichbedeutend mit Gefängnis gewesen wäre.

Es hätte wohl bis ans Ende meiner Tage so weitergehen können, in Kamaloka gab es in sogenannten Teegeschäften legal Witze zu kaufen, wenn auch nur in begrenzten Mengen. Manchmal fuhr ich übers Wochenende hin. Fünf- oder sechsmal bewarb ich mich erfolglos um ein Visum für den Mond.

Sie erwischten mich an einer Gleiterbahnraststätte, als ich gerade aus Kamaloka zurückkam. Ich hatte noch einen Witz im Gleiter, den ich schlecht versteckt hatte. Eine ausgemachte Dummheit. Im nachhinein erscheint es mir wie bittere Ironie, daß ausgerechnet dieser Witz mit dem Paradies zu tun hatte.

Gott kommt zu Petrus und sagt:

– Der Himmel ist total überfüllt, du kannst keinen mehr reinlassen, es sei denn, er hat eine wirklich gute Geschichte zu erzählen, wie er zu Tode gekommen ist.

Kurz darauf klingelt es an der Himmelspforte, Petrus sagt:

– Tut mir leid, der Himmel ist total überfüllt, wir können dich nicht reinlassen, es sei denn, du hast eine ziemlich gute Geschichte zu erzählen, wie du zu Tode gekommen bist.

– Tja, sagt der Mann, ich komme etwas früher als gewöhnlich von der Arbeit nach Hause, und meine Frau liegt nackt im Bett. Das tut sie sonst nie, also hat sie einen Liebhaber, denke ich, doch sie leugnet. Ich guck im Schrank – nichts, unterm Bett – nichts, im Badezimmer – nichts. Ich raus auf den Balkon, um erst mal eine zu rauchen, und was sehe ich da: zwei Hände, die sich von außen an das Geländer klammern. Ich draufgeschlagen, immer wieder und wieder, der Kerl schreit Hilfe, will nicht loslassen, am Ende beiß ich ihm dann in die Finger, und er fällt endlich. Geschieht ihm recht, denk ich. Doch was muß ich sehen: Ein Baum dämpft seinen Fall, er bleibt in den Ästen hängen, der Schweinehund lebt noch. Ich in die Küche, habe mir den Kühlschrank genommen und ihn auf diesen Mann draufgeschmissen. Tja, und das hat mich alles so aufgeregt, daß ich einen Herzinfarkt bekommen habe und gestorben bin.

– Komm rein, sagt Petrus.

Kurze Zeit später klingelt es wieder an der Himmelspforte.

– Tut mir leid, der Himmel ist total überfüllt, wir können dich nicht reinlassen, es sei denn, du hast eine ziemlich gute Geschichte zu erzählen, wie du zu Tode gekommen bist, sagt Petrus

– Das war folgendermaßen, sagt der Mann, ich habe wie jeden Abend auf meinem Balkon gymnastische Übungen gemacht, und dabei bin ich ganz unglücklich ausgerutscht und bin über die Brüstung

gesegelt. Ich hatte aber Glück. Ich konnte mich noch an dem Balkon ein Stockwerk tiefer festhalten. Da kam ein Mann und hat mir auf die Hände geschlagen. Ich habe um Hilfe gerufen, aber er hat mir weiter auf die Hände geschlagen. Als ich trotzdem nicht losgelassen habe, da hat er mich gebissen, und ich konnte nicht mehr anders als loslassen. Aber ich hatte wieder Glück. Ein Baum hat meinen Fall gedämpft, ich konnte mich an den Ästen festhalten, und gerade als ich dem Herrn dafür danken wollte, kam dieser Kühlschrank auf mich herabgeschossen und hat mich erschlagen.
  – Komm rein, sagt Petrus.
  Kurze Zeit später, erneutes Klingeln, Petrus sagt sein Sprüchlein.
  – Tut mir leid, der Himmel ist total überfüllt, wir haben sogar schon zwei Leute zuviel drin, wir können dich nicht reinlassen. Es gibt allerdings eine Ausnahmeregelung: Wenn du eine gute, eine verdammt gute Geschichte erzählen kannst, wie du zu Tode gekommen bist.
  – Naja, ob es eine gute Geschichte ist, weiß ich nicht. Ich saß splitterfasernackt in einem Kühlschrank ...

Nun sitze ich in einer Zelle auf dem Mond, das Gerücht hat sich nicht bewahrheitet, das hier ist ein riesiges Zwangsarbeitslager, von morgens bis abends schuften wir beim Bau eines Raumschiffs. Es war schwer, sich an die verringerte Anziehungskraft zu gewöhnen, doch das war nichts gegen den kalten Entzug. Manchmal sehen wir hier Filme, deren Drehbücher ich geschrieben habe, ich traue mich nicht, es irgend jemandem zu erzählen.

Ich sitze hier für die nächsten vier Jahre, Verbrechen zahlt sich nicht aus, doch wenn man das gelernt hat, ist es meistens zu spät. Trotzdem verstehe ich immer noch nicht, was falsch daran sein sollte, ab und an zu lachen, daß einem der Bauch weh tut.

Selbst ist der Mann

Es gibt ja Menschen, die halten das Guinness-Buch der Rekorde für eine Chronik der härtesten Saufgelage der Welt. Es gibt Menschen, die behaupten, sie seien mit Dreharbeiten beschäftigt, und beim Nachfragen stellt sich heraus, daß sie die Dreharbeiten zu einem Joint meinen und das auch noch für wahnsinnig witzig halten. Es gibt Schriftsteller, für die es eine Katastrophe ist, wenn ihre Bücher nicht mindestens genauso häufig besprochen werden wie ihr Anrufbeantworter. Es gibt Frauen, deren Beine aussehen wie Pinocchios Nase, die aber als sexy gelten, selbst wenn ihr Busch schon gepflügt worden ist wie ein Feld. Es gibt Menschen, die sind wortkarg und fauststark, und es gibt andere, die sind nüchtern zu schüchtern, und es gibt immer wieder welche, bei denen es einem die Sprache verschlägt. Und wenn man dann trotzdem noch einen passenden Spruch hat, erinnert man sich noch fünfzig Jahre später gerne daran.

Meine verstorbene Oma hatte erst mit vierzig Lesen und Schreiben gelernt, und zwar von meinem Vater. Sie hatten nicht genug Geld für ein Telefon, die Söhne waren nach und nach in die große Stadt gezogen, um zu arbeiten, und es gab außer Briefen kaum eine Kontaktmöglichkeit. Also lernte meine Oma, die Laute auf Papier zu malen. Sie konnte sich die Buchstaben und den zugehörigen Klang merken, das war nicht das Problem. Das Problem war ihre Handschrift, sie konnte üben und üben und sich Mühe geben, es war für Fremde trotzdem fast unmöglich, zu entziffern, was dort stand.

Ich erinnere mich noch, wie sie uns nach Deutschland schrieb, fast jede zweite Woche kam ein Brief, und ich wollte es kaum glauben, daß das einzelne Wörter waren, die man hintereinander lesen konnte und die einen Sinn ergaben. Normalerweise las meine Mutter die Briefe der Verwandtschaft laut vor, aber auch sie konnte der Handschrift meiner Oma keine Buchstaben abgewinnen. Meine Oma schrieb mit Kugelschreiber auf weiße Bögen, und es sah aus wie eine Mischung aus hebräischen Schriftzeichen und nervösen Spasmen der rechten Hand. Selbst mein Vater hatte Mühe damit, doch da er ihr Lehrer gewesen war, konnte er ihre Schrift am besten lesen.

Als mein Vater seinen Militärdienst leistete, gingen alle Briefe, die aus der Kaserne rausgingen und in die Kaserne reinkamen durch die Zensur. So kam es, daß eines Tages der Oberst meinen Vater zu sich zitierte. Mein Vater stand da, erhielt einen Brief und den Befehl, ihn laut vorzulesen.

Es war ein Brief von meiner Oma, und noch während mein Vater versuchte, die ersten Worte zu entziffern, wiederholte der Oberst: Laut. Vier Sekunden später, in denen mein Vater immer noch keinen Ton von sich gegeben hatte, brüllte der Oberst:

– Laut, du sollst ihn laut vorlesen, verstehst du denn kein Türkisch, du Sohn eines Esels?

Mein Vater reichte ihm den Brief und sagte:

– Dann lesen Sie ihn doch selbst, wenn es so einfach ist.

Es gibt ja immer wieder Leute, die sich darüber aufregen, was ein Handwerker in der Stunde kostet. Es gibt ja immer wieder schmalbrüstige Männer mit Premiere-Abo, die behaupten, für soundsoviel Millionen würden auch sie sich von Tyson, Klitschko oder Tim Wasser durch den Ring prügeln lassen. Es gibt Menschen, die Bluthochdruck bekommen, wenn sie sehen, daß sich jemand dafür bezahlen läßt, auf der Bühne Bier zu trinken und Erdnüsse zu essen.

Tu es doch, tu es doch selbst, wenn du glaubst, daß es so einfach ist.

Es gibt auch eine Geschichte von Nasreddin Hodscha, wie er im Wald liegt und merkt, daß ihm kalt ist bis auf die Knochen, seine Glieder sind steif, er kann sich nicht bewegen, alles Leben ist von ihm gewichen. Ich bin tot, denkt er und wartet geraume Zeit, daß man ihn findet. Als keiner des Weges kommt, steht er auf, geht in sein Dorf und verkündet:

– Ich liege tot im Wald, schon seit Stunden.

– Aber Hodscha, sagen die Leute, wie kommt es dann, daß du hier bist?

– Der arme Mann hat eben keinen, der ihn findet und beklagt, sagt der Hodscha, er muß alles selbst tun.

Schlampe

Ihm schien, daß gute Literatur recht verbreitet ist, und daß fast jede Straßenunterhaltung ihr Niveau erreicht.

Jorge Luis Borges

Vorher habe ich nie etwas gesagt, wenn Florian mit einer Frau ankam. Auch nicht, wenn ich sie häßlich fand oder dick. Ich mein, Florian steht ja auf diese Frauen, die er mollig nennt, aber das muß jeder selber wissen, oder? Ich habe nie den Mund aufgemacht, das war seine Sache. Wir kennen uns jetzt schon fünfundzwanzig Jahre, wir sind ja schon zusammen im Sandkasten gesessen, wie man so sagt, aber bei uns in der Siedlung gab es keine Sandkästen. Ich kann mich noch genau daran erinnern, wie meine Mutter mich das erste Mal mitgenommen hat zu ihrer Freundin Gudrun, die woanders studiert hatte und nun zurück nach Bonn gezogen war. Sie hat einen Sohn in deinem Alter, hat meine Mutter gesagt, und etwas später saßen Florian und ich in seinem Zimmer, und ich muß gestehen, daß ich ihn nicht auf Anhieb mochte. Aber er hatte das Playmobilschiff. Wie oft hatte ich meinen Vater angebettelt, wie oft hatte ich im Supermarkt diesen riesigen Karton gestreichelt, wie oft hatte ich nachts davon geträumt. Es war unglaublich, daß ich jemanden kennenlernte, der das Playmobilschiff besaß, und noch dazu jemand in unserer Siedlung. Hätte Florian nicht dieses Piratenschiff gehabt, ich glaube nicht, daß ich noch mal mit meiner Mutter zu Tante Gudrun gegangen wäre.

So haben Florian und ich uns angefreundet. Er hat mich zu allem möglichen Unsinn angestiftet. Wir haben am Kiosk Fußballbildchen geklaut, immer abwechselnd. Einer hat den Verkäufer abgelenkt, und der andere hat stibitzt. Auf so eine Idee wäre ich von alleine nie gekommen. Wir haben zu Silvester Chinaböller in Briefkästen gesteckt, und als wir so zwölf, dreizehn waren, haben wir auf dem Lehrerparkplatz die Embleme von den Autos abgemacht, Ford, VW, Opel, Volvo, Fiat, nur einen Benz hatte keiner von den

Lehrern. Ich habe Florian nicht verpfiffen und er mich nicht, als wir nacheinander im Büro des Direktors standen. Ich habe mich nicht mal davon beeindrucken lassen, als der Stellvertreter sagte, Florian habe schon alles erzählt. Sie konnten uns nichts nachweisen.

Ich meine, hey, so sind wir aufgewachsen, verstehst du? Ich kenne Florian, seit wir sieben Jahre alt sind, das ist kein Scherz. Wir waren mal ein halbes Jahr zusammen in Mexiko, wir haben uns jeden Tag gesehen, wir waren wie verheiratet. Natürlich haben wir uns auch mal gestritten, das ist doch ganz normal. Und ich habe auch da nie etwas gesagt, egal welche Frau er sich gerade angelacht hatte, ob eine Belgierin oder Französin oder Einheimische, das war mir doch egal.

Früher, als das anfing mit den Frauen, da war ich neidisch auf Florian, okay, das gebe ich zu. Er war viel mehr Draufgänger als ich, er hat es einfach versucht, und irgendwann so mit einundzwanzig, zweiundzwanzig hatte er echt einen Lauf, daß ich ihn manchmal gehaßt habe dafür. Es war so, daß er sich einfach vor eine Frau stellen konnte und sagen: Ich hätte gerne Sex mit dir. Und nicht wenige sind mitgegangen. Es war unglaublich, es war unverschämt.

Aber ich habe nie etwas gesagt. War doch seine Sache, wenn er in der Gegend rumbumsen wollte, oder? Und so vier, fünf Jahre später hatte ich auch mal so eine Phase, und ich konnte mir, naja, es ist eben so, ich konnte mir diesen Neid und Frust wegvögeln.

Und dann fing es an, daß Florian längere Beziehungen hatte. Zuerst mit dieser Nina, die hatte nun echt einen breiten Arsch, meine Herren, der lappte im Kino ja über den Sitz, aber wie gesagt, Florian und ich, wir sind Freunde, und ich fand nicht, daß ich da meine Nase reinstecken sollte. Nach Nina kam diese Spanierin, wie hieß die noch gleich, ach ja, Marcella. Mein Gott, war die naiv. Ich meine, das lag nicht an der Sprache, die hatte zwar einen Akzent, aber die konnte Deutsch wie wir alle. Nur war sie so, ja, dumm eigentlich. Ihr wart also zusammen im Kindergarten, hat sie mich ganz am Anfang mal gefragt mit ihrem süßen Akzent. Nee, habe ich gesagt, ich war nicht im Kindergarten. Und sie: Warum? Ich so: In der Zeit war ich in Kriegsgefangenschaft. Sie: Echt? Wo denn? So Dinger hat die am laufenden Band gebracht. Zuerst fand ich das ja noch lustig, aber irgendwann bin ich mit Marcella und Florian nur noch ins Kino gegangen, weil man da nicht so viel reden muß. Ich glaube, Marcella hat diese Filme alle nicht verstanden, und hey, Florian und ich, wir sehen uns ganz normale Filme an, nicht diese Cineastenscheiße.

Miriam mochte ich noch ganz gerne, aber die Frauen kamen und gingen, Florian und ich blieben Freunde. Fünfundzwanzig Jahre, das muß man sich mal vorstellen, das ist verdammt lang, manchmal glaube ich, ich kenne diesen Typen in und auswendig. Vielleicht habe ich auch deshalb nie etwas zu diesen Frauen gesagt, irgendwie wußte ich, daß sie wieder verschwinden würden. Außer bei Amelie, da dachte ich, das könnte was werden. Die war echt in Ordnung. Aber so was von unselbständig, das hatte ich ja noch nie gesehen. Da hat man sich echt gefragt, wie die es geschafft hat, sich die Schuhe zuzubinden, bevor sie Florian kennengelernt hat. Aber Florian hat sie geliebt, glaube ich, und das reicht doch, oder? Was hätte ich schon sagen sollen? Und umgekehrt wird Florian sich auch seinen Teil gedacht haben, wenn ich mit ner Lady ankam. Wir haben uns gegenseitig unser Leid mit den Frauen geklagt, wer tut das nicht? Aber ich habe mich nie in seinen Kram eingemischt und er nicht in meinen. Das ist fünfundzwanzig Jahre gutgegangen.

Claudia fand ich am Anfang ja ganz nett, aufgeschlossen, offen, fröhlich, neugierig – die hatte etwas. Aber als ich sie dann etwas besser kennenlernte, hatte ich keine so gute Meinung mehr von ihr. Sie war auf Florians Kohle aus, glaube ich. Meine Herren, die hatte nach drei Monaten Klamotten für drei Riesen neu in ihrem Schrank, es war wie in nem schlechten Film, voll das Klischee, hängt ihm am Arm und sagt: Ooh, guck mal, und er gleich die Kreditkarte rausgeholt. Das wäre ja noch okay gewesen, aber sie hat mir immer hinter Florians Rücken schöne Augen gemacht.

Und nicht nur mir. Hey, ich mein, die Frau sah aus, als würde sie sich von jedem flachlegen lassen, sobald sich nur ne Möglichkeit ergibt. Florian hatte, seit er feste Beziehungen hatte, diesen Spruch drauf: Ja, ich weiß, es gibt ne Menge attraktiver Männer, und das Leben ist kurz, und jedes Vöglein will gerne mal hier und mal da zwitschern und es sich gutgehen lassen, aber die anderen Männer, die gibt es entweder vor mir oder nach mir. Oder wir sind getrennte Leute.

Florian, sag ich also, als wir nach zwei, drei Gläsern zusammensitzen, Florian, ich glaube, Claudia setzt dir Hörner auf. Und er, so völlig gelassen: Ach, Quatsch. Und ich hatte ja noch nie irgend etwas gesagt zu irgendeiner Frau, und ich versuchs noch mal: Florian, die macht jedem Kerl schöne Augen, wenn du nicht hinsiehst, die flirtet, als hätte sie kein Höschen an. Und er wieder völlig gelassen: Das ist nur ein Spiel, verstehste, sie mag es, Aufmerksamkeit zu erregen. Sie würde nie mit einem von diesen Typen ins Bett gehen. Und ich so: Warum bist du dir da so sicher? Wenn jemand ne Flasche entkorkt, will er sich nicht nur an dem Duft erfreuen. Und er: Ach, du immer mit deinen blöden Bildern. Vergleiche beweisen gar nichts, das hatten wir doch schon hundertmal. Weißt du, was ich glaube, ich glaube, du bist einfach nur eifersüchtig, das ist es.

Und ich sag ihm, was ich glaube: Du bist völlig verblendet, du bist seit einem halben Jahr mit dieser Frau zusammen, und deine Füße sind immer noch nicht auf dem Boden. Ich mach mir Sorgen, echt, die wird dir sehr weh tun, und je länger es dauert, bis du das siehst, desto schlimmer wird es. Und Florian darauf: Das ist das erstemal, daß es wirklich ernst ist mit ner Frau, und dann kommst du und erzählst mir, daß das nichts gibt. Ich will das jetzt echt nicht glauben. Laß das mal meine Sorge sein, ob sie mir weh tun wird. Und ich: Florian, habe ich bisher je etwas gesagt? Glaub mir, ich denke mir was dabei, ich rede nicht nur, weil ich einen Mund habe.

Ich hatte Angst um ihn, ich hatte Angst um Florian, weil ich davon überzeugt war, daß ich recht hatte, und weil es ihm noch nie passiert war, daß wegen einer Frau seine Welt zusammenbricht.

Hey, ich meine, er hatte diese rosarote Brille auf, er war einfach verliebt, aber ich glaube, er hatte noch nie gelitten wegen einer Frau, und ich hätte es ihm am liebsten erspart. Wir sind Freunde, und ich wollte es ihm ersparen, daß er es in zwei, drei Jahren merkt, wen er da vor sich hat, Herrgott, ich war davon überzeugt, daß sie ihm in einer Tour Hörner aufsetzte.

Noch ein paarmal habe ich es versucht, ich habs echt versucht, es Florian beizubiegen, doch ich stieß nur auf taube Ohren. Sie ist ne Schlampe, habe ich gesagt, und Florian hätte mir fast aufs Maul gehauen deswegen. Er beharrte darauf, daß sie nur spielte. Sie schliefen jede Nacht im gleichen Bett, was stellte ich mir denn vor? Daß sie sich auf Kaufhausklos rannehmen ließ oder auf der Arbeit? Sie ist falsch, sagte ich, Florian, sie ist falsch, sie ist ne Schlange, und sie würde dich bei der ersten Gelegenheit verraten, glaub mir doch, bitte. Und er: Du armseliger kleiner Spinner, geh nach Hause mit deinen billigen Phantasien. Ich will nie wieder ein Wort davon hören. Florian hielt mir die Tür auf, und ich schnürte mir nicht mal die Schuhe zu. Mein Gott, war ich sauer, fünfundzwanzig Jahre, und da glaubt dieser Mensch, ich würde es ihm nicht gönnen. Florian glaubte echt, ich würde mir diesen Scheiß nur ausdenken, weil ich eifersüchtig war oder scharf auf Claudia. Und er hätte mich rausgeworfen, das war noch nie passiert, Herrgott, war ich sauer, ich konnte die ganze Nacht nicht schlafen.

Ich war nicht scharf auf sie, echt nicht, aber ich hatte halt nicht geschlafen, und ich war sauer, und ich wollte es Florian beweisen, und ich war mir meiner Sache sicher. Um die Mittagszeit trieb ich mich vor der Firma rum, in der Claudia arbeitet, und dann lief ich ihr wie zufällig über den Weg. Hallo, wie gehts, Küßchen links, Küßchen rechts, was machst du denn hier, wollen wir nicht zusammen was essen, und schon sitzen wir in einem Lokal. Sie lehnt sich beim Gehen an mich, legt beim Essen ihre Hand auf meinen Unterarm, auf mein Knie, Augenaufschlag, und nachdem sie auf der Toilette war, sind zwei weitere Knöpfe ihrer Bluse auf. Ich halte ihre Hand fest, sehe ihr in die Augen und sage einfach: Laß uns ein Zimmer nehmen.

Seltsam, dachte ich noch, so hat Florian das früher gemacht. Hey, ich will Sex mit dir haben, wie wärs?

Sie spielt nur, habe ich gedacht, als ich die Tür dann zumachte, ja, Florian, sie spielt nur, daß sie sich auszieht, sie spielt nur, daß sie mir einen Kuß verpaßt, klar, sie mag es einfach, im Mittelpunkt zu stehen, es ist nur ein Spiel, es ist jetzt gar nicht ernst, wenn ich ihn reinstecke, es ist nur ein Spiel, und das sind gar keine Hörner, die dir da aufgesetzt werden, das ist nur ne beschissene Karnevalsmaske, die kannst du jederzeit wieder abnehmen, als wäre nichts passiert. Du ziehst den Korken aus der Flasche, riechst an dem Wein, und was machst du dann? Du stopfst den Korken wieder drauf und stellst die Flasche zurück, so ist es doch, oder Florian? Man gießt nicht ein und probiert einen Schluck, nee, es reicht einem, zu wissen, daß er gut riecht, es reicht, wenn man einfach nur im Mittelpunkt steht, da muß man nicht noch ins Bett miteinander, nicht wahr, Florian? Nicht wahr, Florian, nicht wahr?

Nicht wahr, habe ich wohl gesagt, als es mir kam. Ich bin unter die Dusche, habe mich angezogen und bin abgehauen, und jetzt bin ich hier.

Scheiße, was habe ich getan? Ich kann doch jetzt nicht zu Florian und ihm erzählen, was passiert ist, oder? Andererseits: Ich muß ihm doch nicht die Wahrheit erzählen. Ich könnte ihm doch sagen, sie hätte es mit einem Freund von mir getan.

Oder ... oder vielleicht könnte ich ihm doch die ganze Wahrheit erzählen, vielleicht würde er es verstehen. Ich war nicht scharf auf sie, echt nicht, verstehste, das mußt du mir glauben. Es war auch gar nicht so, als sei sie mit dabeigewesen, als wir im Hotel waren, da war irgendwie nur ich. Ich meine, ich habs doch eigentlich für Florian getan, oder? Findest du nicht auch, daß ich es für Florian getan habe? Ich wollte ihn doch davor bewahren, daß er es herausfindet, wenn es schon zu spät ist. Und sie, sie ist doch ne Schlampe. Ich meine, schläft einfach so mit dem besten Freund ihres Freundes, flirten, ausziehen, rauf, rein, raus, das wars doch. Ich habe sie ja nicht verführt oder so. Das müßte Florian doch verstehen, oder?

Ich meine, okay, es ist ein bißchen die harte Tour, aber er war auch so verblendet.

Ach Scheiße. Ich weiß, was du jetzt denkst. Vielleicht geht sie heute abend zu ihm und erzählt, daß ich als Freund keine vier Cent wert bin. Ich habs verkackt, oder? Das glaubst du doch, daß ich es verkackt habe. Fünfundzwanzig Jahre einfach weggeschmissen, weil ich ihm etwas beweisen wollte. Ich habs echt verbockt.

Und ich war wirklich nicht scharf auf sie. Da war irgendwie nur ich.

Opferfest

Gott sprach zu Abraham: Geh hin und opfere mir deinen einzigen Sohn Isaak. Als Abraham, um dem Herrn seinen Gehorsam und seine Liebe zu beweisen, schon das Messer an die Kehle seines Jungen setzte, sandte Gott einen Engel mit einem Lamm, das Abraham nun statt seines Sohnes schlachten sollte. Seitdem opfern die Moslems einmal im Mondjahr dem Allmächtigen.

Als ich das Opferfest das erstemal bewußt erlebt habe, kann ich kaum älter als fünf Jahre gewesen sein. Wir waren in der Türkei, und mein Vater kaufte in der Stadt ein Opferlamm, das wir im Garten meines Opas an einem Baum festbanden. Ich fütterte das Lamm, streichelte sein weiches Fell und versuchte, ihm fachmännisch auf die Rippen zu klopfen, wie mein Vater es getan hatte, bevor er es auswählte. Innerhalb von zwei Tagen wurden das Lamm und ich gute Freunde, ich spielte nicht mehr so viel mit den anderen Kindern, aber trotzdem machte es mir nichts aus, als ihm eines Morgens dann die Füße zusammengebunden wurden und mein Opa kurz darauf das Messer an seine Kehle setzte. Das Blut sprudelte ins Gras, und zum Mittagessen gab es gegrilltes Lammfleisch. Wie die meisten meiner anderen Cousins und Cousinen aß auch Oktay, nachdem er beim Schlachten zugesehen hatte, wochenlang kein Fleisch mehr, obwohl er kaum mit dem Lamm gespielt hatte, sondern damit beschäftigt gewesen war, Aprikosen aus dem Garten des Nachbarn zu klauen und mit einer Steinschleuder nach Vögeln zu schießen.

Ein oder zwei Jahre später fiel das Opferfest nicht in die Ferienzeit. Wir verbrachten es im Land der Ungläubigen, wie mein Onkel immer sagte, im Land der starren Regeln, wo nicht vor jedem Opferfest auf den Märkten ganze Schafherden zum Verkauf angeboten wurden, in einem Land, in dem es einem rechtschaffenen Mann verboten war, ein Lamm zu opfern, wenn er nicht vorher acht Semester studiert oder drei Jahre eine Ausbildung gemacht hatte, in einem Land, in dem nie die Sonne schien. Man könnte jetzt, wie mein Vater es hinterher getan hat, alles auf die Sonne schieben. Sie war an allem schuld, weil sie sich so selten zeigte.

An diesem einen Tag schien sie aber, sie brannte auf uns herunter, und wir hatten beschlossen zu picknicken. Meine Mutter machte Linsenfrikadellen und Kartoffelsalat, wir packten den Grill in den Kofferraum des Granada, einen Propangaskocher, die Teekanne, Decken und Kissen, Teller und Besteck, Lammfleisch, Zwiebeln, Tomaten, Brot, Oliven, Peperoni. Unterwegs holten wir meinen Onkel, meine Tante und ihre beiden Töchter ab. Mein Onkel hatte seit einiger Zeit keinen Führerschein mehr, weil er betrunken Auto gefahren war. Die Polizisten, diese starrköpfigen Gesetzestreuen, wie er sagte, hatten die zwei Schachteln Marlboro abgelehnt, obwohl er einen Hunderter unter die Cellophanhülle geschoben hatte.

So saßen wir dann zu siebt im Auto, und mein Onkel regte sich auf über diese Polizisten, über die unmenschlichen Regeln in Deutschland, die keinen Platz für ein bißchen Spaß und zwei kleine Schnäpse ließen, darüber, daß Melonen hier nur scheibenweise verkauft wurden, daß das Brot nicht schmeckte und überall Schweinefett drin war, sogar im Pudding, wie er behauptete. Wenn es nach meinem Onkel gegangen wäre, dann hätte man sie alle zur Hölle schicken können, die Polizisten, die Obst- und Gemüsehändler, die nicht mal, wenn sie darauf saßen, in der Lage waren, eine Kaktusfeige von einer Quitte zu unterscheiden, die nichtsnutzigen Bäcker, die ihre Berufsehre verloren glaubten, wenn ihr Brot nicht steinhart war, die Beamten, die Kassiererinnen im Supermarkt, die Vorarbeiter, an niemandem ließ er ein gutes Haar. Bis auf die Ärzte. Das war immer sein Abschluß, wenn er mal wieder heftig gezetert und geschimpft hatte, immer endete es damit, daß er sagte:

– Aber selbst im Land der Ungläubigen kann ja nicht alles schlecht sein. Sie haben ein hervorragendes Gesundheitssystem, und ich werde ihnen bis an mein Lebensende dankbar sein dafür.

Mein Vater gähnte, wir hatten es uns alle schon sehr oft angehört, aber die Begeisterung meines Onkels ließ einfach nicht nach bei diesem Thema.

– Es gab keinen Arzt und kein Krankenhaus mehr in der Türkei, in dem ich nicht gewesen bin. Dauernd hatte ich diese fürchtlichen Magenschmerzen, ich konnte gar nicht mehr aufrecht gehen, ich bin abgemagert, weil ich nichts essen konnte. Ich habe fünfzig Kilo gewogen, das müßt ihr euch mal vorstellen. Und was sagt der Arzt zu mir? Er sagt: Sie dürfen nicht mehr scharf essen. Das mir, einem Mann aus Adana, der seit seiner Kindheit Chilischoten gegessen hat wie andere Kinder Bonbons. Aber das war ja nicht mein Problem, ich konnte ja nicht mal mehr Brei essen, geschweige denn Chili. Alles hat mir Schmerzen verursacht, das könnt ihr euch gar nicht vorstellen. Und hier in Deutschland gehst du zum Arzt, und fünf Tage später kannst du wieder essen, alles, was dir schmeckt, alles, wonach du dich jahrelang gesehnt hast, du kannst endlich wieder das Fett in der Pfanne mit deinem Brot aufstippen. Aaah, Kinder, ihr wißt gar nicht, wie dankbar ich dafür bin, daß ich wieder wie ein normaler Mensch essen kann.

Mittlerweile waren wir an den Rheinwiesen angekommen und ließen uns im Schatten eines großen Baumes nieder, die Männer kümmerten sich um das Feuer, die Frauen um die Spieße und die Koteletts, und wir Kinder liefen bis zu einer niedrigen Einzäunung, die unter Strom stand, wie wir schnell feststellten, und hinter der jede Menge Schafe weideten.

Als meine Tante uns zum Essen rief, diskutierten mein Onkel und mein Vater heftig miteinander, ohne daß ich begriff, worum es ging. Ich schnappte nur ein paar Fetzen auf: Land der Ungläubigen, Einbruch der Dunkelheit, Opferfest, Diebstahl, Sünde, Bürgersteig, Nachbarn.

– Siehst du, sagte mein Vater schließlich und deutete auf einen Mann mit zwei Hunden und großem Hut, der gerade kam, siehst du, da ist schon der Hirte, wir können nicht einfach ein Schaf klauen.

Siehst du, das sagte er immer auf deutsch, es war eine Angewohnheit. Auch wenn wir in der Türkei waren, passierte es ihm oft: Siehst du? Und unsere Verwandten, der Verkäufer auf dem Markt, der Gemüsehändler, der Schuhputzer, der Sesamkringelverkäufer oder sein Backgammongegner sahen ihn belustigt an. Siehst du, viel mehr Deutsch konnte er gar nicht.

Mein Onkel sprang nun auf, und ohne das Kotelett aus der Hand zu lassen, ging er auf den Schafhirten zu. Unterwegs biß er noch mal ab und stand dann mit Fettflecken auf dem Hemd, das über seinem dicken Bauch spannte, vor dem Hirten. Mein Onkel konnte nicht besonders gut Deutsch, aber er schaffte es im Gegensatz zu meinem Vater immer, sich irgendwie verständlich zu machen. Wir waren zu weit weg, um hören zu können, was die beiden nun sprachen, aber mein Onkel gestikulierte viel, und der Hirte nahm seinen Hut ab, legte den Kopf schief und schüttelte ihn hin und wieder.

– Dein Onkel wollte eins von den Schafen mitgehen lassen, sagte mein Vater, und ich habe ihm gesagt, daß sicherlich jeden Moment der Hirte kommt.

Er grinste zufrieden.

Wir hatten aufgehört zu essen, und das einzige, was uns Kinder davon abhielt, zu meinen Onkel zu laufen, war die Ahnung, daß sich dann der Ärger meiner Tante über uns ergießen würde.

– Dieser Mann macht mich noch verrückt, wiederholte sie immer wieder, da kann man reden, bis man keine Spucke mehr im Mund hat, wenn der sich etwas in den Kopf gesetzt hat, ist man verloren.

– Was macht er denn jetzt, schrie mein Vater auf, als mein Onkel ungelenk über den Zaun stieg. Er hatte wohl im Gegensatz zu meiner Tante geglaubt, daß die Geschichte sich schon erledigt hätte.

Wir sahen zu, wie mein Onkel bald dieses, bald jenes Lamm fing und ihm fachmännisch auf die Rippen klopfte. Schon nach kurzer Zeit leuchtete sein Kopf selbst auf diese Entfernung knallrot, und es sah sehr lustig aus, ein dicker Mann in einem blau und grün gestreiften Hemd mit riesigen Schweißflecken unter den Armen, der den Lämmern hinterherlief.

Schließlich stieg auch der Schafhirte über den Zaun und hielt ein Lamm fest, für das sich mein Onkel wohl entschieden hatte. Die beiden gaben sich die Hand, und mein Vater stöhnte auf:

– Ich kann es nicht glauben.

Mein Onkel holte ein Taschentuch aus seiner Hose und wischte sich den Schweiß von der Glatze. Er winkte uns zu, dann zog er ein Bündel Geldscheine hervor und zählte dem Schafhirten eine offensichtlich große Summe in die Hand.

Mein Onkel stieg zuerst über den Zaun, der Hirte hob das Lamm hoch und reichte es ihm.

– Dieser Mann macht mich noch verrückt.

– Find mal ein Seil, mit dem wir das Tier festbinden können, war das erste, was mein Onkel zu meiner Tante sagte, und dann: Gib mir noch ein Kotelett.

– Siehst du, wandte er sich an meinen Vater, den Hirten hat uns Gott geschickt, du hattest recht, man kann doch kein Lamm klauen, um es dann dem Herrn zu opfern, das wäre nicht richtig gewesen.

– Wieviel hast du bezahlt? fragte meine Tante vorsichtig, als sie ihm das Kotelett reichte.

– Frau, so was fragt man doch nicht. Was zählt schon Geld, wenn wir im Land der Ungläubigen die Gebote unserer Religion erfüllen können?

Meine Tante sagte nur:

– Oh, mein Gott.

Und verkniff sich das: Dieser Mann macht mich noch verrückt.

Es ließ sich kein Seil auftreiben, um das Tier festzubinden, mein Vater hatte nicht mal ein Abschleppseil im Auto, und mein Onkel war ganz stolz auf seinen Erfindungsreichtum, nachdem er die Picknickdecke in Streifen gerissen und das Schaf damit an einen tiefhängenden Ast des Baumes gebunden hatte.

– Siehst du, sagte er zu meinem Vater, um ihn zu ärgern.

– Wo willst du das Lamm denn unterbringen? fragte meine Tante.

– Es sind nur noch zwei Tage bis zum Opferfest, zwei Tage werden wir schon überstehen, sagte mein Onkel, wir binden es einfach in der Küche fest.

Meine Cousinen und ich streichelten das Tier ein wenig, versuchten, es zu füttern, aber es mochte nicht fressen und sah immer wieder hinüber zur Herde. Nachdem wir uns eine Weile mit dem Schaf beschäftigt hatten, wurde es uns zu langweilig, und wir gingen ans Wasser und versuchten Steine springen zu lassen.

Abends banden wir dem Lamm mit den Streifen aus der Picknickdecke die Beine fest und legten es in den Kofferraum.

– Das arme Tier, sagte meine Mutter. Und mein Onkel bestätigte:

– Ja, im Land der Ungläubigen müssen die Tiere leiden.

Meine Tante hatte schon seit Stunden kein Wort mehr gesagt, sie schien den Tränen nahe zu sein.

Als wir bei meinem Onkel vor der Haustür hielten, sagte er:

– Die Nachbarn dürfen nichts mitkriegen.

Sicherlich hätte er gerne vor den anderen Türken in der Straße geprahlt, aber er wußte, daß die Deutschen sofort die Polizei rufen würden, wenn sie so etwas sahen.

Also wurde eine Decke über das Tier gelegt, und mein Onkel nahm es auf den Arm. Ein zappelndes Etwas unter einer Decke war nicht so auffällig, wie ein Lamm, das man die Treppenstufen hochtrug. Doch es war schon dunkel, und im Treppenhaus begegnete uns niemand.

Wir folgten ihnen, nachdem wir die anderen Sachen, die wir auf unserem Schoß hierhergebracht hatten, wieder im Kofferraum verstaut hatten, den Grill, den Propangaskocher und das Geschirr. Sie hätten auch vorher in den Kofferraum gepaßt, aber mein Onkel hatte gesagt, sie würden eine erhebliche Verletzungsgefahr für das Schaf darstellen.

Oben banden sie das Lamm mit einem Seil an das Ofenrohr in ihrer Wohnküche, nachdem meine Tante eine große Decke auf dem

Boden ausgebreitet hatte. Ich beneidete meine Cousinen, weil sie jetzt zwei Tage lang ein Haustier haben würden.

– Siehst du, äffte mein Onkel wieder meinen Vater nach und legte zufrieden die Hände auf seinen Bauch.

– Und wo willst du es schlachten? fragte mein Vater ganz unschuldig.

– Da wird mir schon etwas einfallen, sagte mein Onkel.

– Wenn sie dich draußen irgendwo erwischen, wie du ein Lamm schlachtest, dann ist die Kacke aber am Dampfen, das kann ich dir versprechen. Und zu Hause versaust du dir die ganze Wohnung.

– Mir fällt schon etwas ein.

Am Festtag hatten beide sich frei genommen, und meinem Onkel war wirklich etwas eingefallen, aber mein Vater war nicht so begeistert von der Idee.

– Nein, sagte er, nein, das ist ausgeschlossen.

– Wir leben hier im Land der Ungläubigen, und ich möchte nur die Regeln des Buches befolgen, und du willst mir deine Hilfe verweigern? Ich mache auch hinterher alles wieder sauber, du wirst sehen, das ist kein Problem.

– Nein, sagte mein Vater.

– Wann habe ich dich schon mal um einen Gefallen gebeten? fragte mein Onkel, obwohl er wußte, daß er dauernd mit etwas ankam. Aber wenn du es nicht für mich tun möchtest, dann tu es wenigstens, um Gott gefällig zu sein. Es ist Opferfest, und wir haben ein Lamm, das müssen wir schlachten, das können wir doch nicht ein Jahr lang in der Küche durchfüttern und nächstes Jahr über die Grenzen schmuggeln, um es zu Hause zu schlachten.

– Das ist nicht mein Problem.

– Hast du gehört, was ich gesagt habe? Willst du es nicht aus Liebe zu Gott tun? Wirklich nicht?

– Siehst du, sagte mein Vater, ich habe dir gesagt, es würde Probleme geben.

– Was für Probleme? fragte mein Onkel. Das sind doch keine Probleme, du machst welche, wo keine sind. Wenn du mich jetzt fortschickst, brauchst du auch nicht zu meiner Beerdigung zu kommen. Meine Güte, ich habe dich nicht um deinen kleinen Finger gebeten oder um Geld.

Mein Vater war der ältere und hätte sich weigern können, ohne daß es Folgen gehabt hätte, doch er zog seufzend die Schuhe an und fuhr mit meinem Onkel das Schaf abholen. Sie transportierten es wieder im Kofferraum, sie legten wieder eine Decke über das Tier und trugen es dann direkt ins Badezimmer.

– Ich kann deine Tante verstehen, murmelte meine Mutter, dieser Mann würde auch mich verrückt machen.

Auch sie schien nicht begeistert zu sein von der Idee meines Onkels, aber sie versuchte, sich nichts anmerken zu lassen.

Meine Tante und mein Onkel hatten keine Badewanne, sie hatten Dusche und Toilette auf dem Flur, während wir in einem Neubau mit Wannenbad wohnten. Und in der Badewanne lag nun das Lamm mit zusammengebundenen Beinen, weil mein Onkel fand, das wäre die beste Lösung.

– Später drehen wir einfach den Hahn auf, und das wars dann, sagte er, während er das Messer schliff.

Mein Vater und ich sahen zu, wie mein Onkel sich die Socken auszog, die Hosenbeine hochkrempelte und in die Wanne stieg. Das Lamm lag mit dem Kopf zum Abfluß und mein Onkel hockte sich hinter das Tier, murmelte ein Gebet und setzte das Messer an. Ich hatte ja schon gesehen, wie mein Opa das machte, die ersten fontänenartigen, rhythmischen Spritzer konnten mich nicht beeindrucken, aber dann merkte ich, daß mein Onkel Schwierigkeiten hatte. Möglicherweise war unser großes Küchenmesser nicht scharf genug oder zu klein, oder mein Onkel konnte in dieser hockenden Haltung in der engen Wanne nicht genug Kraft aufbringen, auf jeden Fall schaffte er es nicht, durch die Kehle zu kommen. Das arme Tier röchelte und quiekte unnatürlich, Blut floß ihm aus der Nase, während mein Onkel schon anfing zu schwitzen, es war eine Sünde, das Tier leiden zu lassen. Als mein Onkel gerade mit einer letzten Anstrengung versuchte, das Messer weiter durch die Kehle zu bekommen, verlor er das Gleichgewicht und plumpste auf den Hintern. Er war ganz rot im Gesicht, und sein Hosenboden hatte wahrscheinlich die gleiche Farbe.

– Steh nicht so dumm rum, und hilf mir mal, schrie mein Onkel meinen Vater an, und mein Vater nahm ihm einfach das Messer ab und beugte sich über den Wannenrand, um das Werk zu vollenden. Und dann schrie er auf, ließ das Messer fallen, faßte sich ans Kreuz und richtete sich in Zeitlupe wieder auf. Er war ganz blaß im Gesicht, doch da war Zorn in seinen Augen, Zorn und Schmerz.

– Hol deine Mutter, stieß er hervor, die Zähne fest zusammengebissen, und ich lief los.

Vor einiger Zeit hatte er schon mal einen Hexenschuß gehabt und war drei Tage kaum in der Lage gewesen, ohne die Hilfe meiner Mutter auch nur auf die Toilette zu gehen.

– Siehst du, zischte er, als er sich bei meiner Mutter aufstützte, die nur noch, oh, mein Gott, oh, mein Gott, sagte.

Mein Onkel war von oben bis unten mit Blut beschmiert, ich weiß nicht, wie er das geschafft hatte, aber er schien mittlerweile kraft seiner Wut durch die Kehle des Lamms gekommen zu sein und atmete schwer. Sogar auf seiner Glatze waren dunkle Tropfen Blut.

Das Gesicht zusammengekniffen, setzte mein Onkel langsam das Messer an ein Bein, um einen Schlitz zwischen Fell und Knochen zu machen. Das hatte ich auch schon bei meinem Opa gesehen, da pustete man dann kräftig hinein, das Tier blähte sich auf, die Innenseite des Fells trennte sich von den Muskeln, und man konnte das Lamm besser häuten.

Doch das Pusten schien nicht so einfach, und sehr bald hatte mein Onkel einen noch röteren Kopf, und ich stand etwas hilflos im Bad, bis mir diese Idee kam. Ich lief zu meiner Mutter, die gerade meinen Vater ins Bett gelegt hatte und nun völlig schweißgebadet auf der Bettkante saß.

– Wir brauchen die Fußpumpe, sagte ich, die, mit der wir im Sommer immer die Luftmatratze aufpumpen.

– Oh, mein Gott, so ein Opferfest habe ich noch nie erlebt, sagte sie und holte die Fußpumpe aus einer Truhe unter dem Bett.

Die Badezimmertür war abgeschlossen, als ich meinem Onkel mit der Pumpe zu Hilfe eilen wollte. Ich klopfte.

– Ruhe, brüllte mein Onkel, Ruhe, ich möchte in Ruhe dieses Tier auseinandernehmen.

– Ich habe eine Luftpumpe.

Ich hörte, wie der Schlüssel herumgedreht wurde, dann öffnete sich die Tür einen winzigen Spalt, mein Onkel nahm die Luftpumpe entgegen und sagte, ich solle ihm auch gleich noch eine Säge bringen, am besten eine Eisensäge. Auch die reichte ich ihm wenig später durch den Spalt. Dann schloß er die Tür wieder ab, und wir hörten eine Menge Geräusche in den nächsten Stunden, ab und zu war ein lautes Fluchen zu vernehmen, und meine Mutter sagte:

– Dafür wird er in die Hölle kommen.

Mein Onkel weigerte sich, die Tür aufzumachen, bevor er fertig war, und als ich nicht mehr einhalten konnte, ging ich zu den Nachbarn auf die Toilette.

Meine Tante und meine Cousinen kamen um die Mittagszeit, meine Tante hatte nicht gewollt, daß ihre Töchter dabei waren, wenn das Lamm geschlachtet wurde. Als sie nun erfuhr, was passiert war und daß ihr Mann sich eingeschlossen hatte, sagte sie:

– Dieser Mann macht mich verrückt, er macht mich wirklich verrückt.

Das Fluchen und Sägen aus dem Bad dauerte bis in den frühen Abend, und meine Mutter und meine Tante schmierten uns Brote, weil wir es nicht mehr aushielten vor Hunger.

Als mein Onkel schließlich blutverschmiert aus dem Badezimmer kam, warf ich einen Blick hinein und sah, daß er das Lamm nicht zerlegt hatte. Er hatte es zerstückelt. Da war ein verwirrender Haufen Knochen und Fleisch und Fett und Blut, die Innereien hatte er in einen Wäschekorb gelegt, und es stank ganz entsetzlich. Als hätte er zudem noch das Klo verstopft bei dem Versuch, die Gedärme runterzuspülen.

Es hat fast ein halbes Jahr gedauert, bis ich danach wieder Fleisch gegessen habe.

Es lag an der Sonne, hat mein Vater gesagt, wenn in diesem Land einmal die Sonne scheint, beginnen die Dinge gleich verkehrt zu laufen.

Mein Onkel und meine Tante sind später in ein Hochhaus mit Wannenbad gezogen, und mittlerweile ist es möglich, im Land der Ungläubigen ganz offiziell Schafe zu schächten.

– Aber du darfst nicht mal auf deinem eigenen Balkon grillen, da kommt sofort die Feuerwehr und berechnet dir 2000 Mark für einen Großeinsatz, schimpft mein Onkel heutzutage. Und wenn er sich wieder beruhigt hat, muß man sich die Geschichte mit den hervorragenden Ärzten und seinem Magen noch mal anhören.

Marita

Andreas hat mir einen kleinen Fernseher vorbeigebracht, damit ich ein wenig Ablenkung habe. Ich habe ihn auf einen Stuhl gestellt und schalte ihn auch wirklich ein. Doch er lenkt mich nicht ab, ich sehe nicht mal hin. Ich schalte ihn ein und stelle den Ton laut, damit die Nachbarn nicht hören, wie ich weine.

Ich komme von der Arbeit, setze mich auf den Boden und starre an die Wand. Manchmal klingelt das Telefon, und ich zucke zusammen. Doch ich gehe selten dran, ich warte bis der Anrufbeantworter anspringt, ich habe ihn auf dreimal Klingeln gestellt, weniger geht nicht. Ich sitze auf dem Boden, bis ich merke, wie die Tränen kommen, das dauert manchmal Stunden. Dann schalte ich den Fernseher ein und bleibe vor dem Stuhl auf den Holzdielen liegen.

Es ist nicht so, daß ich niemanden hätte. Andreas wohnt zwei Stockwerke unter mir, und wenn es an der Tür klopft, gehe ich ins Bad, und danach mache ich auf. Wir sitzen zusammen in der Küche, und wenn ich lange genug nichts sage, geht Andreas wieder. Wenn ich ihn nicht so gut kennen würde, würde ich glauben, daß es ihn langsam nervt. Ich weiß nicht mehr, wie lange es jetzt her ist. Vier Wochen, fünf, sechs?

Ich kann keine Musik mehr hören. Es geht einfach nicht. Tagelang habe ich darüber nachgedacht, warum das so ist. Musik sei eine Art, mit Gott zu reden, habe ich mal gehört, vielleicht liegt es ja daran. Ich will mich nicht unterhalten, mit niemandem.

Eigentlich will ich auch nicht leiden, ich will nicht sauer sein, verletzt, ich will nicht Aufbegehren gegen das Schicksal, klagen und jammern und mich allein fühlen. Meistens gelingt es mir sogar.

Ich sitze einfach da, und das ist schon ziemlich viel, finde ich. Obwohl alle sagen, ich solle doch lieber etwas unternehmen. Doch ich sitze nicht nur da.

Seit du weg bist, habe ich versucht, alles genauso wie sonst immer zu machen. Ich putze mir die Zähne, ich frühstücke, ich kaufe samstags eine Zeitung und Brötchen. Ich gehe in den Supermarkt und packe den Wagen voll, aber ich kann die Kassiererin nicht anlächeln. Ich trinke selten, wie wir es immer getan haben, alle paar Wochen waren wir beschwipst, und wenn wir alleine waren, sind wir albern geworden. Freitags sauge ich Staub, aber ich gehe nicht mehr aus. Ich tue die Dinge, die wir getan haben, aber ich mag mich nicht mit anderen Menschen treffen. Ich tue die Dinge, die wir getan haben, ich mache jeden Tag Tee und zünde die Kerzen an, wenn es dunkel wird. Außerdem sitze ich jeden Abend auf dem Boden und starre die Wand an.

Manchmal stelle ich mir vor, du seist tot. Ich weiß nicht, ob das einfacher wäre. Wenn du die ganze Welt verlassen hättest. Wenn da kein Glück mehr wäre für dich, wäre es dann einfacher für mich? Ich glaube nicht.

Andreas hat gesagt, es wäre sicherlich besser, wenn ich alles anders machte. Die Wände neu streiche oder mir Turnschuhe kaufe, weil ich das seit fünfzehn Jahren nicht mehr getan habe. Er hat gesagt, wir könnten auch einfach mal die Wohnung tauschen, ich könnte ein paar Wochen in seiner wohnen. So viel hat er vorgeschlagen am Anfang, er hat Flaschen mitgebracht und mein Lieblingsessen vom Thailänder, er wollte wegfahren mit mir, und er hat mir einen neuen Wasserkocher gebracht, den ich noch nicht ausgepackt habe.

Wir waren beide immer so genervt von unserem Gerät, das wir kurz vor Ladenschluß gekauft hatten und das mit einem lauten, durchdringenden Piepen ankündigte, daß das Wasser nun kochte.

Ich wollte erst mal weiterleben, mir abgerissene Knöpfe an die Hemden nähen, die Pflanzen gießen, die Krümel aus dem Brotkorb schütteln, ich wollte leben, so wie wir gelebt haben. Es war schön. Das würdest du doch auch sagen.

Ich habe mich immer gefreut, wenn ich vor dir nach Hause kam und die Wohnung für mich allein hatte. Und ich habe mich immer gefreut, wenn ich dann deine Schritte im Treppenhaus erkannte.

Manchmal glaube ich, ich hätte es geahnt. Aber das kann man hinterher immer sagen. Ich kenne diesen Blick, diesen kurzen Blick in die Augen fremder Menschen, als könnte man dort etwas finden. Ich kenne diesen Blick, ich sehe ihn oft, aber bei dir habe ich ihn nie bemerkt. Und trotzdem ist es so, als hätte ich es die ganze Zeit über gewußt.

Wie sonst kann man sich erklären, daß ich mich sofort damit abfand. Es hätte überall passieren können, auf einer Party, auf einem Bahnhof, in einem Supermarkt, beim Thailänder, es hätte überall passieren können, und es hätte überall eine Romantik gehabt, an einer Tankstelle, in einem Baumarkt zwischen Säcken von Kalk und Putz, vor einer öffentlichen Toilette. Es hätte überall passieren können, das gelbe Haus in der Bismarckstraße war nicht besser oder schlechter als ein anderer Ort.

Davor habt ihr euch zum ersten Mal gesehen, und ich war dabei. Ihr habt euch in die Augen gesehen, und, zugegeben, da wußte ich es vielleicht noch nicht.

Als wir kurz darauf im Buchladen standen, ich in der Musikabteilung und du bei den Neuerscheinungen, und er wieder auftauchte, weil er uns gefolgt war, wußte ich es. Ich stand da mit diesem Buch über Chet Baker in der Hand, und du kamst auf mich zu. Es dauerte so lange, ich hatte noch Zeit, mir zu überlegen, ob meine Knie nachgeben würden, ob ich das Buch kaufen würde, ob ich mich vielleicht nicht doch täuschte, Zeit, mir darüber klarzuwerden, daß du seit dem gelben Haus irgendwie abwesend warst, Zeit, mich zu fragen, was ich ohne dich tun würde.

– So etwas ist mir noch nie passiert, waren deine ersten Worte, und ich wußte, daß es die Wahrheit war und daß du versuchen würdest, herauszubekommen, was denn genau geschehen war.

So etwas ist mir noch nie passiert. An den Rest kann ich mich nicht erinnern, ich konnte nur an Feuer denken, Feuer, das mich wärmen konnte, oder Flammen, die alles auslöschten. Ich wußte nicht, wo es herkam, Flammen, Feuer, aber ich sah nicht rot, ich sah nur die Asche.

Wenn ich hier sitze und warte, dann frage ich mich oft, ob du mit ihm glücklich wirst. Und ob es einen Unterschied macht. Ich glaube nicht. Ich glaube beides nicht. Ich glaube nicht, daß die Romantik etwas bedeutet.

Sie ist irgendwann aufgebraucht, und du wirst dann nicht zurückkommen. Ich glaube nicht, daß sich etwas von heute auf morgen ändert. Glaubst du, ab jetzt wird alles einfacher für dich? Glaubst du, es wird dir immer besser gehen? Glaubst du, dieser Blick wird ewig währen?

Aber ich weiß nicht, was ich getan hätte an deiner Stelle. Es ist leicht für mich, zu schreiben.

Eine Weile noch, eine Weile noch werde ich so leben, bis ich eines Tages den Fernseher wieder runterbringe. Eine Weile noch, zwei Wochen, drei, vier, fünf.

Natürlich wünsche ich mir manchmal, es wäre nie passiert. Natürlich wünsche ich, ich könnte aufhören. Mit allem. Ich könnte aufhören, zu träumen und zu wünschen, zu denken, zu weinen, zu lieben, zu grübeln, zu essen, und aufhören, die Pflanzen zu gießen. Manchmal wünsche ich, ich könnte meine Tränen in meinem Mund sammeln und dann ausspucken, wie ein Wesen, das noch nie die nassen Spuren auf seinen Wangen gespürt hat.

Marita, in diesen Tagen fühle ich mich manchmal sehr jung, als hätte ich noch nichts erlebt und nichts gelernt. Und manchmal fühle ich mich sehr alt, als hätte ich alles schon gesehen, und es wäre alles dasselbe. Aber ich fühle mich fast immer klein. Ich weiß nicht, ob mich jemand finden kann.

Noch Fragen

Wißt ihr, wie es ist, unter einem Himmel zu liegen, so blau und grenzenlos wie ein Nachmittag eurer Kindheit? Seid ihr schon mal an der Supermarktkasse vor lauter Sehnsucht in die Rundung einer nackten Schulter gefallen, gefallen, vorbei an dem letzten und vorletzten Traum, in die Rundung einer Schulter hineingefallen, bis ihr in einem wärmenden Feuer lagt? Seid ihr schon mal zusammengebrochen, weil sich ein Schmetterling auf eurem Rücken niedergelassen hat? Habt ihr mitten im Satz gemerkt, wie eure Augen feucht werden? Ist euch schon mal die Idee gekommen, daß die Welt jeden Augenblick von neuem beginnt und daß man das nirgendwo so gut beobachten kann wie beim Fahren? Und daß wir nur Besucher der Zeit sind, die jeden Moment hinausgebeten werden können? Wißt ihr, wie es ist, keine Angst zu haben, weder vor ihr, noch vor der Einsamkeit? Wißt ihr, daß die Tränen aus den Wolken im Kopf kommen?

Habt ihr euch schon mal gewünscht, ein Teppichhändler zu sein, der von nichts weiter träumt als von Minztee, jeden Tag Minztee in der Kühle seines Ladens? Habt ihr schon mal den Schweiß von Schwarzen gerochen, gepaart mit Grasgeruch und dann die Augen geschlossen und euch der Musik überlassen? Habt ihr euch vorgestellt, eines Tages im Altersheim mit euren Freunden Drogen zu nehmen? Habt ihr euch vorgestellt, wie es ist, in einem Tempel zu stehen, in dem alle Namen der Welt aufgezeichnet sind? Erinnert ihr euch noch, daß die Jahre schnell vergingen, aber die Tage ewig dauerten? Seht ihr manchmal alte Menschen und wünscht euch, später mal genau so zu sein? Seid ihr erschrocken, wieviel Böses in euch steckt? Seid ihr feige, rücksichtslos und egoistisch und belügt euch selbst? Habt ihr euch schon mal gewünscht, einen Lehrmeister zu haben, der euch den Weg weist?

Gab es Tage, an denen ihr euch keine Sorgen gemacht habt, sondern nur die genommen, die schon da waren? Habt ihr euch mal vorgestellt, mit dem Walkman auf dem Fahrrad zu sterben? Seid ihr schon mal mit einem Mädchen die Straße zu eurer Wohnung runtergegangen, und sie hat euch Sachen gezeigt, die ihr noch nie bemerkt hattet? Habt ihr euch in den langen Gesprächspausen am Telefon vorgestellt, daß das die Romantik ist, die da leise durch die Leitung rauscht? Habt ihr euch schon mal gedacht, daß man Geburtstag hat, an dem Tag, an dem man über seinen Schatten springt? Und daß es eine Droge geben müßte, die hält, was sie verspricht? Ist euch schon mal aufgefallen, daß man mit Orten, an denen man oft ist, meistens ein Gefühl verbindet, und mit Orten, an denen man nur einmal war, eine Erinnerung? Wißt ihr, daß Gefühle unsichtbare Menschen sind?

Habt ihr schon mal mit einem veganen Alkoholiker und einer magersüchtigen Lesbe mit Tigerentenfahrrad an einem See gelegen? Ist euch schon mal die Idee gekommen, daß der Mensch alles aus Not erfunden hat? Und was ist dann mit dem Fernseher? Was für eine Not ist Langeweile?

Habt ihr euch schon mal vorgestellt, es gäbe zwei unterschiedliche Waggons in der Straßenbahn, in dem einen läuft scheußliche laute Musik, aber dafür muß man keine Fahrkarte lösen wie in dem anderen. In welchem würden die Menschen fahren wollen? Habt ihr gesungen auf dem Fahrrad im Sommergewitter? Habt ihr euch gewünscht, die Menschen zu sehen, wenn sie keinen Text mehr haben, den sie aufsagen können?

Und habt ihr – bitte, bitte – noch ein paar Fragen für mich?

Dank geht an:
Zoran Drvenkar und Markus »what a mellow man« Martinovic.

Meine Familie, Svenja Wasser, Gülten Ertekin, Angie Herhaus, Lutz Freise, Robert Bosch Stiftung, Andreas Thiel, Michel Birbæk, die Pulsmacher, Daniela Seyfarth, Fatih Akın, Recep Erten, Tom Liwa, Sabine Kaufmann, Filiz Doğan, den Franzosen, der in Vanilla Sky neben mir saß, die schwangere Frau in dem blauen Hemd auf dem Sergent Garcia Konzert, Angela Drescher, Nermin Turan, Tim Wasser, Tina Belitz, Solvig Frey und an alle, die zurückgelächelt haben.

Inhalt

Die Tochter des DJs 7
54/46 16
Wechselgeld 23
Die Musik hören 26
Anruf 37
Wie heißen die Fehler, die man zwanzig Jahre lang macht ... 41
Ein Mann namens Borell 43
Alles bestens 51
Andere Zeiten 54
Eine Bar in Tabasco 60
Soll ich es Ihnen einpacken? 63
Lange her 69
Sie kann den Schmerz nicht vergessen 72
Schneewittchen 74
Joshua 77
Die Mütze meines Opas 81
Zuerst den Linken 84
Karmahotel 86
Eileen 95
Halbfinale 100
Verlaufen 106
Zu Fuß 108
Myrie 112
Brille und Zahnspange 120
Mein Vater trank gern Bier beim Bügeln 123
Josef 129
Die Geschichtenerzählerin 133
Heiraten 135

Noch mal	137
Arbeiten	140
Auf meine Art	145
Der Kuß	148
Hof	150
Tourbegleitung	151
Nur geliehen	157
Momente	158
So sieht das aus mit der Liebe	160
Eins dieser Bilder	162
Jeden Frühling wünsche ich mir das gleiche	164
Keine Seele	166
Wie lange noch	170
Ich, Wir	176
Grenze	179
Schlechte Zeiten	184
Selbst ist der Mann	193
Schlampe	196
Opferfest	203
Marita	214
Noch Fragen	218